SANDRA HOFFMANN

JETZT BIST DU DA

Roman

BERLIN VERLAG

Mehr über unsere Autorinnen, Autoren und Bücher:
www.berlinverlag.de

Die Arbeit an diesem Roman wurde mit einem Arbeitsstipendium der Stadt München, einem *Neustart Kultur*-Stipendium der VG Wort sowie einem Stipendium des Bayerischen Staatsministeriums für Wissenschaft und Kunst gefördert.

Unser Versprechen für mehr Nachhaltigkeit
• Klimaneutrales Produkt
• FSC®-zertifiziertes Papier
• Hergestellt in Deutschland

FSC www.fsc.org MIX Papier | Fördert gute Waldnutzung FSC® C014496

ISBN 978-3-8270-1494-8

Satz: Fotosatz Amann, Memmingen
Gesetzt aus der Granjon
Druck und Bindung: GGP Media GmbH, Pößneck
Printed in Germany

(...)
I am the old woman
Found always in stories like this one,
Who says, Go back, my dear.

Back is into the cellar
Where the worst is,
Where the others are,
Where you can see
What you would look like dead
And who wants it.

Then you will be free
To choose. To make
Your way.

Margaret Atwood

Was ist schwieriger:
ein Pferd zu halten oder es springen zu lassen, und –
da wir es sind, dieses von uns gehaltene Pferd –
was ist mühseliger: zurückgehalten zu sein oder
unsere Kraft auszuspielen?

Marina Zwetajewa

1

Drüben auf dem Weg geht jemand. Mein Blick sucht nach einer Schneise im Dickicht der Haselbüsche, der jungen Erlen und Buchen, bis ich nach ein paar Atemzügen die Bewegungen einer schmalen Gestalt auf dem Waldweg ausmachen kann. Es ist nicht der Jäger, auch nicht der Förster und Achim erst recht nicht. Warum meine ich die Person zu kennen, die da geht? Nora schaut seit Minuten konzentriert in den Wald hinein, aber sie bellt nicht, was mich wundert. Ich kneife die Augen zusammen. Ein Mädchen, denke ich zuerst, und als ich das denke, glaube ich zu wissen, wer es ist. Ich springe auf. Nora erschrickt. Komm, sage ich, ohne mich zu ihr umzudrehen. Im selben Augenblick wird mir klar, dass es vollkommen sinnlos wäre, mich im Haus zu verstecken. Du hast mich gefunden. Jetzt bist du da. Ich schließe die Balkontür. Ich drehe mich um und betrachte den Raum, als wäre er plötzlich ein anderer geworden: Ofen, Tisch, die Stühle drum herum, alles ist mit irgendetwas belegt. Die Blumen welken. Ich verstehe das nicht. Wo kommst du jetzt her? Wie konntest du mich finden? Nora geht unruhig zwischen der

Tür und mir hin und her, sie spürt, dass etwas nicht in Ordnung ist. Ich gehe neben ihr in die Hocke. Was machen wir jetzt, frage ich, während meine Hand über ihr glattes schwarzes Fell streicht. Die Hündin leckt mir die Finger. Schon gut, sage ich und setze mich zu ihr auf die Dielen. Mein Puls ist hoch, als hätte ich eine volle Schubkarre das Grundstück hinaufgeschoben. Ich spüre die Herzschläge im Hals. Hast du uns schon entdeckt? Was für eine Frage, wir sind ja nicht zu übersehen vom Wald aus. Jeder sieht uns, bevor wir ihn sehen. Nora bellt nicht, wenn sie jemanden kennt. Sie hat den Kopf auf mein Schienbein gelegt, die Augen aber nicht geschlossen. Was machen wir jetzt, frage ich noch einmal. Sie schaut mich weiter aufmerksam an. Du musst uns gesehen haben, und dass das Auto da ist, hast du sicher längst bemerkt. Du wirst warten, vielleicht den Tisch betrachten. Die kleine Motorsäge. Daneben das Wasser im Bierkrug, halb ausgetrunken. Meine Arbeitshandschuhe. Alles sieht aus, als ob ich gleich zurückkomme.

Für gewöhnlich steht der Wald da wie ein weiter, ruhiger See. Ich schaue in seine Tiefe hinein, bis mein Blick in der Verdichtung der Stämme oben an der Halde hängen bleibt. Dort, wo ich die Bäume nicht mehr unterscheiden kann, wo ich aufhöre zu sagen: Das ist die Rinde einer Eiche, das sind die Blätter einer Buche und das die Früchte einer Erle. Oder irgend so etwas. Mein Blick verweilt auf den Stämmen, an klaren Tagen im durch die Kronen schimmernden Licht der Sonne, in klaren Nächten im Mondlicht, das den Wald in hell und dunkel teilt. Ich kann mich darin verlieren, meinen Gedanken folgen oder sie freilassen. Im Wald spiegle ich mich. Im Laub höre ich mich ums Haus gehen, ich bin es, die alle Schritte macht, ich bin es, die hustet, sich schnäuzt; und wenn ich mit mir selbst rede, bin ich das auch. Ich bin der Klang der Axt, der Ton des Spatens in der Erde, am lautesten bin ich im Brüllen der Motorsäge, ich bin der Atem auf den Bohlen der Terrasse, bin die, vor der die Eidechsen sich nicht mehr fürchten, die barfuß ums Haus geht und in Gummistiefeln in den Garten. Und die, die manchmal vergisst, dass sie ein Geräusch ist. Nora folgt mir, aber sie ist leise, manchmal höre ich ihre Krallen auf den Holzdielen, sehr selten bellt sie oder gähnt betont. Manchmal sitzt der rote Kater auf dem Dach des Schuppens. Er lässt sich nicht stören. Der Wald hat seinen Rhythmus und jedes Geräusch seine Zeit. Das Rufen der Käuze, das Bellen der Rehe, das schnelle Schlagen der Wildschweinhufe, wenn die Rotte, vom Berg herabkommend, über den Forstweg zieht, hinunter zum Rand der Lichtung, wo die große Eiche steht. Der frühe Klang der Singdrossel, das Einstimmen der Amseln, der Meisen, des Zilpzalps, der Finken und schließlich aller anderen. Der Wald, wenn er das Erwachen feiert, bis es Tag ist.

Als ich hier hinzog, in diesen Wald, hatte ich Angst. Nicht vor den Tieren. Und auch nicht vor dem Alleinsein, sondern davor, gesehen und gehört zu werden. Ich fühlte mich schwächer, angreifbar. Ich hatte Angst vor meinem Licht in der Dunkelheit, weil man es weithin sehen konnte. Ich hatte Angst vor meiner Gestalt auf dem Grundstück, die mir wie eine Einladung erschien an jede imaginierte Männerfigur hinter jedem möglichen Baum. Ich wäre am liebsten unsichtbar gewesen, gar nicht da als Mensch mit einem Körper. Wenn ich menstruierte, glaubte ich, man könne mich riechen.

Förster, Jäger, Holzarbeiter. Schon meine Großmutter hatte Angst vor dem Wald, meine Mutter hatte Angst vor dem Wald, und schließlich hatte auch ich sie. Weil Angst sich vererbt. Als ob der Wald einem Böses wollte, als ob die Gefahr hier größer wäre als in der Stadt. Für eine Frau. Als ob im Wald hinter jedem Busch einer lauert, als ob der Mann ein Wolf ist und die Frau ein Reh. Es ist möglich, sich diese Angst abzutrainieren, ich führe den Beweis selbst. Das sage ich den Mädchen, die das Camp besuchen, und ich sage es auch den Jungen: Dieses Camp ist ein Ort, an dem ihr Dinge üben könnt, von denen ihr vielleicht vorher gar nicht wusstet, dass es euch hilft, sie zu können. Sie machen euch nicht zu besseren Menschen, aber zu bewussteren. Ihr nehmt euch mehr wahr, und ihr nehmt die Natur mehr wahr. Damit seid ihr auf der besseren Seite. Ich sage nicht: Inzwischen lebe ich sogar allein im Wald, und dort ist es mindestens so einsam wie hier im Camp. Ich sage nur: Ihr müsst vor dem Wald weniger Angst haben als vor eurer Fantasie, sie ist mächtiger, als ihr glaubt. Die meisten Jungs lachen, wenn sie das hören, bis heute wird ihnen schon im Kindergarten erzählt, dass sie stark zu sein haben. So sind anscheinend auch ihre Fantasien.

Jede Bewegung fühlt sich unsicher an. Ich sitze noch immer auf dem Boden, Nora atmet ruhig gegen meinen Schenkel. Wenn du auf die Terrasse kommst, wenn du zum Fenster hereinschaust, wenn du vor der Terrassentür stehst, wirst du mich sehen. Ich spüre, wie meine Finger sich einkrümmen wollen, aber so leicht geht das nicht, ich stütze mich mit den Händen auf den Dielen ab. Unter der Treppe hat sich eine Spinne eingenistet, sie bewegt sich schnell, arbeitet an einem langen Faden zwischen den Stufen. Ich könnte sie stören, aber ich lasse es; irgendwann wird sie das Netz von selbst aufgeben, dann kann ich es entfernen. Ich mische mich nur ungern in die Angelegenheiten der Tiere. Wir könnten nach oben gehen, sage ich zu Nora. Und dann denke ich: Unsinn. Das ist mein Grundstück, mein Gelände, das ist mein Haus, mein Zuhause, ich bin hier, und ich entscheide, wer hier sein darf und wer nicht. Und dann: Bin ich verrückt, warum fürchte ich mich vor dir? Eigentlich weiß ich es. Aber das macht es nicht besser, das macht es nicht leichter. Mein Körper verharrt, will sich nicht rühren, ich sitze fest. Ich kann doch nicht, sage ich zu Nora, und ich weiß nicht, wie der Satz zu Ende geht. Und ich weiß es doch. Aber ich kann es nicht sagen. Nora rührt sich nicht. Ich lausche nach draußen, nichts ist zu hören, nicht einmal ein Vogel. Doch, ich höre die Rabenkolonie oben am Kamm. Sind nicht alle Fenster zu, alle Türen? Ich erschrecke, die Tür oben zum kleinen Balkon hin ist geöffnet. Wie einen Einbrecher sehe ich dich über den Brennholzstapel hinaufklettern, fast nicht möglich, das schafft nur eine Katze. Aber du bist ein guter Kletterer, das hat sich schnell herausgestellt im Camp. Es muss nicht immer so sein, nur weil jemand leicht und feingliedrig ist, ist er noch lange nicht so beweglich wie du. Nein, du wirst nicht ins Haus eindringen, dazu bist du viel zu gut erzogen. Nora hebt den Kopf, und wie sie zu lauschen beginnt, schwillt auch mein Puls wieder an, ich spüre ihn links am Hals, ein Klopfen fast bis zum Ohr. Ist er da, frage ich sie, ich flüstere, spüre meinen harten Nacken, ich sitze vollkommen eingesunken da, das merke ich jetzt. Und nichts will sich aufrichten in mir.

Bilder.

Ich selbst als Fünfzehnjährige auf der Sommerfreizeit der Pfadfinder im Zimmer des melancholischen Betreuers. Freiwillig. Ich weiß nicht, was ich da suchte, ich mochte ihn, er unterhielt sich anscheinend gern mit mir, er meinte nur mich, wenn ich da war. Er sah mich. Jedenfalls dachte ich das. Nichts passierte, außer dass ich am falschen Ort war, vor falschen Augen, mit falschen Gesten.

Einmal, es war Fasching, wie ich nach dem letzten Saisonspiel meines Sportteams eine Piratin war. Wie ich im Gasthaus die Laternenmaßkrüge nicht an mir vorbeiziehen ließ, auf meinem Oberschenkel die flinke Wurfhand des Linksaußens aus der Herrenmannschaft, schon nicht mehr auf meinem kurzen Lederrock, und wie ich nicht wusste, ob mir das gefällt, aber es gefiel mir, dass er mich ausgesucht hatte, dass ich es war und keine der anderen. Dabei war er nicht einmal schön. Aber die Nummer eins der Mannschaft. Dass mein Bein es war, das er berühren wollte, meine Rockkante. Ich konnte nicht Nein sagen, deshalb. Wie ich später – und natürlich hatte ich von jedem der Laternenmaßkrüge mitgetrunken, wie es sich gehörte unter Sportsleuten –, wie ich da vor der Toilette auf ihn gestoßen bin. Gestoßen. Drei Treppenstufen höher schob er der Piratin die Finger unter die Strumpfhose, unters Höschen und weiter, blieb da, bohrte, streichelte. Die Piratin ertrug es und knutschte weiter mit ihm. Ich empfand nichts oder habe es vergessen. Es hat nicht viel gefehlt, und der Trainer hätte mich geohrfeigt, als er mich mit dem Linksaußen auf der Treppe entdeckte. Wer also trägt die Schuld? Seinen Teamkollegen hat er weggeschickt.

Fotos von mir mit dem Teleobjektiv aufgenommen bei einem Schulfest. Das Zoom auf das Achselhaar des jungen Mädchens gehalten. Mein dunkles Achselhaar. Darüber mein Gesicht, das Gesicht eines Kindes. Wie schlecht es sich anfühlte, mich auf so einem Foto zu sehen. Nur verstand ich nicht, warum, damals. Heute sehe ich den Blick hinter der Kamera, ich sehe den Voyeur. Mehr als fünfundzwanzig Jahre später.

Nora atmet wieder ruhig, ich spüre ihren Herzschlag an den Rippen, ich lausche; ein paar Amseln zwitschern, sprechen miteinander, in der Ferne übt der junge Hahn der Nachbarn das Rufen. Ich höre leise Geräusche aus der Wand, da sind die Hornissen mit ihrem beständigen Raunen, Murren und Summen, ununterbrochen scheinen sie in Kontakt zu sein, als berieten sie den Sommer lang ihr Vorgehen, ihr Leben hier im Haus. Dich höre ich nicht. Ich stelle mir vor, wo du dich hingesetzt hast, draußen. Ich will mir das nicht vorstellen, aber ich muss. Ich sehe dich auf dem Spaltklotz sitzen hinterm Haus im Schatten, deine nackten Knöchel unterm Saum der blauen Cordhose, die du oft getragen hast im Camp, ich sehe dich im weißen T-Shirt, sehe deine gebräunten Arme und wie du mit der linken Hand die Haare aus der Stirn streichst, mit der rechten auf dem Telefon herummachst, mit dieser merkwürdigen Lässigkeit benutzt du deinen langen Daumen, mit dem du dir dann über die Augenbrauen fährst, als müsstest du sie ordnen. Ich sehe, wie du aufschaust, mich anschaust, wie du lächelst, als du mich siehst, wie dein Gesicht leuchtet. Ich schließe meine Augen, für einen Moment schließe ich sie, um dieses Bild nicht zu sehen. Doch es bleibt.

Ich spüre, wie meine Züge weich werden, mache eine Grimasse, kneife die Lider zusammen, das Bild verschwimmt. Du musst andere Kleidung tragen heute, das war keine blaue Hose, was ich zwischen den Bäumen hindurch sah, kein weißes T-Shirt. Was habe ich überhaupt gesehen? Eine Gestalt, die Bewegung eines Körpers, jemand hinter den Büschen, der mir bekannt vorkam, und dann nichts mehr. An der Kleidung habe ich dich nicht erkennen können. Aber ich habe dich erkannt, du bist hier, das weiß ich. Wer bist du hier, wo ich zu Hause bin? Ein Eindringling bist du. Willst du das sein? Möchte ich dich hier haben? An meinem Ort, von dem du eigentlich nichts wissen kannst. Vielleicht erkenne ich dich so nicht wieder, vielleicht bist du ein anderer Mensch, wenn ich dich hier sehe, wenn ich hier mit dir allein bin. Ich will überhaupt nicht mit dir allein sein. Ich habe das schon im Camp tunlichst vermieden. Tunlichst ist ein Wort meines Vaters. Er wäre doppelt so alt wie deiner, wahrscheinlich. Zweiundneunzig. Was man alles erbt, was man übernimmt. Vatertochter. Papakind. Meine letzte präzise Erinnerung an ihn – bevor er krank wurde, bevor ihm die Erinnerung abhandengekommen war und seine Logik brüchig wurde –, meine Wut auf ihn, und dass er diese Wut nicht kapierte, als er mir stolz noch einmal die alten Fotos zeigte. Das Gefühl, er kennt seine Grenze nicht. Kannte sie nie. Ein Einschnitt.

Ich fühle mich von mir selbst bedrängt, vom Strom meiner Gedanken, von ihrem Herumschweifen, von ihrer Unermüdlichkeit. Dabei komme ich mir erschöpft vor, wie ich inzwischen auf den Holzdielen liege, noch immer an der gleichen Stelle. Ich weiß nicht, wie viel Zeit seither vergangen ist. Eine halbe Stunde oder mehr? Nora, jetzt mit dem Kopf in meiner Achsel, stupst mit der Schnauze immer wieder meine Wange an, als wolle sie mich trösten. Ich möchte meine Ruhe. Ich möchte mich zurückhaben, so wie ich war bis vor sieben Wochen. Ich wünschte nichts. Zumindest denke ich das. Ich hatte alles. Ich wusste nicht, an wen du mich erinnerst, als du mir begegnet bist. Ich sah deine dunklen Augen, die braunen Locken, deine feinen Glieder und hatte sofort das Gefühl, ich kenne dich irgendwoher, du bist mir ganz vertraut. Zuerst dachte ich, du wärest ein Mädchen. Nein, ich dachte gar nichts. Ich sah ein Mädchen. Aber du bist ein Junge. Ich erinnere mich, ich wollte augenblicklich darüber nachdenken im Camp, woher ich dich kannte und wen ich kannte, an die du mich erinnertest, aber das ging nicht, ich war bei der Arbeit. Immerhin ähnelte deine Stimme keiner, die ich kannte, nur hätte ich sie mir heller vorgestellt; deine Stimme war die eines Jungen nach dem Stimmbruch. Und dieses sanfte Anschlagen der Zunge an den Zähnen mochte ich sofort.

Als ich hier in diesen Wald zog, gab es zunächst niemanden außer mir und dem roten Kater, der sich mir manchmal zuwandte, wie Katzen es tun, und sich von mir abwandte, wie Katzen es tun, der unabhängig war bis auf die Sehnsucht, manchmal ein wenig Futter von mir zu bekommen, das er auch anderswo bekommen würde, wenn ich nicht da wäre. Ein Fuchs frisst am Tag zwanzig Mäuse, und eine Katze braucht wahrscheinlich nicht viel weniger. Aber welche Katze lebt schon ausschließlich von Mäusen. Die anderen Tiere sehe ich, höre ich, aber sie kommen mir nicht nah.

Wenn ich mich dir nicht öffne, denke ich, wirst du einfach wieder gehen. Wenn ich nicht mit dir spreche, kannst du nicht mit mir sprechen. Wenn ich mich dir nicht zeige, kannst du mich nicht sehen. Wenn ich mich dir nicht hingebe, kannst du mich nicht nehmen. Ich erschrecke bei diesem Gedanken.

Aus einer der Ritzen zwischen den Dielen klettert ein schwarzer Marienkäfer hervor. Er hat nur drei rote Punkte. Es gibt hier unendlich viele von dieser schön ausschauenden Plage. Weil die schwarzen anscheinend mehr stinken als die anderen, haben sie weniger Fressfeinde, und weil es ihnen des dunklen Gewands wegen schneller warm wird, werden sie im Frühling schneller wach und aktiv. Und weil das so ist, haben sie wahrscheinlich mehr Nachkömmlinge. Immer hängt alles mit allem zusammen. Auch bei den Tieren. Und obwohl es so viele hier im Haus gibt, kann ich sie nicht töten. Ich mag ihre glänzenden Panzer, die zu Flügeln werden können. Sie wohnen in den Wänden, im Winter leben sie ganz aus sich selbst heraus.

Ich weiß nicht, ob ich mich hier jemals einsam gefühlt habe. Ich wache auf, wenn die Sonne aufgeht, und ich werde müde, wenn sie untergeht. Dazwischen bin ich, und dazwischen ist meine Arbeit. Die am Haus, die im Garten und die im Camp. Ich bin zweiundvierzig Jahre alt. Alt genug, um entscheiden zu können, was ich möchte und was nicht, weil ich alles erlebt habe, was nötig war, um jetzt zu wissen, ich möchte es so und nicht anders, auf keinen Fall anders.

Bilder.

Ich war zehn, als ich mich zum ersten Mal für ein anderes Mädchen interessierte, für den Körper des anderen Mädchens, und ich war zehn, als ich mich zum ersten Mal für den Körper eines Jungen interessierte, und dann hörte das nicht mehr auf. Ich war elf oder zwölf, da kannte ich bereits die Körper von Liese und von Anton und von Florian und von Enders, und ich wusste, was im Bauch passierte, wenn man den eigenen Körper an denen der anderen rieb, und was im Herz passierte auch. Und dass ich beten musste, wenn ich nicht in die Hölle kommen wollte, mein Körper nicht im Fegefeuer landen sollte. Das glaubte ich eine Zeit lang, aber etwas in mir war stärker. Ich küsste und rieb mich, und ich betete. Mit zwölf Jahren küsste ich zum ersten Mal leidenschaftlich mit Zunge. Mit dreizehn noch leidenschaftlicher, mit vierzehn war ich verliebt, fasste einem Jungen in die Hose. Er war ein Jahr älter als ich und hatte Angst vor mir. Ich wollte nicht, dass jemand Angst vor mir bekam. Er war schön. Ich begehrte seinen schönen Körper, der den meinen nicht begehrte. Irgendwann, nach Jahren, hörte ich auf zu beten, rieb mich weiter und mehr und öfter, und so war das auch mit dem Küssen.

Ich möchte einmal mit dir in meinem Bett liegen, einfach nur so. Ein Satz. Die Einladung vom melancholischen Betreuer bei den Pfadfindern. NEIN! Und Schluss. Scham, bis heute über diesen Antrag. Selbst schuld, ein Gefühl, bis heute. Weil ich mich ihm anvertraut habe mit allen Ängsten. Als Mädchen, als Siebzehnjährige. Ab dann wollte ich nichts mehr mit ihm zu tun haben. Gar nichts. Nie mehr. Bis heute bin ich diese scheinheilige kleine Verführerin, die nur gesehen werden will: Vor mir selbst bin ich das, bis heute. Ich muss nicht mehr gesehen werden.

Die Spinne hat das Netz nicht nur vergrößert, es ist auch dichter geworden und spannt sich über einen Neunziggradwinkel unterhalb der Treppe. Die Spinne arbeitet im Moment nicht. Ich weiß nicht, worauf sie wartet. Ich beobachte den Käfer, der immer noch die Kante der Holzdiele entlangläuft, aber den kann sie nicht sehen. Immer wieder verschwindet der Käfer in der Ritze zwischen den Dielen, und wenn er hervorkommt, reckt er die Flügel, als wolle er abheben. Und senkt sie wieder. Wenn er weitergeht, wenn er immer weiter diese Diele entlanggeht, genau in diese Richtung, wird er unter der Treppe ankommen, ganz nah bei der Spinne. Die ihn dann sehen wird, die ihn beobachten wird, so wie ich ihn gerade beobachte, die ihn bereits dann riechen wird und vielleicht wissen: Er schmeckt nicht. Oder aber so verzückt sein von der leuchtenden Schönheit, dass sie hoffen wird, er erklimmt dort, wo die Diele endet, die Wand zu ihrem Versteck hinauf. Sie beobachtet ihn, so wie du mich gerade beobachtest. Ich erschrecke. Wenn du mich sehen könntest, würde ich es spüren. Wo hast du dich hingesetzt, um zu warten? Lass mich einfach in Ruhe, sage ich leise. Nora schaut kurz auf. Nichts, sage ich zu ihr, ich schüttle den Kopf, sie senkt ihren wieder. Der Käfer nähert sich. Ich sehe ihn bereits ins Netz gehen, ich spüre sogar, wie sich in mir so etwas wie Freude regt bei diesem Gedanken. Ich schäme mich dafür. Der rote Kater fängt manchmal Eidechsen. Ich schaue zu, wie er sie quält. Ich kann nicht wegsehen. Er jagt ihnen die Krallen in ihre zarte Haut, wirft sie in die Luft, schnappt sie wieder, wenn sie fallen, lässt sie einen Augenblick rennen, sich verstecken und weiß, sie werden sich wieder zeigen. Ich schaue zu, ich tue nichts, obwohl ich möchte, dass die Eidechsen überleben, aber ich schaue auch zu, weil mich das fasziniert, was die Katze, dieses der Eidechse so übermächtige Tier, da treibt.

Ob du wieder gegangen bist? Ich habe die Tür am Balkon geschlossen. Ich bin dafür ins Obergeschoss hinaufgegangen und Nora hinterher. Hier kannst du uns nicht sehen. Wir liegen trotzdem auf dem Boden, auf dem Bauch, Nora an meine Hüfte geschmiegt. Über den Balkon hinab sehe ich, wie die Buchentriebe sich ausbreiten und die Brombeeren. Ich muss sie schneiden, sie bewachsen sonst das Haus über die Dachrinne hinaus. Die Triebe der Brombeeren sind hartnäckig, sie gelangen auch unter die Dachziegel.

Bilder.

Damals stand ich vor dem Spiegel im Bad unseres Ferienhauses an der spanischen Riviera. Mein zwölfjähriger Körper in Adidas-Shorts, wie sie Haile Gebrselassie bei den Olympischen Spielen trug, wie sie danach alle trugen, die ihn verehrten, auch die Handballerinnen, wie ich eine war, wie auch mein Vater einmal einer war, aber im Gegensatz zu ihm war ich nicht gut genug, zu scheu im Kontakt, zu ausweichend, nicht aggressiv genug gegen die Gegnerinnen. Damals in diesem kleinen weißen Haus mit dem flachen Dach stand ich mit nichts als diesen roten knappen Gebrselassie-Shorts bekleidet vor dem Badezimmerspiegel, allein und sicher, und betrachtete meine sprießenden Brüste, die mir noch sehr eigenartig vorkamen und nicht recht zu mir gehörig, als er anscheinend mit der Fotokamera hinter mir stand und meinen Rücken und mich, in mir selbst versunken, im Spiegel aufnahm: Ich habe es nicht einmal bemerkt. Erst als ich die Bilder zu Gesicht bekam, fühlte ich einen Vertrauensbruch, der mir schrecklich erschien. Der nicht wiedergutzumachen war, weil ich lange nicht darüber sprechen konnte, weil ich erst bereit war, mit ihm zu sprechen, als er mir die Bilder noch einmal zeigte, aber schon nicht mehr gut denken konnte. Es ist nie zu spät. Doch. Für manches ist es irgendwann zu spät.

Der Specht schlägt ans Haus, er macht das so häufig, dass Nora nicht einmal mehr den Kopf hebt. Der Specht ist ein Geräusch, wie die Waschmaschine ein Geräusch ist. Wie der Herzschlag ein Geräusch ist. Immer wieder hämmert der Vogel seinen Schnabel ins Holz. Vermutlich ist es der Schwarzspecht, der oben in den Buchen seine Höhle hat, er ist scharf auf Käfer, die gut schmecken, und auf die Holzameisen, die jeden Frühsommer eine Straße über die alten Balken des Hauses und an der Wand der Küche entlangziehen, bis sie irgendwann wieder verschwunden sind. Das alte Haus ist ein Insektenparadies und damit auch eines für die Vögel, die sie fressen. Wenn du draußen auf dem Spaltklotz säßest, wäre der Specht sicher vorsichtiger. Kurz hat ein Eichelhäher Alarm geschlagen, aber das war weit weg. Sonst ist da nichts. Wärst du da, wir müssten dich doch hören. Ich kann alles denken, nur nicht das. Dass du meinetwegen hier auftauchst. Hast du nur eine Frage? Brauchst du Hilfe? Dann kannst du auch anrufen. Im Camp. Sagen, dass du mich sprechen willst. Ob ich dich zurückrufen kann? Würde ich dich denn zurückrufen? Ich weiß es nicht. Ich möchte nicht mehr, dass sich jemand in mich verliebt. Das muss man doch merken, das musst du doch gemerkt haben. Sitzt du vor der Tür und wartest? Sitzt du da und denkst, sie wird schon herauskommen irgendwann. Der Hund wird vor die Tür müssen. Ja, so wird es sein, Nora wird vor die Tür müssen.

Ein Camp im Wald für Jugendliche, wer braucht denn so etwas? Hat meine Mutter gesagt. Die Jugendlichen, was glaubst du, wie viele Stadtkinder noch niemals im Wald waren? Mutter konnte sich das nicht vorstellen, jedes Schulkind muss doch beim Wandern durch den Wald laufen, an der Grillstelle wird Feuer gemacht, werden die Würstchen an Stecken gebraten, bis sie fast schwarz sind. Du irrst dich, habe ich gesagt. Ich habe Kinder kennengelernt, die waren mit elf oder zwölf Jahren noch kein einziges Mal im Wald. Die können gerade einmal eine Katze von einem Fuchs unterscheiden. Eine Krähe von einer Meise. Aber die kennen außer Weihnachtsbaum kein einziges Baumwort. Äpfel wachsen im Supermarkt. Mutter hat mich ausgelacht. Allein hätte ich das niemals begonnen. Wieso soll eine Frau als Pädagogin in der Psychiatrie, wo die Türen meist abgeschlossen sind, wo positive Veränderung in Gramm und nachlassenden Zwangsgedanken und Zwangshandlungen gemessen wird und wo Natur aus dem Kastanienbaum vor dem Fenster besteht, so eine grundlegende Entscheidung treffen?

Am Hang hinter dem Haus, dort, wo der Wald ansteigt hinauf auf die Höhe des Forstwegs und dann zum Gipfel des Geigers, riecht es an Sommertagen wie heute zwischen den Kiefern ein bisschen wie unter französischen Pinien. Ihr Harz erwärmt sich in der Sonne, es dunstet aus und erfüllt die Luft mit diesem ätherischen Duft, der einen sofort mit Fernweh erfüllt. Als wäre das Leben irgendwo besser als da, wo man ist. Es ist paradox, ich habe alles, was ich brauche, hier im Haus, im Wald, aber an klaren Tagen, wenn der Himmel tiefblau über den Kiefern, über den Buchen, den Eschen und Wildkirschen, über der großen Eiche am Haus und der Erle steht, wenn die Luft erfüllt ist vom Geruch des Waldes, wenn die Sonne das trockene Laub, die Nadeln, die letzten Eicheln, die die Rehe im Winter nicht gefunden haben, die Schalen der Bucheckern, die Zapfen auf dem Waldboden erwärmt, alles bei jedem Schritt, den ich mache, bröselnd knirscht und sich dieser unnachahmliche Geruch von Sommerwald verströmt, dann sehne ich mich ans Meer. Immer wieder, immer noch. Wie merkwürdig ist der Mensch.

Hast du dich etwa in mich verliebt? Wie dumm man in seiner Verliebtheit sein kann. Das verstehe ich bis heute nicht. Vor meinen Augen Bilder. Ich schließe die Augen. Das hilft gar nichts. Ein Mann taucht auf, ein Gesicht, eine Heiterkeit, ein Name, kein Körper, eine Stimme, ein Bild, unscharf, ein Zimmer, sein Zimmer, ein Bett, das eine Matratze ist auf dem Fußboden, ein Geruch. Wie unmöglich es ist, so etwas auszulöschen: ein Geruch, als sei das Bettzeug seit Wochen nicht gewaschen. Das falsche Bett. Die Flucht aus dem Geruch, das Erschrecken, wie es passieren kann, in so einem Bett zu landen, in so einem Geruch. Ort, den ich sofort vergessen will. Scham, die bleibt. Wie kann ich mich so täuschen? Und doch auch Erleichterung. Ich habe das Bett rechtzeitig verlassen. Der Weg nach Hause im Dunkeln in größter Verstörung. Die Tränen zu Hause in der Wohngemeinschaft, die Frage einer Freundin: Wofür bist du blind? Und du? Siehst du nicht, dass ich sechsundzwanzig Jahre älter bin als du? Und wie zum Widerspruch kommt sofort die nächste Erinnerung. Mit Marcus mitten in der Nacht, eingepackt in warme Mäntel, im noch jungfräulichen Schnee der großen Stadt, die schon schlief, als wir noch einmal hinausgingen; um Spuren zu hinterlassen, nur deshalb. Eine echte Liebe, trotz mehr als zwanzig Jahren, die uns trennten; neben dem Begehren die vielen zärtlichen Gesten, der Versuch, die Mitte zwischen den trennenden Jahren zu finden. Annäherung. Ich kneife die Augen zusammen. Was bleibt in der Rückschau übrig? Und wer? Ich schüttle mich. Nora ist aufgesprungen. Sie schaut mich an. Setz dich hin, sage ich zu ihr. Sie tut immer, was ich sage. Das müsste sie nicht.

Wer kommt hier vorbei außer dem Förster, dem Jäger, dem Waldbauern mit dem hellblauen Traktor, dem Paar mit den beiden Alpakas, die sie an der Leine führen wie Hunde? Einmal fuhr ein Wagen mit einem tschechischen Kennzeichen den Waldweg hinauf und nach einer halben Stunde wieder hinab. Drei Nächte lang habe ich danach mit dem großen Küchenmesser neben dem Bett geschlafen. Habe ich überhaupt geschlafen? Ich muss das lernen, ich darf mich nicht sofort von etwas Fremdem bedroht fühlen, dachte ich damals.

Nun bin ich seit fünf Jahren hier im Wald, ich habe es gelernt. Seit Nora da ist, fühle ich mich noch sicherer, sie ist mein Bewegungsmelder, meine Alarmanlage, ihr kann ich vertrauen. Warum spreche ich eigentlich die ganze Zeit mit dir? Als hättest du dich schon eingenistet in mir.

Ich wollte die Hündin nicht. Sie lag irgendwann auf meiner Terrasse, Abstand drei Meter, und beobachtete mich. Und ich sie. Manchmal döste sie, blinzelte, im Rücken die Hauswand, im Blick mich. Ihr dichtes Fell glänzte in der Sonne. Sie sah weder ausgehungert aus noch verwildert. Sie trug dieses Halsband, das hat sie noch immer. Ein schönes braunes Band aus stabilem Leder. Einmal, als ich auf der Terrasse Wäsche aufhängte und die Hand hob, sprang sie erschrocken auf und legte sich einige Meter entfernt wieder hin. Abstand fünf Meter. Die erste Nacht verbrachte sie vor meiner Tür, ich weiß nicht, ob sie sich im Schuppen verkrochen hat, am Morgen jedenfalls lag sie auf der Schwelle, und ich gab ihr zu essen. Gekochte Karotten und eingeweichte Haferflocken. Sie beobachtete mich, näherte sich vorsichtig der Schüssel, als ich wieder hineinging, und fraß alles auf. Den zweiten Tag verbrachte sie fast schon an meiner Seite, mit Abstand zwar, aber sie folgte mir überallhin, als sei das immer so gewesen. Sie und ich im Garten. Sie und ich in der Sonne auf dem warmen Holz, Abstand zwei Meter. Für den Kater interessierte sie sich nicht. Und er sich nicht für sie. Ich fragte mich, woher sie kam, ob sie ausgesetzt worden war, ob ich ihrer Besitzerin ähnelte, ob es ihr schlecht ging, ich fragte mich, ob ich sie nicht doch streicheln und ob ich nicht mit ihr reden müsste. Bis ich wie selbstverständlich begann, mit ihr zu sprechen. Bis ich dachte, mit ihren Augen, mit ihrem dunklen glänzenden Fell, mit den weißen Füßen, mit ihrer zarten Gestalt sieht sie aus wie gemalt. Nora sagte ich. Abstand ein Meter. Bis ich sie streichelte, bis ich es durfte, während ich immer wieder den Namen sagte, den sie nun tragen sollte. Nähe mit Vorsicht. Als sie läufig war, hat sich der Terrier-Rüde vom Jäger für sie interessiert. Sonst gibt es weit und breit keine Hunde in der Gegend. Eigentlich. Umso verwunderlicher, wie Nora es bis zu mir geschafft hat. Woher sie gekommen ist, weiß ich bis heute nicht. Sie ist mein erstes Tier. Sie ist das Beste, was ich habe. Ich meine das in einem ganz umfassenden Sinn. Abstand null. Manchmal schaue ich durch ihre Augen. Jetzt schläft sie, so, als sei nichts, so, als hätten wir nicht eben oder vor Kurzem oder ich weiß nicht, wie lange wir nun schon hier auf den Dielen liegen und ich meinen Gedanken nachhänge, als hätten wir dich nicht vorhin kommen sehen, hätte ich dich nicht kommen sehen. Hat sie dich nicht gesehen? Sie kennt dich doch. Warum hat sie nicht reagiert? Warst du eine Einbildung? Ein Tier, das in meinen Augen ein Mensch wurde. Der vorsichtige Gang eines Rehs ist von dem eines Menschen noch immer zu unterscheiden. Aber wenn der Wind die Zweige der Buchen und Birken, der Eschen drüben überm Weg in der Sonne bewegt, wirkt das Licht auf dem Waldweg milchig, und manchmal scheint irgendetwas so zu glitzern, dass ich denke, es schimmert Metall am Hang, dabei sind das nur Lichtreflexe. Du bist kein Reflex. Es gibt dich. Ich setze mich auf. Die Sonne scheint nun schon weit aus dem Süden auf die Terrasse.

Es ist nach vierzehn Uhr. Es sind wenigstens zwei Stunden vergangen. Warum meldest du dich nicht, wenn du da bist, wenn du den weiten Weg auf dich genommen hast von der Stadt hierher, wenn du schon herausgefunden hast, wo ich wohne? Es ist mir eh ein Rätsel, woher du das weißt. Irgendjemand muss dir geholfen haben. Oder es ist nicht wahr, und du bist es nicht. Was ich bereits ausgeschlossen habe.

Als der Mann, der nie wusste, wie nah er mich bei sich haben wollte, sehr nah oder sehr fern, der Mann, der das falsche Auto fuhr und die falsche Partei wählte, aber Tiere liebte, Pflanzen und Menschen, und von der richtigen Wärme genug ausstrahlte, als dieser Mann mein Leben verließ, ohne sich mir noch einmal zu stellen, um mir von Angesicht zu Angesicht zu sagen, dass er mich nicht mehr haben will, sondern nur diese Nachricht per E-Mail schickte, als ich irgendwann verstanden hatte, es ist zu Ende mit ihm, wirklich zu Ende, da entdeckte ich ihn in anderen Menschen. Immer wieder war er da, wo ich war. Sein Körper, seine Bewegungen, sein markantes Gesicht: In allerlei Städten begegnete ich ihm, auf Straßen, in Geschäften; plötzlich schien er dort zu stehen, zu gehen. Er war es nie. Noch heute denke ich manchmal, ihn irgendwo zu erkennen, aus weiter Ferne. Auch du warst nur eine Erscheinung zuerst; zuerst sah ich nicht dich. Ich sah das Mädchen. Es gibt diesen Zustand der vollkommenen Durchlässigkeit, in der der Körper nur eine Hülle um den Geist herum ist, um Herz und Nieren und um die Seele. Da habe ich gesehen, wie ein schmales Mädchen eine Alukiste aus dem Bus hob. Sie muss eine Menge Kraft haben, dachte ich, als ich ihr zuschaute, wie sie den Behälter nur mit Mühe anheben konnte, aber ihn, als sie Schwung hatte, so vor den Bauch hievte, dass sie ihn gut tragen konnte. Sie schien sich nicht schwerzutun. Niemand bot ihr Hilfe an, obwohl drei Jungs danebenstanden. Sie guckten nur. Ich wollte schon zu ihr hingehen, um sie zu unterstützen, aber es ist nicht gut, wenn ich mich gleich einmische. Beobachten, zuschauen, hinhören, ausharren. Und nur, wenn es wirklich nötig ist, eingreifen. Ich blieb also stehen. Einer dieser Burschen kicherte und zeigte auf seinen Bizeps, dann machte er eine eindeutige Bewegung mit den Hüften. Sie galt dem Mädchen. Dir. Die anderen lachten. Auch Kinder können schlechte Menschen sein, das traut sich nur niemand zu sagen. Das dachte ich. Schwuler Bock, sagte einer. Was ist denn daran schwul, das hab ich nicht verstanden. Schließlich grölten alle drei wie junge Stiere. Das Mädchen bewegte sich nicht vom Fleck. Du standest fest. Auch die Kiste stelltest du nicht wieder ab. Dann, endlich, drehtest du dich Richtung Küche und gingst los. Die drei Burschen kamen auf mich zu. Sie waren mitten in der Pubertät, einer sehr pickelig. Luca. Er tat mir leid. Anton, den ich gleich nicht mehr mochte, hatte sogar noch Babyspeck im Gesicht. Ich kenne das schon. Janis, rief der Lehrer, stell die Kiste doch einfach mal ab. Die ist viel zu schwer für dich. Ich weiß auch nicht, warum er immer mehr schaffen muss als die anderen, sagte er zu mir. Und ich begriff es nicht. Wer, habe ich gefragt. Da stelltest du die Alukiste auf einem der Tische in der Küche ab. Was sollte ich sagen? Wir alle müssen uns manchmal beweisen, sagte ich. Ich hab nicht gesehen, dass du ein Junge bist. Oder ich wollte es nicht. Aber etwas ließ mich dich anschauen. Vielleicht spürt man etwas von sich selbst in einem anderen Menschen, bevor man es überhaupt bemerkt. Vielleicht nennt man es Anziehung.

Meine Wahrnehmung schärfte sich nach Tagen allein auf meinem Grundstück. Das fiel mir immer erst auf, wenn ich wieder im Camp arbeitete, wenn eine neue Gruppe anreiste, plötzlich wieder Menschen um mich herum waren, sich bewegende Körper, sich so erstaunlich unterschiedlich bewegende Körper, nicht von Tieren. Wie sie umhergingen, wie sie ihren Rumpf auf den Beinen trugen, wie sie den Kopf hielten, den Blick, wie sie lange und kurze Schritte machten, wie sie die Arme schlenkerten oder gar nicht schlenkerten, weil sie so aufrecht und steif oder aufrecht und grazil gingen, manche so geschmeidig, als hätten sie ihren Gang den Tieren abgeschaut, manche so, als kämen sie aus der Welt von Maschinen oder animierten Spielen, und manche, als schämten sie sich für jede Bewegung, die sie machten, machen mussten. Dass nur wenige junge Menschen mit den Händen sprachen. Wie sich Stimmen anhörten, wenn ich tagelang nur meine eigene gehört hatte, wie empfänglich ich war für alle menschlichen Zeichen. Was Augen erzählten, was ich in Gesichtern lesen konnte. Wie sich Gesichter, Augen und Blicke, wie sich die Körper nach wenigen Tagen im Wald veränderten, wie der Wald in die Menschen hineinschlüpfte. Sich in ihnen ausbreitete. Wie sehr. All das vergaß ich schnell, und genauso schnell erinnerte ich mich daran, wenn ich im Camp wieder zwischen ihnen stand. Für viele ist der Wald zuerst eine Überforderung. Er ist nicht wie sie und fremder als jeder andere Mensch, jedes Tier, aber dennoch ein großes Wesen, eine Verdichtung von Atem, von Leben und Sterben. Er steht nie still. Alles in ihm bewegt sich in eigenem Tempo: jedes Tier, die Büsche, die Bäume, die Gewässer und dann noch das Wetter, der Wind. Ganz rasch kommt jeder mit Geräuschen in Verbindung oder mit Bildern, manchmal sogar mit Tieren, die man nicht kennt. Einmal kam ein Mädchen vom Holzsammeln zurück, war nicht weit weg gewesen, nur rund um das Camp, und sagte: Da war so ein kleines Tier. Wie sah es denn aus, wollte ich von ihr wissen. Sah aus wie, keine Ahnung, ein magersüchtiges Frettchen vielleicht. Das klang lustig. Sie lachte. Ich auch. Das magersüchtige Frettchen war vermutlich ein Zwergwiesel. Und dann wird es Nacht. Kaum jemand kennt es, in der Nacht draußen im Wald zu sein. Der Wald macht in der Nacht so viele Geräusche, die einzuordnen man erst lernen muss, es gibt Lichtstellen bei Mond, und es gibt Schatten, und nicht alle Menschen finden den Mond schön. Dass der Wald die eigene Wahrnehmung braucht, versteht man nicht gleich, dass man sich nur auf sich verlassen kann, auf seine Intuition und seine Ängste. Dass es Grenzen gibt. Es fahren keine Autos da, es gibt keine Ampeln, keine Mülleimer. Wenn man den Wald erst einmal wahrzunehmen beginnt, hört das nie mehr auf mit den Entdeckungen. So etwas sage ich dann im Camp.

Bis ich dich zum ersten Mal sprechen hörte, hielt sich in mir das Bild des Mädchens, das du im ersten Augenblick warst. Wie immer habe ich zur Einführung alle an die Feuerstelle gebeten. Ich schlug im Küchenzelt den Gong, neben mir Nora, die nicht von meiner Seite wich, wie immer, wenn eine neue Gruppe anreiste. Keine Ahnung, was sie erlebt hat, bevor sie zu mir gekommen ist.

Vor fremden Menschen hat sie erst einmal großen Respekt. Ich kann nicht sagen, vor Männern mehr als vor Frauen. Es hält sich die Waage. Vor Kindern noch am wenigsten. – Ich bin Claire, sagte ich, als alle sich versammelt hatten. Ihr sagt Du zu mir, weil ich zu euch auch Du sage. Das ändert aber nichts daran, dass ich hier die Chefin bin und dass gemacht wird, was ich anweise. Und so weiter; so wie ich immer alles Mögliche über die Regeln sage, und wie es zugehen soll im Camp. Rauchen, trinken, in den Wald pinkeln oder noch größere Geschäfte verrichten dort, geht gar nicht. Ich erkläre die Komposttoilette. Sie funktioniert wie ein normales WC, nur dass statt Wasser Sägespäne ins Loch geworfen werden. Es ist also ein Trocken-WC. Klar finden das alle erst einmal merkwürdig, aber es ist ökologisch perfekt, alles wird umgewandelt in Erde. Und es riecht auch nicht. Meist muss ich dann eine Weile warten, bis ich wieder etwas sagen kann, alle reden und lachen durcheinander. Dass ich davon ausgehe, dass es im Wald, wenn alle weggehen, genauso aussieht wie vorher, dass ich weder Namen noch andere Zeichen in Baumrinden finden möchte, das sage ich auch immer. Und dass dem, der ein Messer dabeihat, jetzt noch die Möglichkeit bleibe, es abzugeben. Ich möchte nicht, dass ihr euch in den Bäumen verewigt, das sind Wunden, die ihr ihnen ritzt. Ich möchte, dass ihr versteht, ein Baum ist ein Lebewesen. Solange ihr hier seid, gilt allem, was ihr in der Natur wahrnehmt, der gleiche Respekt wie Menschen. Jedes Mal fragt spätestens jetzt jemand: Gibt's hier keinen Mann? Und alle schauen mich an. Meist muss ich lachen. Auch dieses Mal, und natürlich hat das einer der drei Jungs gefragt, Anton oder Luca oder Basti, die ich gleich zu Anfang nicht mochte. Ihr glaubt also, sagte ich, ich schaff das hier nicht allein? Ich blieb dabei extra lässig. Die Mädchen kicherten. Die lauten Jungs schauten in ihre Schöße, als gäbe es da eine Antwort. Du und ein ausgesprochen schöner Junge, Ansgar, saßt mir gegenüber, ihr saht mich direkt an, lachtet mit mir. Wie schnell ich parteiisch bin, fiel mir wieder auf. Und dann erklärte ich: dass am Nachmittag noch mein Kollege Achim dazukommen würde. Dass wir uns in den Nächten abwechselten. Tagsüber seien wir beide da. Ausnahmsweise komme Achim dieses Mal ein wenig später. Und so weiter. Alles klar, fragte ich. Und schließlich: Was habt ihr für Erwartungen, was meint ihr, lernen zu können hier, außer Feuer machen? Für euch? Lange passierte gar nichts. Die drei Jungs stießen sich mit den Ellbogen an, giggelten dabei nicht weniger aufgeregt als die Mädchen und schauten auf ihre Turnschuhe. Bei den Mädchen schauten alle außer Elif so angestrengt vor sich hin, als müssten sie sich eine 1-a-Antwort überlegen. Und da, in diesem Moment, hörte ich dich zum ersten Mal sprechen, und deine Stimme war entschieden die eines Jungen.

Auf Google Maps ist das Haus zu sehen. Vom Himmel aus ist alles da, Haus, Vorplatz, Garten, Wiese. Aber wer es finden will, muss es wissen, muss den Standort kennen. Sonst bleibt es im Verborgenen. Vom Dorf aus ist es zu Fuß in einer Dreiviertelstunde zu erreichen, von der Bushaltestelle aus wahrscheinlich in nur sieben Minuten. Aber dafür muss man die Bushaltestelle kennen. Diese. Beim Milchhäuschen. Woher solltest du sie kennen? Ich weiß nicht, wie lange du darüber nachgedacht hast, hierherzufahren, du musst lange darüber nachgedacht haben, oder du hast kein bisschen darüber nachgedacht. Zwischen diesen Varianten ist viel Raum. Was ist lange? Was ist eine lange Zeit? Mit sechzehn. Mit zweiundvierzig. Was in sechsundzwanzig Jahren Leben alles geschieht, das überblickst du nicht mit sechzehn. Das ist der Unterschied, dass ich darauf schauen kann, rückwärts. Warum überhaupt willst du hierherkommen? Warum überhaupt fällst du mir seit sieben Wochen immer wieder ein? Du hast es nicht mehr ausgehalten. Ich habe nur diese eine Erklärung dafür. Und da spüre ich, was dich bedrängt. Ich bin du, für einen Augenblick bin ich du: Ich muss herausfinden, wo Claire wohnt, ich muss dorthin. Ich mache es einfach. Ich will nichts von ihr; nur reden. Mehr nicht. Ich habe noch nie so etwas gefühlt. Das mit den Gefühlen erzähle ich niemandem. Ich möchte wissen, ob sie genauso denkt, wie ich fühle, dass sie denkt, oder genauso fühlt. Und dann sitzt du im Bus, und der Busfahrer macht nicht einmal Ansagen. Und natürlich steht immer wieder ein Ortsname auf dem Haltestellenschild irgendwo an einer kleinen Straße, aber weit und breit sonst nichts. Dass du hier niemals wohnen könntest, denkst du. Was gibt's denn hier draußen, denke ich, dass du denkst. Wohin soll man hier denn gehen? Da ist ja nichts. Es gibt Fußballplätze, es gibt ein paar Gasthöfe, die aussehen wie aus dem letzten Jahrhundert. Und die Häuser: als ob hier niemand wirklich Geschmack hat. Das denkst du, und du hast recht. Und es gibt Rehe. Wie viele Rehe du schon gesehen hast auf dieser Fahrt. Bestimmt sehr viele. Aber immer nur auf Rehe schauen. Keine Ahnung, warum Claire im Wald lebt, das denkst du sicher. Weil irgendjemand das Denken übernehmen muss für die Natur, die sonst niemand mehr beschützt. Das habe ich zu dir gesagt, zu euch, als Antwort auf die Frage, warum ich so ein Camp leite. Ob dir das dann einfällt? Sie wohnt da allein, das ist klar. Kein Ring am Finger. Aber die Hündin. So wie sie redet, so wie sie mit der Hündin redet, sind die ein Team. Ich denke, dass du so was denkst.

Du sollst nicht hierherkommen. Niemand hat nach dir gerufen. Warum willst du das überhaupt? Ich will das nicht. Ich möchte, dass du mich in Ruhe lässt. Ich lasse Nora über die Terrasse hinaus. Irgendein Gefühl sagt mir, dass ich spüren werde, ob du da bist oder nicht. Nora wird bellen, so wie sie es immer tut, wenn sie jemanden wiedererkennt, da bin ich mir sicher. Wärst du es gewesen, dort im Wald, sie hätte doch gebellt. Oder hat sie geschlafen? Manchmal döst sie und ist weit weg.

Die Sonne steht schon im Südwesten, über die Eschen hinweg flutet sie die ganze Westseite des Hauses mit Licht. Ich sehe Nora nicht mehr. Für gewöhnlich dreht sie eine Runde ums Grundstück, sie handelt wie eine gute Sicherheitsbeamtin. Für einen Augenblick überlege ich, ob ich auf die Terrasse hinaustreten soll. Es ist meine Terrasse, denke ich, aber die Idee, dass du plötzlich dastehst, erschreckt mich so sehr, dass ich die Tür schließe. Dieser Junge! Ich spüre die Abwertung in dieser Formulierung, es fühlt sich nicht richtig an. Und es fühlt sich richtig an. Warum willst du mir so nahe kommen? Ich habe dich nicht gebeten. Von draußen höre ich bereits nach einer Minute ein kurzes Bellen, und schon steht Nora wieder vor der Tür. Das ging aber schnell, sage ich. Sie springt an mir hoch, als habe sie mich seit Stunden nicht gesehen. Sie macht sich Sorgen.

Komm, sage ich. In der Küche gebe ich ihr frisches Wasser. Sie trinkt aufgeregt, dann springt sie wieder an mir hoch. Ich weiß nicht, was das jetzt bedeutet. Ich streiche über ihren Kopf, den schmalen Rücken. Sie setzt sich. Ich bin ratlos. Ich knie mich neben sie, sie leckt mir die Hand, versucht, an mein Gesicht zu kommen. Ich weiche aus, stehe auf und lasse mir aus dem Hahn Wasser in ein Glas. Als ich trinke, macht mein Telefon ein Geräusch. Es liegt noch auf dem Boden neben der Treppe. Du hast keine Nummer von mir. Du hast nur die Nummer vom Camp. Es ist Mutter. *Ja, ich komme am Samstag*, schreibe ich. Samstag ist morgen. Eine Hornisse ist im Raum. Immer wieder kämpfen sie sich durch Ritzen ins Haus. Sie imponieren mir mit ihren stämmigen Körpern, ihren Augen, aus denen sie alles rundherum wahrnehmen. Schon bei meinem Einzug hatten sie dieses Nest in der südwestlichen Ecke des oberen Stockwerks gebaut. Seither kommen sie immer wieder. Nicht dass sie das Nest wieder beziehen, aber anscheinend ist da ein Hohlraum zwischen Außen- und Innenwand, der so groß ist, dass sie immer wieder ein neues bauen können. Sie sind mir lieber als Wespen. So ein friedliches Volk, denke ich immer, weil es mich in Ruhe lässt, wenn ich draußen esse. Aber natürlich fressen sie jede Art Insekt, das ihnen unterkommt, sie sind größer als Bienen und Wespen, die reine Ähnlichkeit schützt sie nicht davor, von den Hornissen gefressen zu werden. Nachts höre ich ihre Geräusche in der Wand. Das hat mich am Anfang gestört. Inzwischen höre ich es gern, dieses leise Gemurre, Gemurmel. Hornissengespräche. Die Hornisse fliegt die Fenster hinter dem Sofa ab, sie will hinaus. Ich gehe zu ihr. Komm, sage ich, und als ich das Fenster öffnen möchte, erschrecke ich. Als ob du hereindrängen könntest. Sei nicht blöd, du baust dir ein Gefängnis, sage ich zu mir selbst. Dann ziehe ich am Fenstergriff. Nora bellt. Die Hornisse findet sofort den Weg. Schnell schließe ich das Fenster wieder. Die Hündin ist still.

Bilder.

Er küsst mich, er hält mich sehr fest. Er drückt mich an sich, ich sehe sein rasiertes Kinn, seine weiche Haut im Gesicht, den runden Kopf, die Timm-Thaler-Haare. Ich kenne das Gesicht gut, drei Mal die Woche sehe ich es. Ich kann mich kaum bewegen. Nur meine Zunge bewegt sich mit seiner. Plötzlich schiebt er mich weg, verschwindet im Bad. Was tut er? Er hat mich zu sich eingeladen. Ich schaffe jetzt sechsundsechzig Liegestütze. Ich bin die Schnellste beim Zirkeltraining. Ich bin seine Lieblingsschülerin, bin ehrgeizig. Beim Wintertraining ist mir nie kalt. Meine Wurfhand ist kräftiger, stärker geworden im letzten Jahr. Ich habe mich halb nackt gemacht, meine Mädchenbrüste auf seinem Sofa. Ich will, dass er sie sieht, ich will, dass er mich anschaut. Als er aus dem Bad zurückkommt, bleibt er stehen. Zieh dich an, sagt er. Dann dreht er sich um und verschwindet noch einmal im Bad. Ich ziehe mir das T-Shirt über. Dann den Pulli. Ich weiß nicht, wo ich mich hinsetzen soll. Das Sofa ist jetzt beschmutzt. Ich bin doppelt so alt wie du, sagt er, als er wieder vor mir steht. Ich schäme mich. Diese Scham hat mich bis heute nicht verlassen.

Wie soll man jemandem erklären, dass man sich vor einem sechzehnjährigen Jungen fürchtet? Das denke ich plötzlich, aber es ist Unsinn. Ich muss niemandem etwas erklären, weil nichts passiert ist. Ich muss niemandem etwas erklären, weil nichts passieren wird. Seit Wochen schlafe ich schlecht. Ich träume ohne Unterlass. Auch so ein Vatersatz. In den Tagen vor seinem Tod, als er noch bei Bewusstsein war, schreckte er häufig auf, war nass geschwitzt, verzog das Gesicht, als hätte er Schreckliches gesehen hinter seinen Lidern. Manchmal war das anscheinend so, und manchmal wünschte er sich, nicht mehr träumen zu müssen. Der Satz fiel oft. Alles war wieder da, die Gefangenschaft, der Krieg, die Angst, nicht einmal zwanzig Jahre alt zu werden, die Angst, es nicht mehr nach Hause zu schaffen zu den Eltern. Du bist zweiundneunzig, Papa, habe ich zu ihm gesagt, du bist nach Hause gekommen. Ich träume ohne Unterlass: der klarste Satz seiner dementen Jahre. Der Satz für den Übergang in eine andere Welt. Ich träume eigentlich gern. Es kommt mir vor, als lebe ich in der Nacht ein anderes, weiteres Leben. Eines, das oft aufregender ist als mein eigenes. Nur manchmal fühle ich mich bedroht im Traum, jemand steigt in mein Haus ein, jemand steht schon im Saunawagen, wenn ich hereinkomme. Jemand klettert zu mir in die Toilette. Ich schreie laut. Niemand hört mich. Außer Nora. Alle hören mich. Alle Tiere. Ich bin eins von ihnen. Von dir habe ich auch schon geträumt, intensiver, als ich es wollte. Ich möchte nicht von dir träumen.

Was hörst du, frage ich Nora, weil ich sehe, dass sie die Ohren spitzt, aber sie legt den Kopf wieder auf ihre Pfoten. Wir können uns doch nicht von so einem Jungen das Leben diktieren lassen, sage ich laut. Nora reagiert nicht.

Ich bleibe zuerst einfach vor der Tür stehen. Das Herz klopft mir bis in die Ohren, für einen Augenblick denke ich, mir wird schwindelig. Aber es wird besser. Nora kommt mir nach. Ich mache noch einen Schritt auf die Terrasse. Erst jetzt nehme ich wahr, wie warm die Luft hier draußen ist. Ich versuche, ruhig zu atmen, ich atme. Zuerst geht das schwer, es tut fast weh zwischen den Rippen, dann schaffe ich es, die Luft einmal sehr tief einzusaugen. Die Terrassendielen riechen nach Sommer. Ich stelle mich an die Brüstung. Ich denke daran, dass ich für gewöhnlich immer sofort einen See vor mir sehe, der Weite der Lichtung wegen, aber jetzt denke ich es nur als Ablenkung. Ich scanne das Gelände. Auf dem Waldweg ist niemand zu sehen. Oben an der Kante zur Wiese sehe ich die Pferde gehen, beide hintereinanderher, ich höre sie schnauben. Krähen ziehen Kreise, krächzen laut. Sie jagen einen Raubvogel. Sie verschwinden hinter dem Hügel. Ganz in der Ferne höre ich eine Motorsäge. Nora steht neben mir, sie streckt den Kopf durch die Holzbrüstung, schaut hinab auf Wiese und Bach. Sie wedelt mit dem Schwanz. Sie liebt es, hier zu stehen. Kurz nimmt sie Witterung auf. Dann legt sie sich hin und schaut auf die Wiese. Es ist fünf Uhr. Wärst du in der Nähe, Nora hätte dich gewittert. Ich spreche mit dir. Ich möchte das nicht. Ich schüttle mich, ich reibe mir mit den Händen über die Wangenknochen, über den Kopf, dann die Schenkel. Das bist du, sage ich zu mir. Ich schaue auf meine Jeans, sie sind ausgeblichen oberhalb der Knie. Meine Kopfhaut spannt, ich löse den Haargummi und werfe mir die Haare einmal über die Stirn und wieder zurück. Mit den Fingern massiere ich meine Schläfen, ich wünschte, ich könnte die Augen einen Moment schließen, aber das geht nicht. Ich scanne alles um mich herum, gehe sogar ums Haus. Meine Motorsäge liegt da wie zuvor. Auch die Arbeitshandschuhe sehen aus, als habe sie niemand nach mir berührt. Ich schaue in den Bierkrug, er ist drei viertel leer. Würde ich behaupten, es sei jetzt weniger Wasser darin als vor ein paar Stunden, ich würde lügen. Ich weiß es nicht. Ich hebe den Krug und rieche daran. Was sollte ich riechen? Vielleicht ist etwas Wasser verdunstet. Vielleicht war ich auch sehr durstig. Nora kommt um die Ecke gerannt, aus der Zinkwanne nimmt sie zwei Zungen voll Wasser, das macht sie immer, wenn sie hier vorbeikommt. Es ist wie ein Ritual. Auch der rote Kater trinkt aus dieser Wanne. Nur viel mehr. Er trinkt, als stünde in dieser Wanne das beste Wasser, das es hier draußen gibt. Dabei erneuert es sich nur durch den Regen. Ich setze mich auf die Bank. Ich weiß nicht, ob ich mich schon verloren habe. Nichts ist mehr in Ordnung.

Bilder.

Wir waren zehn Jahre alt, Liese und ich, wir gingen noch in die Grundschule. Lieses Eltern hatten einen Hof, auf dem alle immer zu tun hatten. Wir fühlten uns sicher in ihrem Zimmer, wir drehten den Schlüssel um. Immer wieder klopfte die Mutter an die Tür, weil sie nicht wollte, dass wir das taten. Dabei wusste sie gar nicht, was wir taten. Wir waren nackt, wir hatten uns ausgezogen und lagen unter Lieses Bettdecke. Wir schauten uns an, wir berührten uns, wir umarmten uns so fest, dass wir kaum mehr atmen konnten. Wenn es klopfte, sagte Liese: Pssst!, worüber wir kichern mussten, aber wir öffneten die Tür nie. Ihre Mutter hatte nicht genügend Zeit, um zu warten, bis wir aufschlossen. Immer verschwand sie wieder. Wenn sie mich sah, sagte sie: Was habt ihr nur für Geheimnisse? Wir wurden rot. Dann aßen wir Schinken, so viel wie Lieses fünf Brüder. Der Schinken war größer als der Brotlaib. Auf einem Hof gab es immer Schinken. Bei uns zu Hause lag nie ein Schinken auf dem Tisch. Das ging einen Sommer lang mit Liese, dann kamen wir auf unterschiedliche Schulen, und Liese war vorbei. Plötzlich denke ich, dass auch Janis etwas von Liese hat. Dieser schmale Körper, wie ein Mädchen, dem noch keine Brüste gewachsen sind. Ich will so etwas nicht denken.

War da eine Bewegung im Hang? Ich wende den Kopf, ich sehe nichts, ich halte den Atem an, mein Herzschlag, der ganz ruhig geworden war, rennt wieder wie ein gehetztes Tier, aber da ist nichts weiter. Auch Nora rührt sich nicht. Wahrscheinlich war es der kleine Rehbock. Der gestrige Abend kommt mir in den Sinn, alles war noch friedlich, über dem Hang hing der Mond wie eine Orange im dunklen Himmel. Keine Geräusche, bis plötzlich die Siebenschläferweibchen oben am Holzplatz des Försters mit ihren Rufen laut wurden. Nora knurrte. Nicht knurren, habe ich gesagt. Nora knurrte leise weiter. Es sind Siebenschläfer. Ich musste lachen und sagte es noch einmal, obwohl das Unsinn war. Was wusste Nora von Siebenschläfern. Sie mögen mein Haus, sie mögen die Bäume ums Haus, ich sehe häufig ihre Köttel, aber nur ganz selten eins von den Tieren selbst. Achim hat mir eine Nachtkamera geschenkt, und obwohl ich immer wieder darüber nachdenke, sie irgendwo anzubringen, mache ich es nicht. Ich weiß nicht, wieso. Vielleicht will ich, dass die Tiere um mein Haus herum ein Eigenleben führen, das ich nicht kenne. Vielleicht ist es auch nur eine Bequemlichkeit. Ich müsste ein Programm auf dem Computer installieren, um die Aufnahmen anzuschauen. Die Siebenschläfer haben letzte Nacht bald wieder aufgehört zu rufen. Die Esche oben am Grundstück teilte mit ihrem Schatten die Wiese, drum herum war es sehr hell. Nichts schien mir bedrohlich. Ich werde heute Abend nicht einfach hier sitzen können, ich habe dich gesehen. Ich bin mir sicher. Nora schnüffelt an der Böschung zum Wald herum, sie wirkt ganz ruhig. Ich binde mir die Haare zum Pferdeschwanz.

Bilder eines Eindringlings.

Ich habe ihn in der Mensa kennengelernt. Immer freitags aßen wir zusammen am Salatbuffet und stellten fest, dass wir nicht nur das gleiche Gemüse mochten, sondern auch einander, aber das sagten wir nicht. Wochen vergingen, und wir erzählten uns von der Uni, ich alles von den Pädagogen, bei denen er plötzlich ab und zu vorbeikam im Café oder gegenüber im Salon, wo ich abends manchmal herumhing mit Freunden. Passfoto so: schmale, feine Nase, helle blaue Augen, ebenmäßiger Mund, Lockenhaare, halblang. Lockenhaare, wie fast alle, die mir gefielen. Mein Ort war nicht sein Ort, weil das Institut der Psychologen ganz woanders lag. Wir redeten wenig über uns selbst, aber ich mochte, wie sanft seine Stimme war, wie zugewandt er sprach, und irgendwann lud ich ihn zum Essen zu mir ein. Das Bild: mein Bett unter der Schräge, eine Nische, Bücherregal und Wand. Beim Vögeln sah der, der oben lag, Buchrücken. Beauvoir, Frisch, Streeruwitz. Da wich seine Sanftheit einer Wucht und die Wucht einer Übermacht, der ich nichts entgegenzusetzen wusste. Ich machte vorsichtige Bewegungen von ihm weg, versuchte, unter ihm hervorzurobben, aber sein Körper folgte, spürte nichts, außer sich selbst. Er aß mich, wie er in der Mensa sein Mittagessen vertilgte. Mehr mechanisch als gierig. Verabschiedete sich danach, wie sonst freitags. Es war aber Mittwoch. Und ich blieb. Er war eingedrungen. In mich. Etwas von ihm blieb in mir. In meiner Wohnung. In meinem Zimmer. Und die Scham. Und meine Unzulänglichkeit: Ich habe mich bewegt, aber ich habe nicht Nein gesagt.

Warum erzähle ich das alles? Es ist meine Geschichte. Und nur ein Zufall verbindet deine mit meiner. Ich bin nicht einmal sicher, ob ich deine Geschichte kennenlernen möchte. Ob es mir guttut, sie kennenzulernen. Nein. Das wird es nicht. Aber etwas geschieht mit mir, etwas hast du mit mir zu tun.

Ich höre deine Stimme, das feine Anschlagen der Zunge, das jedes S mäusehaft klingen lässt. Ssssss. Zwischen den Zähnen wohnt ein kleines hübsches Tier. Deine Begeisterung für den Wald, deine Erzählung von dem Ort, an dem du in der Nacht mit Ansgar und Achim warst, nahe der Winterfutterstelle der Rehe, deine Begeisterung für den gesprengten Baum, das Altholz, das Bruchholz, das herabfällt bei Wind, bei Wetter, das bei Gewitter abgerissen wird, große und kleine Äste, hauptsächlich von Laubbäumen. Ihr habt sie mit Achim gesammelt und um einen Baum herumgelegt, aufgestellt; eine Ansammlung von Ästen und Zweigen wie ein kleines Zelt, hast du gesagt, wie das Holz lag, dicht, aber doch lichtdurchlässig, nur an einer

Stelle hattet ihr einen Zugang gelassen, groß genug, dass ein Igel hineingelangen kann, vielleicht sogar ein junger Dachs. Als Unterschlupf. Wie du Unterschlupf sagtest. Schön. Es werden Weinbergschnecken ihren Winterschlaf darin verbringen. Wie du Weinbergschnecken sagtest. Ich habe Totholz gegoogelt, hast du gesagt, und dass du nun weißt, dass die Insekten solche Holzsammlungen lieben, Schmetterlinge ebenso, auch manche Pilze und bestimmte Sorten von Käfern. Wie du von Wieseln und Mardern sprachst, als hättest du jedes Wort, das du von Achim gehört hast bei jenem Nachtgang, aufgesogen. Wie du das ausführtest vor den anderen, als erzähltest du von Flanken und Freistößen, Elfmetern, die zu Toren geführt haben, so begeistert. Und schließlich von den Rehen, der Ricke und ihren beiden Kitzen, neue Wörter für dich, das hast du gesagt, die du aussprachst, als hättest du einen Schatz geborgen. Dein Blick noch am nächsten Nachmittag, als ich wieder ins Camp kam und du mir beim Essen davon erzähltest. Ein Leuchten in deinen Augen. Deine Frage: Kann ich hier Praktikum machen?

Was kann mir der Junge? Was für ein blöder Satz, denn natürlich kannst du mir etwas. Ich habe Angst vor dir. Deinetwegen habe ich Angst vor mir selbst. Nora kommt herübergelaufen, sie lehnt sich an mein Bein, reibt sich ein bisschen, ich streichle sie, sie zupft an einem Grashalm, reißt ihn ab, kaut. Ich sitze gern auf der Terrasse und oft bis spät in die Nacht hinein an der Holzwand, die an warmen Tagen lange die Sonne speichert; Nora liegt vorn an der Brüstung und beobachtet die Lichtung. Die helle Schneise, die der Mond schlägt, liegt erleuchtet da wie ein Sportplatz im Flutlicht. Der

Zaun grenzt die Gemüsebeete scharf ab zum Rest der Wiese, das Hochbeet ankert darin wie eine Insel, und nur noch als Rinnsal streift der Bach um diese Jahreszeit die Beete. Dennoch hört man sein Plätschern dort, wo er die Erde verlässt und wie ein sehr kleiner Wasserfall auf einen Stein fällt und hinein in mein Grundstück. Ich mag dieses Geräusch, und ich mag, dass die Feuchtigkeit Frösche anlockt, Kröten und Blindschleichen. Auch Bienen und Hummeln mögen das Wasser. Manchmal, wenn ich im Sommer in der Hängematte schlafe, beginne ich, mit dem leisen Wassergeräusch zu atmen. Ich mag es, wenn etwas knackst im Wald. Das sind meist größere Tiere, vermutlich Rehe. Ich habe diese Geräusche als Kind bereits geliebt, wenn ich in den Ferien mit dem Onkel, dem Jäger, zu Sonnenaufgang in den Wald gehen durfte. Ich mochte es, mit ihm auf den Hochstand zu klettern, er hinter mir mit der Jack-Russell-Hündin in der dunklen Tragetasche. Wie sie sich an mich schmiegte, wenn wir da oben saßen. Wie mein Herz klopfte, sobald das Rotwild auftauchte auf der Lichtung, nicht weit von den Bahngleisen entfernt. Manchmal hörte man einen Zug. Ich liebte das Stillsein und wie das Sonnenlicht, das durch einen schmalen Streifen auf den Hochsitz fiel, uns zu wärmen begann. Ich liebte sehr die Vorfreude auf den von der Tante gedeckten Frühstückstisch. Mutter war froh über das Angebot des Onkels. Sie hat bis heute diese lähmende Angst vor dem Wald. Angst ist ein Parasit, der sich überträgt, er überdauert Generationen, wenn man es zulässt. Wie mühsam es ist, sich davon zu befreien, wie schwer es ist, gegen eine Angst anzukommen, die keinen wirklichen Grund hat. Die nichts mit dem zu tun hat, was sich in der Natur abspielt. Nur mit der Fantasie, die, je konkreter man sie werden lässt, umso bedrohlicher wird.

Es war noch am ersten Tag, ich stand mit Ansgar in der Küche und erklärte ihm den Kühlschrank, da schobst du dich zwischen uns. Ihr hattet den Küchendienst zusammen mit Elif übernommen, den ersten. Du standest da, und ich spürte, du wolltest mich provozieren, ich verstand nicht, warum. Du warst kühl und konzentriert zugleich. Als ob du dich ausprobieren musstest, ein Gewand angezogen hattest, von dem du noch nicht wusstest, ob es dir steht. Es stand dir nicht. Da wusste ich, ich muss mich vor dir in Acht nehmen. Man wäscht sich auch im Wald die Hände, sagtest du und hängtest ein herausforderndes *oder?* hintendran. Du standest nah vor mir, zeigtest deine Hände her. Das hast auch du bestimmt nicht vergessen. Ich sah langgliedrige Finger, schmale Handteller. Hände wie gemalt, wie von einem Bildhauer geformt. Du zeigtest sie mir. Damit ich genau das sah. Da kannte ich noch nicht ihre Wärme. Nur damit du nicht fragen musst, sagtest du. Was? Ob ich saubere Hände habe. Wie du zu manipulieren versuchtest. Das spürte ich. Das erschreckte mich. Wir waren auf Augenhöhe. Dunkelbraune Augen. Mit meinem Blick tat ich das, was ich für gewöhnlich beim Meditieren an mir selbst vollzog. Anstelle meines Körpers durchwanderte ich dein Gesicht. Du schautest nicht weg. Zuerst nicht. Deine Augenbrauen wucherten dicht, ungleich, über der Nase wuchsen sie fast zusammen, dein rechtes Auge war dunkler als dein linkes, nicht nur im Ton dunkler, brauner, es wirkte schwerer, tiefer. Da schautest du weg. Deine Haut wie fein geschliffen.

Haut, wie sie andere nur nach Tagen am Meer und in der Sonne haben. Nur am Kinn zeigten sich kleine Unruhen, Unebenheiten; er bekommt einen Bart, dachte ich und spürte, wie mich das überraschte. Da war ich dir schon zu nah. Beim Essen setzte ich mich bewusst so, dass ich dich nicht im Blick hatte. Ich war froh, dass Erbel, die Lehrerin, sofort neben mir Platz nahm. Wir löffelten Eintopf. Ich schaute auf den Jungen, der seine Haare immer um den Finger wickelte. Er wischte sich mit einer Hand schnell die langen Strähnen aus dem Gesicht, mit der anderen schob er sich hastig Gemüsestücke in den Mund. Mehrere Löffel hintereinander. Er hieß Johann. Wann immer es möglich war, verschwand er hinter seinem Vorhang aus Haaren. Im Teller sortierte er den Eintopf nach Einlage: Kichererbsen, Karotten, grünes Gemüse, alles lag getrennt da. Die Stücke von roter Paprika aß er als Erstes. Ich konnte dich nicht sehen. Auch nicht hören, aber ich merkte, dass du mir durch den Kopf spuktest. Als würde ich dich kennen. Ich suchte nach etwas. Nach einer Verbindung. An wen dachte ich, wenn ich dich anschaute? In deiner Anwesenheit dachte ich nur über dich nach. Auch wenn mir schließlich einfiel, an wen du mich erinnertest. Ich dachte nicht an sie. Ich versuchte, mich auf die Gruppe zu konzentrieren, die Lehrerin neben mir, Johann, die anderen Jungs, die Mädchen, die ich außer Elif bisher kaum wahrgenommen hatte, Lindemann, den Lehrer. Vom ersten Moment an hatte ich an diesem Tag das Gefühl, etwas in mir war aufgewühlt worden, in Unruhe. Deshalb freute ich mich, als ich das Motorgeräusch hörte. Achims Pick-up röhrt wie ein alter Traktor, man erkennt ihn von Weitem, und obwohl ich der Meinung bin, dass er die Tiere erschreckt, lässt er ihn nicht richten. Alle hoben die Köpfe, als das Geräusch näher kam, Johann schob die Haarwand vor seinen Augen zur Seite und drehte den Kopf in Richtung des Lärms. Als er nichts sah, ließ er die Strähnen wieder fallen. Er hatte aus den Kichererbsen ein Häufchen gemacht, alles andere hatte er aufgegessen. Anton und seine beiden Freunde wollten sofort aufstehen, schauen, was los war, aber der Lehrer rief sie zurück. Der schwarze Pick-up ruckelte mit Achim ins Lager. Achims linker Arm hing aus dem offenen Fenster, das machte man hier draußen so, die Hand schlug auf der Tür den Takt der Musik, den vielleicht nur er hören konnte. Es war ziemlich wilder Punk. Yeah, yeah, grölte Anton. Ich stand einen Augenblick auf, nur um zu signalisieren, ich sitze hier. Achim tuckerte langsam an uns vorbei, ohne die Miene zu verziehen. Ich kannte das schon. Heilige Scheiße, was für eine Karre, sagte jemand. Irgend so etwas sagt immer jemand. Hey, rief Achim. Und alle Köpfe wendeten sich ihm zu. Für einen Moment war es still.

Als ob diese Natur, der Wald und ihre Fremdheit nur mit dem Schutz eines Mannes auszuhalten sind. Ist das so? Vielleicht ist es etwas Archaisches, aber ich will es noch immer nicht glauben; etwas daran ist auch Gewohnheit, Training. Ich beobachte das, ich muss mich nicht dagegen wehren, schon gar nicht gegenüber Achim. Es ist gut, dass er da ist, es ist gut, wie er da ist, aber ich übe mich in diplomatischem Widerstand gegen Dinge, von denen ich glaube, dass sie nicht für immer festgeschrieben sind. Und vielleicht hast du das gespürt, vielleicht hast du es gewittert, vielleicht treibst du dich deshalb jetzt hier herum.

Ich war froh, dass Achim und ich den Nachmittag zu zweit mit euch verbrachten. Ich hielt mich von dir fern, aber du dich nicht von mir. Als wolltest du etwas ausreizen. Ansgar zog dich manchmal mit sich. Er redete auf dich ein. Elif schaute dich immer wieder böse an. Das sah ich. Nach dem Abendessen verließ ich das Camp sofort. Achim würde die erste Nacht und die dritte übernehmen, ich die beiden anderen. Nora hockte wie immer auf dem Beifahrersitz, sie lässt sich das nicht abgewöhnen, obwohl ihre Decke im Fußraum liegt, sie muss wohl sehen, wohin wir fahren. Als ich den Motor startete, sah ich dich für einen Augenblick im Rückspiegel. Du schautest zu uns hin, hobst kurz die Hand, als wolltest du winken, und so merkwürdig das klingt, auch ich hob sie kurz an. Hast du das vielleicht gesehen? Nein, das konntest du nicht sehen, auch nicht, dass ich meine Hand sofort wieder sinken ließ. Im Abendlicht wirkte dein Gesicht noch etwas dunkler als am Tag, deine Gestalt hob sich von den Bäumen ab. Die Dämmerung schärft für kurze Zeit die Konturen, bevor sich alles in Dunkelheit auflöst und schließlich in der Nacht verschwindet. Ich war erleichtert, als ich über die Brücke fuhr; als das Dorf vor mir auftauchte, war es wie eine Versicherung, dass es noch ein anderes Leben gibt als jenes im Camp. Es ist alles gut, sagte ich mir. Obwohl ich spürte, dass das nicht stimmte. Dass etwas in mir rumorte, was ich nicht aufhalten konnte. Außer ich käme am nächsten Tag einfach nicht mehr zur Arbeit. Auf den Feldern sah man, dass der Frühling nahezu vorbei war. Die Gerste begann jetzt, richtig in die Höhe zu schießen, die Wiesen konnten geschnitten werden. Kurz vor dem Waldsaum äste eine Ricke unter freiem

Himmel. Zwei sehr junge Kitze waren bei ihr. Ich weiß das alles noch ganz genau, als wollte meine Wahrnehmung die Eindeutigkeit der Idylle über meine Unruhe schieben. Ich verlangsamte das Tempo und schaute zum Hochstand am Waldrand, niemand war da. Ich hielt an, wir stiegen hinauf. Und da saßen wir dann, Nora und ich auf dem Hochsitz vom Mayer, und sahen das letzte Leuchten der Sonne hinter dem Hügel verschwinden.

Bereits in dieser ersten Nacht nach deiner Ankunft hast du es in meine Träume geschafft. Du standest da, im Hintergrund eine blaue Undurchsichtigkeit, Wellen vielleicht, und trugst deine weißen Turnschuhe, aber den orangefarbenen Glockenrock von Frida. Immer wieder hob sich deine Hand mit der Schokoladentafel, groß wie ein Weltatlas. Sie war ein Weltatlas. Aber ich wusste, es ist eine dunkle Schweizer Schokolade mit Nüssen, das Silberpapier bereits aufgerissen. Als ich auf dich zugehen wollte, war dein Arm weg, dann dein Kopf. Der Rock fiel in sich zusammen und blieb ein phosphoreszierendes Häufchen. Ich wachte auf. Und ahnte, da war noch etwas, was ich nicht mehr wusste. Ich wälzte mich, noch nicht sechs Uhr, und versuchte, wieder hineinzufinden in die Lücke des Traums, aber bekam nichts weiter zu fassen. Die ersten Strahlen der Sonne schafften es nach einer Weile in mein Dösen hinein. Bis jetzt fällt mir nicht ein, was in diesem Traum noch geschehen war.

Ich musste an Frida denken, immer wieder, aber das war gut, ich wollte lieber den ganzen frühen Vormittag, bevor ich wieder ins Camp fuhr, an Frida denken. Lieber an Frida als an dich. Warum es Freundschaften gibt, die so nah sind, dass man denkt, es seien Lieben.

Wenn sie sich auflösen, dann tun sie das meist unwiederbringlich. Und wie es schmerzt. Bis heute denke ich, ich hätte es Frida ja nicht erzählen müssen, damals. Warum glauben wir, größte Treue bedeutet, nichts zu verschweigen, koste es, was es wolle. Am Ende die Freundschaft. Die Liebe. Für nichts oder einen Kuss, der nichts bedeutete, einen Spaziergang, ein Treffen zu einem Kaffee. Ich habe Frida angebetet, für ihren Witz, ihren Einfallsreichtum, ihre schlaue Albernheit. Für ihr Geheimnis, das es vielleicht gar nicht gab, das nur in ihrem Körper, ihrem Lachen, in ihrer Haltung zur Welt, zu den Menschen steckte, darin, dass sie manches für nicht erzählenswert hielt, weil es ihr banal erschien. Das Lob eines Professors, den wir beide verehrten. Nur zum Beispiel. Ich war nicht einmal in den verliebt gewesen, den ich küsste, er gefiel mir, seine raue Stimme, seine warmen vollen Lippen, und dass er mich treffen wollte. Ich wusste nicht, wie viel er Frida bedeutete. Für sie aber war das anscheinend Verrat. So deute ich es. Sie sagte nie etwas dazu. Gar nichts mehr sagte sie und verschwand aus meinem Leben. Nun träume ich sie, ich hülle sie um deinen Körper.

Seit ich hier lebe, kommt der Rehbock aufs Grundstück. Ich beobachte ihn gern. Seine dunklen Augen, seine Aufmerksamkeit. Ich schaue ihm beim Äsen zu. Ich mag, wie sich im Frühling die Enden seines neu wachsenden Gehörns noch unter der Basthaut verbergen, es gibt ihm eine Sanftheit, die im Sommer verloren geht, wenn die Knochen des Geweihs ohne Haut zu sehen sind, der ganze Rosenstock mit seinen verhornten Knospen. Im Frühling aber steht dieser schöne Bock in seiner rauen Geschmeidigkeit hinterm Haus, dort, wo sich entlang des Bächleins, das im Sommer nur ein Rinnsal ist, die Anemonen wie ein Schneefeld ausbreiten, taucht er im Morgenlicht auf und manchmal am frühen Abend. Er ist fast dunkelbraun, untypisch für die Gegend, die vom Rotwild beherrscht wird. Seine Decke ist an der Kruppe grauschwarz, wogegen sich die Bohne am Gesäß weiß abhebt. Er ist häufig allein unterwegs. Er hat keine Angst, solange er uns nur im Haus hört. Sobald wir hinaustreten, Nora und ich, galoppiert er mit großen Sprüngen ins Dickicht. In meiner Abwesenheit frisst er im Sommer am liebsten die Knospen der Rosen. Im Herbst den Rosenkohl, der sich über die Kanten der Beete hin zum Zaun biegt. Ich beobachte ihn aus dem Küchenfenster. Er ist ganz ruhig. Ab und zu hebt er den Kopf und horcht. Am Rand des Dickichts aus Holunder und verwilderten Buchen, Eschen und Haselgestrüpp stehen jetzt auch die Rehkuh und der Jährling. Der Bock schenkt ihnen keine Beachtung, aber ich weiß, ich habe es so häufig beobachtet, sie gehören zusammen. Wie sie aufeinander warten, wie die Bewegung des einen Körpers zur Bewegung der anderen führt, wie eine Aufregung sich ausbreitet, wie sie plötzlich alle innehalten im Äsen, wenn sie Gefahr wittern, den Traktor oder den Suzuki vom Mayer, einen sehr seltenen Spaziergänger oder etwas, was ich nicht sehen kann. Wie sie sofort den Hang hinaufrennen, so weit, dass ich sie aus dem Blick verliere, aber sicher weiß, dass sie ihren Schutz in der dichten Tannenschonung finden werden. Ich habe den Eindruck, der Bock tut sich heute schwer mit dem rechten Hinterlauf, als ob er ihn nicht aufstellen möchte, äst er dreibeinig. Vielleicht ist auch nur etwas mit dem

Huf nicht in Ordnung. Ich bin mir nicht sicher. Der Mensch sucht sich gern kleine dramatische Schauplätze, wenn er in Unruhe ist. Ich bleibe noch eine Weile stehen, die Rehe äsen jetzt in der Gruppe, halten aber Abstand; zwischen den wild wuchernden Sträuchern wächst junges Gras, der Löwenzahn blüht.

Ich habe Karotten herausgezogen, bevor ich am Vormittag ins Haus ging. Als ich sie unter den Wasserhahn halte, läuft ihnen der Dreck vom Körper. Ich schaue zu, wie sie immer schöner werden, während ich sie mit den Händen abreibe. Es sind die ersten in diesem Jahr, sie sind noch klein. Auf dem grünen Teller leuchten sie in der Farbe von Orangen. Ich mag es, wenn Gemüse leuchtet. Nur zwei nehme ich und beiße in eine hinein. Sie schmeckt süß, saftig wie eine Frucht. Mit der anderen Rübe in der Hand gehe ich wieder auf die Terrasse hinaus. Nora liegt auf den Planken. Ich setze mich zu ihr auf den Boden und kaue, das beruhigt mich. Mutter hat noch einmal geschrieben. Dass sie etwas zum Mittagessen koche am Sonntag. *Ich möchte am Samstag kommen, dieses Mal*, schreibe ich. Ich weiß, dass sie das verwirren wird. Samstag, nicht Sonntag. Warum das denn? Das ist morgen schon. *Ich kann aber etwas mitbringen*, schreibe ich. Ich weiß, sie wird ablehnen. Sie möchte alles allein machen. Sie möchte gelobt werden und außerdem keine Experimente. Sie weiß, dass ich kein Fleisch esse, außer von den Tieren hier im Wald, und auch wenn sie das nicht verstehen kann, akzeptiert sie es. Ich esse seit Langem kein Fleisch mehr, das aus herkömmlichen Metzgereien kommt, weil ich nicht daran glaube, dass es diesen Tieren jemals in ihrem Leben gut ging, ich möchte kein Tier essen, das kein freies Leben hatte. Die Idee, dass Tiere weniger wert sind als Menschen, kommt mir erniedrigend vor. Wer entscheidet schon selbst, als was er geboren wird? Als Mensch oder Tier. Auch kämen die meisten Menschen sich vor wie Kannibalen, wenn sie ihre Haustiere essen würden. Aber sie finden es vollkommen normal, ein Stück Rindfleisch beim Metzger zu kaufen. Das ist paradox. Ich kann mich darüber in Rage reden. Mutter nickt dann. Aber ich weiß, sie kauft sich dennoch Fleisch. Wer sich Fleisch beim Metzger kaufen kann, führt ein gutes Leben. So denkt sie. Wenigstens kauft sie keines im Supermarkt. Wer sich Fleisch nur kauft, wenn er ein Stück vom Jäger bekommen kann oder ein freies Huhn, ein Wiesenschaf, ein Weideschwein von der Bäuerin, führt aber ein glücklicheres, sage ich. Sie sagt, dass ich recht habe, und tut dennoch, was sie will. Ich muss sie nicht mehr ändern, das habe ich inzwischen aufgegeben. Dann fällt mir ein: Deine Mutter, sie ist vielleicht jünger als ich. Wer ist sie? Nora hebt den Kopf, ich sehe, wie ihr Schwanz wedelt, wie er schneller wedelt, aufs Holz klopft, wie ein Jubel in ihr ausbricht, wie sehr sie sich freut, wie sie aufspringt. Ich springe auch auf. Nora rennt über die Wiese, ich folge ihr bis zur Balkonbrüstung.

Da kommst du die Straße herauf.

Plötzlich bin ich ganz ruhig. Ich schaue über die Wiese auf die Straße hinab. Nie war mir so bewusst, dass ich hier die Hausherrin bin, dass ich entscheiden kann, was hier passiert und was nicht. Dass ich sagen kann: Herein! Und genauso: Hinaus! Das kapiere ich plötzlich. Ich schaue über die Wiese, über den Gemüsegarten, die Hochbeete hinab und sehe, wie Nora sich freut. Als käme ein alter Bekannter. Und obwohl das nicht stimmt, stimmt das für sie wahrscheinlich genau. Wo warst du die letzten Stunden über? Die Sonne steht jetzt hinter der sich in die fünf Stämme aufspaltenden Erle, durch ihre Blätter leuchtet der Garten fast orange. Ich sehe, wie du zu mir hochschaust, ich sehe, wie Nora neben dir herhüpft, ich bin froh, dass du nicht über die Wiese gehst, sondern den gepflasterten Weg zu uns nach oben nimmst. Ohne Abkürzung. Ich halte das für das Mindeste, dass du nicht einfach mitten durch ein Grundstück gehst, auf dem du noch nie warst. Für einen Moment spüre ich ein warmes Gefühl in der Brust, vielleicht auch im Gesicht, in den Händen, ich spüre sogar, wie meine rechte Hand sich heben möchte zu einem Winken. Ich stecke sie in die Tasche meiner Jeans. Ich sehe dich jetzt nicht mehr. Um dich noch zu sehen, müsste ich auf den Dielen zur Hausecke gehen. Einen Augenblick zögere ich. Ich schaue an mir hinunter. Ich bin barfuß, trage Jeans und ein hellblaues Hemd. Ich muss nichts an mir ändern. Dann kommt Nora angerannt, sie springt an mir hoch und läuft wieder vors Haus. Ich folge ihr bis zur Terrassenkante.

Du bleibst drei Meter vor mir stehen. Ich spüre, dass mein Auge zu zucken beginnt, ich streiche darüber, als ob ich es damit wegstreichen könnte, was gar nicht vom Auge kommt, sondern aus einer ganz anderen Entfernung, aus einer viel tieferen Schicht, die ich mit den Händen nicht werde erreichen können, aber jetzt sieht es so aus, als sei mir etwas ins Auge geflogen, das dieses Zucken ausgelöst hat, das man bestimmt auch in der

Braue sehen kann, dort kann ich es jedenfalls spüren. Und ich bin froh, einen Moment Zeit zu haben, meine Stimme hervorzuholen aus dieser ängstlichen Tiefe, in die sie sich vergraben hat.

Das ist eine ziemliche Überraschung, sage ich. Es ist der erste zusammenhängende Satz, der mir als Begrüßung einfällt. Ich spüre, dass meine Mundwinkel leicht gehoben sind, ein Lächeln aber ist das nicht. Ich will mich weigern, zu lächeln. Ich sehe Nora, wie sie um dich herumtänzelt, hüpft, springt, wie freudig sich ihr Schwanz bewegt, wie ihre Augen leuchten, glänzen, strahlen. Wie sie nach Berührung heischt, wie sie versucht, deine Hände zu lecken, wie sie stillhält, wenn du ihr den Nacken kraulst, den Hals unterm Kinn, wie sie sofort wieder auf den Hinterbeinen steht, wenn du damit aufhörst, wie sie stehen bleibt, wie sie das einzige Kunststück, das sie kann, zur Schau stellt, sich dabei kreiselt, auf den Hinterbeinen tanzt und die Vorderläufe in die Luft streckt. Wie viel Mensch steckt in meinem Hund, wie viel von mir? Nora, sage ich streng, lass Janis kurz mal in Ruhe. Aber das wirkt nicht. Meine Hündin tanzt. Schluss, sage ich, leg dich hin! Ich zeige auf die Dielen. Sie lässt sich gegen die Brüstung plumpsen.

2

Er war kein Trugbild, kein Traumbild. Sie hat ihn gesehen, wie er sie gesehen hat. Der Junge hat sie, als er den Weg hinabging, vom Wald aus so gesehen, wie die Rehe es wahrscheinlich tun, die jagenden Katzen, der Fasan oder der kleine Rehbock, der seit diesem Frühling allein unterwegs ist, weil die Ricke, seine Mutter, jetzt ein Kitz durchs Strauchdickicht führt und er ein Jährling ist. Er hat sie gesehen wie dieses noch zarte Tier, das aus dem Wald herunterkommt, um dort hinüberzugehen, wo das Gebüsch dicht und artenreich und nahrhaft ist; nur dass Janis ein Mensch ist, der keinen Umweg machen muss, er ist nicht auf Futtersuche, sondern auf der Suche nach ihr. Er hat den Umweg, wohin auch immer, nur gemacht, um ihr nicht sofort zu nah zu sein, um sich Bedenkzeit zu verschaffen. Oder warum sonst? Es macht ihr nichts aus, wenn der kleine Rehbock sie sieht, wie sie den kleinen Rehbock sieht, mitten im Löwenzahn stehend, wenn sie am Morgen im Schlafanzug draußen auf der Terrasse den noch ungewärmten Tag einatmet. Es macht ihr nichts aus, wenn das Tier sie so sieht, aber wenn sie sich nun, wo Janis vor ihr steht, vorstellt, dass er schon länger dort drüben auf dem Weg gestanden, sie schon länger beobachtet und sie ihn erst mit Verzögerung wahrgenommen hat, dann ist das etwas anderes. Der Jährling trägt sein erstes Geweih, und seine scheckige Kinder-Decke ist jetzt ein braunes Sommerfell. Er steht da in der Wiese, fünfzehn Meter von ihr entfernt und schaut sie an. Und sie steht da und schaut ihn an. Sie stehen Auge in Auge, das Tier und sie. Es ist das Tier, das sie nicht aus dem Blick lässt, still steht es da, sieht sie, scannt sie, bleibt, ruhig, bleibt ruhig stehen. Eine Minute, zwei Minuten, drei sogar, in denen nichts geschieht. Nur das junge Tier ist da und sie. Und nun stehen der Junge und sie voreinander, sie sehen sich an, schauen einander in die Augen, sehen sich beim Atmen zu und verharren. Der Junge wirkt selbstbewusst, anscheinend weiß er, was er tut, als er den Blick nicht abwendet, sie aber den ihren, weil ihre Augen sich bewegen, wandern, einmal an ihm hinab von den Haaren über den Hals, die Brust, die Arme, die Hände, den Bauch – sie sieht, er trägt einen Gürtel mit einer dicken Schnalle, den trug er im Camp nicht –, weiter zu den Beinen, den Füßen. Wie parallel seine Füße stehen. Er hält inne, ich dachte, sagt er, ich komme einfach mal vorbei. Er schaut sie direkt an, nickt, als ob er sich selbst zunicken müsste. Kommst einfach mal vorbei, sagt sie. Sein Satz, jetzt wo er ihrer geworden ist, klingt kühl. Ist sie kühl? Oder was ist sie gerade und wer? Wer muss sie sein? Jetzt, wo er da ist.

Nicht einfach so, er sagt es nachdrücklich und so ernst, dass Claire es hören muss, verstehen. Grüne Augen hat sie also, dabei dachte er immer, sie seien blau. Er schüttelt den Kopf, als wolle sein Körper ihrem Unverständnis etwas entgegensetzen oder weil es einfach geschieht. Seine Haare fliegen, so lang sind sie geworden. Er muss lachen. Über sich selbst oder weil er jetzt da ist, weil er sich getraut hat.

Sie weiß nicht, warum Janis lacht; er kneift dabei die Brauen zusammen, in seine Stirn kerben sich über der Nase zwei tiefe Falten, sie glänzen. Er hat geschwitzt. Warum lacht er? Sie spürt ihre Füße wie festgenagelt auf den Dielen stehen, glaubt, sich nicht bewegen zu können, schaut an ihm vorbei, schaut auf den Wald hinter ihm, die Buchenblätter im leichten Wind, das dichte Gefieder der einzigen Tanne neben den Laubbäumen und Kiefern, der lange Ast der Eiche, der sich in einem großen Bogen vors Haus hinabbiegt, sie muss ihn absägen. Ich muss den absägen, sagt sie und zeigt auf den Ast; als ob das von Bedeutung wäre gerade. Janis wendet sich dem Wald zu, schaut und sieht viele Bäume, viele Äste, Gebüsch. Fragend blickt er sie an. Den da, sagt sie und zeigt mit gestrecktem Arm auf den hängenden Ast über der Einfahrt zum Haus. Den von der Eiche, den dünnen.

Was eine Eiche ist, hat er zum ersten Mal wahrgenommen, als er im Camp war. Seither kann er Eichen von Buchen unterscheiden. Buchen von Eschen und eine Tanne von einer Lärche und einer Fichte und alle drei von einer Kiefer.

Der Junge dreht sich zu ihr, streicht mit dem Handballen die Haare aus der Stirn, so wie nur er die Haare aus der Stirn streicht; Claire kennt niemanden, der in so einer geschmeidigen Bewegung die Haare aus der Stirn streicht. Viel Arbeit das alles, sagt er, und sie folgt seiner Hand, die vor ihm an seinem langen Arm kreist, als könne er mit ihr die Fläche markieren, die er sieht, die er meint. Dann fährt er sich mit dem linken Daumen über beide Augenbrauen. Das macht er auch oft, sie hat es ganz vergessen, obwohl es so eine eigensinnige Geste ist. Wir haben nur einen kleinen Garten am Haus, trotzdem – er stockt, schaut sie an. Wir. Sie erinnert sich nicht, wann ihr dieses familiäre Wir verloren gegangen ist für ein Ich und ein Du. Seit ihrer letzten Trennung vor fünf Jahren oder schon davor, seit sie weiß, dass sie allein sein möchte, alleine leben. Manchmal benutzt sie es für sich und Nora: Wir müssen los. Aber ist die Hündin nicht ein Teil ihrer selbst? Was wäre das Tier ohne sie? Den Ast absägen, ist nicht viel Arbeit, sagt sie, sie schüttelt den Kopf. Nein, alles, was du hier machst, sagt Janis. Meint er es so, oder macht er sich über sie lustig?

Meine Eltern haben nur …, setzt er noch einmal an, und wieder stockt er. Er will nicht von seinen Eltern sprechen. Das alles, was du hier zu tun hast, sagt er stattdessen, das macht doch viel Arbeit.

Sie ist bereits beim ersten Du zusammengezuckt, nun passiert es ihr noch einmal. Alles, was du hier zu tun hast. Seine direkte Anrede klingt verbindlich, näher als das Du im Camp. Da waren sie auch nicht zu zweit; oder doch, ein paar Mal sogar. Aber im Hintergrund, irgendwo, waren da auch noch die anderen, die Lehrer, Ansgar und Elif, seine Freundin, Johann, die anderen Jungs, die Mädchen. Jetzt ist nur Nora dabei, die Hündin zählt. Sie sind zu dritt.

Ziemlich viel, oder, fragt Janis.

Sie weiß nicht, wovon er spricht, sie schaut ihn an, wartet. Ach so, sagt er, ziemlich viel Arbeit macht das, sagt er, und sein Arm zeichnet einen weiten Bogen in die

Luft. Er hört es bestimmt nicht oder vielleicht schon lange nicht mehr, aber sie hört, spürt fast körperlich das Z, das ein S ist, wie es sich durch seine Frontzähne zu ihr hin schmeichelt. Wieder streicht er das Haar aus seiner Stirn, so wie sie es sich gemerkt hat, von rechts nach links und nur mit den Fingern, als seien die seine Pfote. Die Hand bleibt kurz am Kopf liegen. Die Erinnerung hat sie nicht getäuscht. Sie kennt seine Gesten. Sie will sie nicht verniedlichen, aber kaum steht er vor ihr, sieht sie seine grazilen Bewegungen, ihre Anmut. Ja, solche Sachen, sagt sie, Äste abschneiden und so weiter, das wollte ich heute machen. Eigentlich. Sie nickt zur Motorsäge hin. Ihr Blick bleibt an dem Werkzeug hängen. Es ist bereits ihre zweite. Die erste war zu klein. Weil sie Angst hatte vor der großen, weil ihr der Verkäufer riet, dass sie die kleinere nehmen solle: als Frau. Sie hat sie umgetauscht, sie kann mit dieser viel größeren Motorsäge sehr gut umgehen. Der Junge bleibt still, etwas scheint ihn zu irritieren, etwas scheint in ihm zu rumpeln. Sie will sich gerade umwenden, da sagt er: Allein? Er schaut sie fragend an, dann lacht er und sagt: Entschuldigung, das war doof.

Es war nicht gut, Claire etwas nicht zuzutrauen. Wie sie Anton, Basti und Luca aufgeklärt hat, dass sie noch viel zu lernen haben, als die drei immer nach Achim riefen, als ob nur ein Mann ein Camp leiten kann. Wie sie lachten, als Claire mit der Sense über die Wiese marschierte, um ein Spielfeld freizuschneiden. Wie sie sie nannten. Kampflesbe. Wie Claire stehen blieb, als sie das hörte, wie sie mit eiskaltem Blick fragte, wer für ihre Erziehung zuständig sei und in welcher Welt sie zu leben wünschten, wenn sie so viel Spott verbreiteten.

Wie die drei kleinlaut wurden; darüber muss er noch immer ein bisschen jubeln. Sein Hals ist trocken, er schluckt mühsam, dann sagt er: nicht, dass ich bezweifle, dass du das kannst …

Der Junge kann sie dabei anschauen, so ernsthaft, dass sie selbst den Blick abwenden muss. Etwas in ihr wird sanftmütig. Weil Janis sich entschuldigen kann. Sie sieht seine weißen Turnschuhe. So weiß wie immer. Wie schafft er es, dass diese Schuhe nicht schmutzig werden? Das fällt ihr immer wieder ein, so unwichtig die Frage ist, so erstaunlich ist die Tatsache.

Tut mir leid, sagt er nochmals, als Claire nicht antwortet. Warum antwortet sie nicht? Er sieht, wie sie kurz aufschaut, sieht, dass sie stutzt. Wie verunsichert sie wirkt, das erstaunt ihn.

Sie weiß nichts zu sagen, schaut weg, verharrt mit dem Blick auf den Dielen, sieht Janis' Knöchel zwischen den weißen Schuhen und den Jeans, schmale Knöchel. – Sie spürt eine Bewegung von ihm, schaut auf, sieht, wie sein ganzer Körper sich aufrichtet, wie er den Rücken anspannt, die Brust durchdrückt, als müsse er der eigenen Irritation etwas entgegensetzen. Um dann mit sehr klarer Stimme zu sagen: nicht, dass ich dir das nicht zutraue. Dir. Es vibriert in ihr an der falschen Stelle, zu weit unten im Bauch, zu tief drinnen. Schon klar, sagt sie.

Ich hab's ja gesehen, sagt er, im Camp. Claires Pupillen stechen in seine, stechen ihn ab, nur für eine Sekunde, dann schaut sie an ihm vorbei. Immer wieder schaut sie an ihm vorbei, wenn er ihren Blick sucht. Die Hündin beobachtet sie beide mit gespitzten Ohren, den Rücken noch immer ans Balkongeländer gedrückt, sitzt sie mehr, als dass sie liegt, auf den Dielen und lässt sie nicht aus den Augen. Brav, Nora, sagt Claire. Sie beugt sich zu ihr hinab, streicht der Hündin über den Rücken. Ihr schwarzes kurzes Fell glänzt in der Sonne, schwärzestes Schwarz. Nora schaut Janis an, wedelt mit dem Schwanz. Dann lässt sie sich fallen. Er würde sie gern streicheln, bückt sich, dann zögert er, darf er das, er lässt es sein. Ich habe ziemlich Durst, sagt er.

Ja, sagt sie, klar. Dass er jetzt da ist, schießt es ihr durch den Kopf. Sie kann ihn ja nicht gleich zurückschicken; und will sie das überhaupt? Sie dreht sich zur Balkontür. Und noch bevor sie die Tür öffnen kann und so, als ob sie gleich ganz verschwunden sein könnte, sagt Janis: Kann sein, unten am Bach wohnen Biber – also, es kann nicht nur sein, es ist so.

Claire ist stehen geblieben, sie ist noch da. Er will ihr zugewandt bleiben, will sich nicht ganz wegdrehen, deshalb lässt er nur seinen Arm einen Bogen machen und zeigt hinunter zu den Bachauen. Dort, sagt er, obwohl er sicher ist, sie weiß, wo.

Sie sieht seinen Arm sich strecken, sie folgt dem langen, gespannten Arm, der im dunkelblauen T-Shirt verschwindet, dem gespannten Trizeps, als der Junge den Arm wieder senkt. Er trägt eine graue Jeans, gleiche Marke wie ihre, mit dem Gürtel hält er sie auf seinen Hüften. T-Shirt und Jeans kennt sie nicht, sie weiß sicher, beides trug er im Camp nicht. Er schaut hinab in Richtung der Bachauen, als sehe er sie, aber es ist unmöglich, die Bäume stehen zu dicht. Sie haben schon zwei fette Bäume rundherum angenagt, sagt Janis, ziemlich tief, das dauert nicht lang, dann fallen die.

Er zeigt ihr den Umfang der Bäume mit den Armen, wahrscheinlich ist er immer noch zu gering. Ich habe noch keinen Biber in echt gesehen, nur Bisamratten einmal, in einem Park. Wenn er Claire nicht anschaut, kommt sie wieder näher. Im Augenwinkel sieht er sie den Schritt aufs Geländer zu machen. Dann ist sie wieder da.

Sie sehen sich ähnlich, sagt sie. Nur wird die Bisamratte vielleicht zwei Kilo schwer, während ein fetter Biber dreißig Kilo wiegen und viel größer werden kann.

Er muss lachen bei der Vorstellung so eines Riesenbibers. Dann ist klar, dass sie nicht so auf Kleinkramarbeiten stehen, sagt er.

Manchmal sagt der Junge besondere Wörter, das ist ihr bereits im Camp aufgefallen, andere Wörter als andere, verspielte Wörter. Sie mag das. Nee, keine Kleinkramarbeiten, sagt sie. Nebeneinander, aber so, dass sie immer noch genügend Abstand zu Janis hat, stehen sie an die Brüstung der Terrasse gelehnt und blicken in den Garten. Was sieht der Junge, während sie hinüberschauen auf die andere Seite des Rinnsals, zur Erle, von der sie immer denkt, sie habe Angst vor dem unruhigen Wasser, Angst, nasse Füße zu bekommen, und reckt und spreizt sich deshalb, tut alles, um noch ein bisschen Raum zu gewinnen zwischen sich und der vermeintlichen Gefahr; weil sie sich nicht vorstellen kann, aus welchem anderen Grund sich Baumwurzeln auf Zehenspitzen stellen. Was sieht der Junge, wenn er all das betrachtet?

Siehst du die, fragt sie und zeigt auf die Erle.

Klar, seh ich die, Janis lacht. Sie wächst aus dem Boden wie …

Ein Oktopus, sagt sie, das fällt ihr in diesem Moment ein, als ob der Junge ihre Fantasie beflügelt. Er lacht. Sie mag, wie das klingt, dunkel und reif; wenn sie nur sein Lachen hören würde, seine Stimme. Es ist die eines Mannes.

Schön auch das Moos auf ihren Zehen, sagt Janis.

Tentakel, sagt sie. Wieder sein Lachen.

Ja, sagt er leise. Er weiß gar nicht, warum er jetzt so leise spricht. Ein bisschen heilig kommt ihm das vor, wie sie hier stehen und schauen, auch wenn Claire übertrieben weit weg steht von ihm. Wenigstens einen halben Meter.

Obwohl es ihr einfällt, weil sie das im Camp oft zu erklären versucht, sagt sie nicht: Was wir alles besser verstehen, wenn wir die Natur betrachten. Wahrscheinlich weiß er es selbst, warum sonst ist er so neugierig auf den Wald? Warum sonst ist er hier, bei ihr? Eine Meise fliegt in den Baum hinein und bleibt verschwunden, eine der Krähen fliegt in den Wipfel der Esche, bleibt dort sitzen, ruft. Niemand antwortet. Ruft lauter. Dann endlich antwortet die andere Krähe, bereits im Flug, und lässt sich ein paar Eschenäste weiter nieder. Sie sind ein Paar, seit zwei Jahren schon sind die beiden Krähen hier. Bald, im Hochsommer, ziehen sie etwas weiter hinauf in den Wald. Jeden Sommer ist das so. Sie versteht es nicht. Dafür versteckt sich das Ringeltaubenpaar dann weniger. Janis scheint die Krähen nicht zu hören, nicht wahrzunehmen, sein Blick haftet auf der Wiese. Sie weiß nicht, was er sieht.

Er versucht, hinabzuschauen zu den Auen, aber es ist unmöglich, nur an einer einzigen Stelle sieht man bis zu den Weiden am Bach, aber nicht auf ihre Stämme. Er ist erleichtert darüber, denn sonst hätte Claire ihn dort herumlungern, herumhängen sehen können. Immer noch fragt er sich, ob sie ihn bemerkt hat, ob sie überhaupt wahrgenommen hat, dass er am Haus vorbeigegangen ist heute Mittag. Sie wirkt unnahbar, anders als im Camp. Fremd, obwohl sie gleich ausschaut. Was hat er sich vorgestellt? Dass sie ihn in die Arme nehmen würde? Immer ist ihm dieses Bild in den Sinn gekommen, bevor er losfuhr, Claire, wie sie lachte mit diesem liebevollen Blick, den sie für Johann hatte, Claire, wie sie ihn umarmte. Aber dachte er das wirklich? Ja. Oder nein. So richtig weiß er es nicht. Wäre er hergekommen, wenn er das nicht gedacht hätte? Er wollte das denken. Er war losgefahren, ohne zu wissen, ob sie da sein würde. Er wusste, es war Freitag, und alle Schulklassen reisten am Freitagvormittag im Camp ab. Aber wie lange Claire dann noch im Camp blieb, weil wieder jemand zu Besuch kam? Dass er ins Camp fahren würde, kam nie infrage. Er wollte allein zu ihr, er wollte mit Claire allein sein. Auf seinem Telefon war die Entfernung zu ihrer Adresse immer geringer geworden, und je kürzer die Strecke wurde, die der Markierungsstrich anzeigte, desto unsicherer fühlte er sich. Als er von der schmalen Straße abbog, erkannte er das Haus sofort; es war, wie er es sich vorgestellt hatte, ein Holzhaus am Wald, wahrscheinlich war es einmal eine Hütte gewesen, eine große Hütte. Jemand hat der Hütte ein Stockwerk aufgesetzt, größere Fenster und Läden eingebaut, sie weiß angestrichen. Jemand. Claire wahrscheinlich. Obwohl er einen Moment glaubte, sie an einem der beiden großen Fenster gesehen zu haben, war er weitergegangen; so weit war er gegangen, bis er sicher sein konnte, dass sie ihn nicht mehr sehen würde. Da hatte er neben der Baustelle der Biber gestanden.

Unerwartet. Als wäre er in einen Wildpark geraten. Er hatte so etwas bis dahin nur im Kinderfernsehen gesehen, und am liebsten hätte er Fine angerufen, seiner Schwester sofort ein Foto geschickt von dieser Kerbe im Baum, von dem dicken Stamm, der keinen halben Meter über dem Erdboden so zurechtgenagt war, dass man hätte denken können, da stehen zwei Bleistifte, die nur noch über ihre Spitze verbunden sind. Das konnte doch nicht lange halten. Für einen Moment überlegte er, sich mit dem ganzen Gewicht gegen den Stamm zu lehnen; er ließ es sein und machte ein Foto. Dann war der Akku leer. Bei der Vorstellung, vor Claire zu stehen, hatte sein Herz wild geschlagen. Eine Weile war er zwischen den Bleistiftbäumen am Bach herumgestreift, bis es sich beruhigt hatte und er sich plötzlich so müde fühlte, dass er sich an einen der unbenagten Bäume in der Nähe anlehnen musste, sich hinsetzen. Sodass ihn niemand sah. Direkt dort unten, wo der Bach unruhig über Steine floss und laut war. Er hatte nichts gespürt, oder er weiß es nicht mehr, vielleicht war er auch kurz eingeschlafen, bis sich die Borke so in seine Haut hineinpresste, dass es unangenehm wurde, dass er es nur noch wenig verstärken musste, damit es wehtat, damit es immer mehr wehtat und der körperliche Schmerz den Gedanken verscheuchte, wieder nach Hause zu fahren, unverrichteter Dinge. Welcher Dinge? Er wusste es selbst nicht. Weiß er es jetzt? Ja. Vor Claire stehen, sie sehen. Sie nicht mehr nur herbeifantasieren. Der Bach war lauter gewesen als der Fluss in der Stadt oder vielleicht auch nur lauter wegen der Stille, die ihn umgab. Er hatte unmöglich direkt zu Claire gehen können, als sagten seine Beine, das geht nicht, dass du einfach bei ihr auftauchst.

Nur der Gedanke, jetzt umzukehren, war noch schlimmer. Etwas war in ihm, etwas Nagendes, Treibendes, etwas Mächtiges, eine Gewalt. Er musste sie sehen, seit Wochen wuchsen dieses Gefühl und das Bedürfnis, zu erfahren, zu erleben, wie es wäre, wenn er da vor ihr stehen würde. Wenn sie kein Bild mehr war, das er sich machte oder das sich immer häufiger von selbst malte, wenn er am Schreibtisch saß, lernen wollte, auf dem Bett lag, Musik hören wollte, beim Einschlafen, beim Aufwachen schon oder, dazwischen, im Traum. Wie oft er sich vorgestellt hat, wie oft er überprüft hat, ob er sich noch richtig erinnert an ihre Gestalt, an ihr Gesicht, wie oft er zuletzt auf der Internetseite des Camps war, um das kleine Passfoto von ihr anzuschauen; und immer wieder das große Bild, auf dem sie und Achim auf der Hängebrücke posieren, die nur aus dicken Seilen besteht; wie sie darauf lacht! So wie er sie im Camp nie hat lachen sehen. Wie lässig sie dasteht, als sei das nichts, auf solchen Seilen zu balancieren. Jetzt ist er bei ihr, und sie kommt ihm fremd vor, weit entfernt, zu weit. Ja, sagt Claire – als sei keine Zeit vergangen; dabei waren gerade sieben Wochen und ein Nachmittag an ihm vorbeigeflogen –, eine Biberkolonie wohnt da unten, und das ist nicht gut, die alten Bäume gehen drauf wegen der Nager, man muss sie schützen, sagt sie: Sie referiert, als wäre er der Bürgermeister oder so jemand. Die machen das aber perfekt, sagt er, da unten am Sportplatz, hast du das gesehen, wie sie dort die riesigen Bäume benagen, die fallen echt über den Fluss. Das ist Zufall, sagt Claire, dass sie bestimmen, wohin der Baum fällt, ist eine romantische Idee. Die Biber suchen sich zum Nagen nur den bequemsten Platz. Und diese beiden Weiden am Sportplatz müssen wir fällen, bevor sie fallen. Wieder spricht sie so komisch. Wer ist Wir? Er fragt es nicht, sie spricht doch nicht mit ihm, sondern so, als hielte sie einen Vortrag. Er schaut sie an, dann schaut er in die Wiese. War es ein Fehler, dass er hergekommen ist? Aber er wollte sie doch sehen. Die Haare fallen ihm ins Gesicht, er streicht sie weg, kurz legt er die Hand über die Augen, die Wiese bekommt Streifen. Er denkt an Fine. Seine Schwester ist wie ein Magnet, nicht zu erklären, er wird ruhig, wenn er an sie denkt, er ist nie allein. Weil ihm nichts einfällt, was persönlich klingt, sagt er: Warum fällen?

Damit die Bäume nicht auf den Sportplatz fallen, sagt sie und lehnt den linken Hüftknochen gegen die Streben der Brüstung. Sie gibt dem fast unangenehmen Druck nicht nach. So bleibt sie.

Und dann nehmen sie den nächsten, antwortet er, und machen weiter und weiter. Er findet das nicht schlimm, er bewundert die Unermüdlichkeit dieser Tiere. Das ist doch toll eigentlich, sagt er, er lacht, die lassen sich nicht einfach verjagen.

Gerade tun sie nicht viel, erst wenn es wieder Winter wird, sagt Claire, sie fällen die Bäume ja nicht, damit sie gefällt sind, sondern weil ihnen die jungen Knospen in den Baumkronen schmecken.

Claire spricht wie sein Vater, wenn er ihn aufklären will, ihn und Fine, über Elektroautos oder Energiesparkühlschränke oder irgend so etwas.

Janis' Blick liegt auf ihrer Wange, das bildet sie sich nicht ein, warm wird ihr da, als brenne er sich durch die Haut. Sie glaubt, es zu spüren, sie schluckt, Speichel befeuchtet ihren trockenen Hals. Sie entfernt sich von der

Brüstung, geht noch einen halben Schritt nach links, weg von ihm, sie kann ihn sogar riechen jetzt. Er riecht wie ein Junge, nicht wie ein Mann, aber er riecht auch nach etwas anderem, etwas, was sie kennt. Rasierwasser, Deo, Seife. Holzig. – Bilder: Ein hoher Raum, ein Zimmer mit Blick auf Bäume, die Liege, schwarz, die Duftlampen auf dem Fenstersims, in denen Öle verbrannten, vielleicht Patschuli, vielleicht Sandelholz, so etwas. Die Praxis von Nadler, den sie erst später und nur in Gedanken so zu nennen begonnen hatte, und wie sie irgendwann nicht mehr wusste, ob es der Raum war, der so duftete, oder ob es Nadler war, der damals einfach nur M hieß, wenn sie an ihn dachte, ob er es war, der wie ein Baum aus einer fernen Gegend roch. Als sie ihn noch M nannte, akupunktierte Nadler ihr den Kopf gegen Spannungsschmerzen, während er über sie gebeugt stand in seinem weißen Arztkittel; und sie stellte sich vor, dass sie nur ihren Arm heben musste, um seinen Kopf zu sich herabzuziehen, um herauszufinden, ob er diesen Geruch ausströmte, ob er dieser Baum war. Hätte sie es nur rechtzeitig getan. Bevor der Duft und M untrennbar verschmolzen und sie deshalb dachte, sie sei in ihn verliebt. Wie sie eh ständig und viel zu schnell in irgendjemanden verliebt war, schwer und sehnsüchtig. Wie sie zweifelte, ob sie das wirklich wollte, als M sie fragte, ob er sie einsammeln dürfe, um mit ihr hinauszufahren an den See. Wie sie noch mehr zögerte, einzusteigen, als er mit dem Wohnmobil vorfuhr, wie sie doch einstieg, wie sie sofort feststellen musste, dass es ein Fehler war, dass sie sich schlecht fühlte, und er es eben nicht war, der so waldig und rauchig duftete, im Gegenteil, dass seine Kleider und das Wohnmobil weniger gut rochen als der Praxisraum und seine spitze Zunge eine Eidechse war, die sich hineinschlängeln wollte in ihren Rachen, weit hinab, sodass sie fast würgen musste; wie sie plötzlich Bilder sah und dachte, er übt, er prüft meinen Mund. Wie die Angst kam. Wie sie zum ersten Mal wirklich Angst bekam vor sich selbst, weil sie gar nicht wollte, dass ihr jemand oder M, den sie da vielleicht schon Nadler zu nennen begonnen hatte, so nahe kam. Und Angst bekam vor seiner Reaktion, weil sie sagen musste, dass sie so viel Nähe nicht wollte, denn sie wusste, dass er das unverschämt finden würde; aus seiner Sicht war sie es gewesen, sie, die kleine Studentin, die in engen T-Shirts oder Blusen mit freizügig geöffneten Knöpfen wie eine Einladung auf seiner Liege gelegen hatte, während er sich nur ihrem schmerzenden Kopf hatte widmen sollen. Was wollte sie eigentlich? Wie wütend er wurde, als sie sagte, sie könne nicht mit ihm schlafen, sie würde jetzt gehen wollen. Wie schuldig sie sich fühlte, wieder. Sie weiß nicht mehr, wie sie nach Hause kam. Nicht mit ihm, nicht in seinem Wagen. Oder doch? Sie war zweiundzwanzig, und sie hatte noch nie mit einem Mann geschlafen. Sie wendet den Kopf, schnuppert, da ist nur der Wald in ihrer Nase. Aber der Junge steht neben ihr. Ist er wieder näher gerückt? Als sie ihn anschaut, sagt Janis: Dann hast du wahrscheinlich die Gitter um die Bäume gelegt, damit ihnen nichts passiert. Er lacht.

Sie schaut weg, immer wenn er sie anschaut, schaut Claire weg und spricht nicht oder so, als sei er nicht da. Er überlegt, was er sagen könnte. Dann sagt er: Wahrscheinlich wandern die Biber jetzt weiter, würde ich auch so machen.

Du denkst, man muss Tiere einfach tun lassen, was sie wollen, sagt sie.

Ja, ist Natur. Er nickt.

Aber alter Baumbestand ist auch Natur, antwortet sie und hört, wie Janis *klar* sagt, und sie unterbricht den Impuls, ihn zurechtzuweisen, ihm zu sagen, dass man abwägen muss, dass man der Natur nicht alles durchgehen lassen darf. Es sind Tiere, sagt sie, da hast du recht, aber wie bemisst man den Wert von Bäumen und Bibern? Und wessen Bedürfnis und Leben hat mehr Gewicht? Sie sieht, dass er die Arme auf die Brüstung stemmt, als wolle er gleich einen Hocksprung darüber machen, aber er bleibt, verharrt so, ohne etwas zu sagen, er scheint nachzudenken. Sie rollt den Hüftknochen am Holz hin und her, legt ihre Hände auf die Brüstung, hält sich daran fest.

Darüber hat er noch nicht nachgedacht, wer in der Natur wichtiger ist, ein Tier oder ein Baum? In der Schule hatten sie so was mal, klar, Darwin, der Stärkere überlebt. Aber in der Wildnis, sagt er nach einer Weile, da mischt sich auch niemand ein.

Schaut er jetzt auf ihre Hände, wie sie auf ihre Hände schaut? Sie sieht die Falten auf ihren Handrücken, und was sie sonst schön findet und ihre Lederhaut nennt, kommt ihr plötzlich rau vor, fischschuppig glänzend über den dicken Adern, die den Handrücken durchziehen wie Flüsse eine Landkarte. Sie nimmt die Hände wieder von der Brüstung und steckt sie in die Vordertaschen ihrer Jeans. In so einer Wildnis, die du meinst, leben keine Menschen, sagt sie, oder sie mischen sich bewusst nicht ein; in Nationalparks zum Beispiel.

Mit Fine spricht Janis manchmal über den Urwald,

den sie Wildwald nennt, seit sie ein Buch bekommen hat, in dem wilde Kerle wohnen, die ein bisschen teuflisch aussehen. Und er, Janis, sagt Fine: Im wirklichen Urwald leben nicht solche Kerle, sondern Menschen. Er sagt es, damit sie keine Angst hat, aber Fine hat keine Angst vor denen. Seine Schwester hat vor nichts Angst, was in Büchern vorkommt. Vielleicht hätte sie vor den Bibern Angst, wenn sie sehen würde, was die mit den Zähnen alles fertigbringen. Nein, er widerspricht sich in Gedanken sofort, das würde ihr besonders gut gefallen. Wahrscheinlich denken die Biber, sie müssen sich auch an was Großes rantrauen, sagt er, er spürt, dass er rot wird, dann scheitern sie halt mal oder vielleicht. Eigentlich hatte er sich vorgenommen, nicht immer solche Sätze von seinem Vater unterzubringen, aber manche sind so gut, dass er sie wiederholen möchte, allen sagen möchte, auch Ansgar; der lacht dann über ihn, weil er die Herkunft von solchen Sätzen sofort erkennt.

Sie weicht zur Seite, sie muss unwillkürlich lächeln, und sie spürt, der Junge sieht das und hält seinen Blick auf ihr. Sie schaut ihn nicht an. Er hatte doch Durst. Das fällt ihr nun ein und nichts, was sie jetzt sagen könnte, nichts, was ihre Lage verbessern könnte: Sie mag ihn. Sie mag ihn sogar sehr. Sie kann ihn nicht gleich wieder wegschicken. Wer sagt, dass sie das tun muss? Hinten, hinterm Haus, klopft der Specht, ein hartnäckiges Klopfen, nachdrücklich, er weiß, er wird etwas finden. Für einen Moment möchte sie ihn verscheuchen. Aber warum? Lass ihn, denkt sie, er kommt eh wieder. Wenn sie zuhört, sieht sie seine Bewegungen, sieht sie jeden Schnabelstoß ins Holz. Wenn sie nicht zuhört, ist der Specht nur ein Geräusch. Erst jetzt merkt sie, dass Janis'

Blick noch immer auf ihr liegt. Sie nickt dem Jungen zu, dann versucht sie ein Lächeln. Sie weiß nicht, ob es gelingt. Wie geht Lächeln, wenn es nicht zugewandt sein soll? Sie spürt, er wartet auf irgendwas, aber worauf eigentlich? Sie muss wegschauen, aber er tut es anscheinend nicht. Wieder fühlt sie seinen Blick auf der rechten Wange, oder bildet sie sich das ein, seine Augen ein Brennglas, und sie stellt sich vor, wie ein Mal sich dort bildet, wo er hinschaut, wie es sich auftut, aufklafft und so weit öffnet, dass er immer weiter in sie hineinschauen kann: Schleimhaut, Zähne, Zunge, der funkelnde Silberzahn, eine Krone, ihre liebste Tätowierung und die einzige.

Sagt mein Vater, sagt er dann doch und muss selbst lachen.

Sie weiß nicht, wovon er spricht, und schaut ihn fragend an.

Das mit dem Trauen, dass man sich was trauen muss, sagt er. Er lacht, manchmal sagt mein Vater gute Sachen.

Ja, sagt sie. Und spürt gleichzeitig ein Nein. Nein, man sollte sich nicht zu viel trauen. – Sie weiß es auch nicht. – Kommt drauf an, sagt sie und versucht, ihn dabei anzuschauen. Aber sein Blick ist so intensiv, dass sie sofort zur Wiese hinüberschwenkt.

Deshalb, sagt er, bin ich einfach hierhergekommen. Er verbessert sich: nicht einfach so. Ich habe mich getraut. Nur einen Augenblick denkt er an die Eltern, die sich bisher nicht gemeldet haben, aber sie erwarten ihn eh nicht vor sechs Uhr zu Hause. Dass der Akku vom Telefon leer ist, fällt ihm wieder ein, sie würden ihn gar nicht erreichen.

Sie hört, er ist stolz, und vor allem, wie er wieder lacht, wie oft er in den letzten paar Minuten gelacht hat, wie lange ist er eigentlich schon da? Es kommt ihr unendlich lang vor. In Wirklichkeit denkt sie, ist es vielleicht eine Stunde, oder? Sie weiß es nicht. Du hast wahrscheinlich noch mehr Durst jetzt, sagt sie. Und ohne auf seine Antwort zu warten, geht sie ins Haus. Nora folgt ihr. Claire schließt die Terrassentür, dreht sich noch einmal um, Janis steht am Geländer, schaut ihr nach, und als sie ihn anschaut, dreht er sich weg. Seine schmale Gestalt von hinten, aufrecht. Sie wendet sich ab. Und sofort ist da dieses Gefühl, das sie aus einer Zeit kennt, die nicht wiederkommen soll; wenn noch jemand mit ihr in der Wohnung lebt, fühlt sie sich nicht frei, sieht sie die Wohnung nicht mehr mit den eigenen Augen. Sofort misst sich ihre Sicht auf die geliebten Dinge im fremden Blick, ohne dabei zu wissen, was das fremde Auge wahrnimmt. Jetzt sieht sie die Blüten der Kapuzinerkresse in der Porzellanvase mit dem blauen Ornament auf dem Küchentisch stehen, darin eine, die gerade dabei ist, zu verwelken. Sie spürt ein Schamgefühl. Warum eigentlich. Als sei die Blüte sie selbst. Sie knipst sie mit Zeigefinger und Daumen ab und legt sie in die Schüssel für den Kompost. Wenn man ihre geöffneten Marmeladengläser, Cassis, Aprikose, Quitte und Himbeere, sieht, könnte man meinen, hier lebte eine Großfamilie. Dabei liebt sie es nur, abzuwechseln. Früher, zu Hause, wurde immer nur eine Marmeladensorte geöffnet und dann aufgegessen. Als lebte sie jetzt im Überfluss. Sie sieht den gebrannten Tonkrug neben der zur Hälfte leer getrunkenen Rotweinflasche stehen, nicht sein Platz eigentlich; der Korken vom Wein steckt schief, sie drückt ihn richtig in die Flasche, rückt das Päckchen mit den Magnesiumtabletten parallel zur Schale mit den Kirschen, schiebt den Einkaufszettel, auf dem *Datteln*, *Tampons*, *Klopapier* steht, unter die Schale, zieht ihn wieder hervor. Sie stellt den brüllenden Porzellanlöwen darauf, damit er das Papier beschwert, hebt ihn nochmals an, dreht den Zettel um, jetzt ist die Schrift nicht mehr zu lesen. Als ob ihr Einkaufszettel sie entblößte. Mehr von ihr verriete, als sie herzeigen will. Ist das so? Sie nimmt den Krug, füllt ihn mit kaltem Wasser, stellt ihn auf das Holztablett und zwei Gläser dazu, sie sucht verschiedene aus, ein langes schmales und ein sich ausbreitendes niedrigeres. Albern ist das mit dem Einkaufszettel. Noch einmal hebt sie den Löwen an, wendet das Papier, Schriftbild nach oben, stellt ihn wieder darauf und dreht sich um sich selbst wie ein Tier. Warum macht sie das jetzt? Sie weiß es selbst nicht. Sie weiß auch nicht, ob das gut ist, dass jeder ihren Einkaufszettel lesen kann. Jeder. Janis. Nora macht solche Drehungen manchmal vor dem Hinlegen, und bevor sie ihr Geschäft verrichtet; wie es Hunde tun, zur Sicherheit und um ihr Revier zu markieren. Claire geht zur Spüle, nimmt die restlichen Karotten vom Abtropfsieb; sie hat keine Kekse, bestimmt fände der Junge Kekse jetzt gut. Der Junge. Janis, sagt sie leise. Sie hat nie Kekse im Haus, außer jemand schenkt ihr welche. Die Karotten legt sie auf den alten Hutschenreuther mit dem Zwiebelmuster. Sind gepunktete Tischdecken kitschig? Darüber hat sie noch nie nachgedacht. Sie mag die roten Punkte auf dem weißen Grund. Eigentlich. Nun kommen sie ihr ulkig vor, im fremden Auge, das ihr jetzt im Gesicht steht; anstelle eines dritten, das hilfreich sein könnte, eines, das kontrolliert, an den richtigen Stellen funkelt, zuckt, blinzelt, warnt. Nora schlabbert, die Hündin trinkt viel, hoffentlich ist sie nicht krank. Claire pflückt der Kapuzinerkresse eine Blüte ab, die richtig orange leuchtet, im Inneren des Kelchs trägt sie rote Streifen; es sind die ersten Blüten des Jahres, sie wirft sie in den Wasserkrug. Sie hätte das Geschirr abtrocknen können vorhin, sie hätte etwas tun können, das denkt sie immer, wenn sie nichts getan hat; was selten geschieht. Etwas tun durchbricht das Nichtstun, etwas verändert sich. Einmal wendet sie sich noch um, legt den Bleistift über den Einkaufszettel, sie weiß nicht, wo der Kugelschreiber ist, der durchsichtige. Der Junge ist draußen, sie sieht ihn durch die Balkontür und er sie.

Claire ist eine andere als die im Camp, nicht so entspannt und lässig, wie er sich an sie erinnert. Er spürt seinen Puls am Bauchnabel, keine Ahnung, warum, er wendet sich noch einmal hin zum Haus, zu Claire; sie soll nicht unsicher sein vor ihm, sonst erkennt er sie nicht wieder. Er erkennt sie eh kaum mehr. Warum ist sie so anders hier? Sie versteckt sich vor ihm, oder? Claire steht wieder abgewandt von der Tür, irgendwie tut sie, als sei er nicht da. Oder als sei er dann nicht da, wenn sie ihn nicht sieht. Dass man gesehen wird, auch wenn man selbst nichts sieht, das hat sogar Fine früh gewusst. Warum freut Claire sich nicht, dass er da ist, er möchte sie fragen. Oder lieber doch nicht. Es nur sagen, ich freue mich. Freu dich doch auch! Er dreht sich weg von der Tür.

Der Junge beobachtet sie, wie lange hat er sie schon beobachtet durch diesen schmalen Blickkorridor, den man von der Balkontür aus in die Küche hat? Sein Rücken ist lang und schmal, die Wirbelsäule zeichnet sich unter dem T-Shirt ab, eine Perlenreihe. Sie nimmt das Tablett, öffnet die Tür, Nora rennt an ihr vorbei, läuft zu Janis, tut, als habe sie ihn lange nicht gesehen, dabei waren es nur Minuten, eine geschlossene Tür. Er dreht sich sofort zu ihr, und sie sieht, er schaut, so wie man Menschen anschaut, die man mag. Dann krault er die Hündin hinterm Ohr. Durch jede ihrer beider Bewegungen sind sie nun verbunden. Weiß er das? Jetzt, wo er da ist, wo sie da ist, gilt alles, was sie tun, dem anderen, oder nicht? Setz dich, sagt sie zu ihm und weist mit dem Kinn den Weg zum Tisch, wo die beiden Klappstühle sich gegenüberstehen. Sie stellt das Tablett darauf. Zwischen sie. Dazwischen. Den Teller mit den Karotten zwischen sie beide auf den Tisch, der einen Abstand schafft; ein Meter.

Er wird nicht gleich wieder gehen, das hat er sich vorgenommen, er möchte ihr sagen, wie lang die letzten sieben Wochen waren, was anders geworden ist, was sich verändert hat: Er würde gern so mit ihr reden können, wie er mit Fine spricht. So lange will er bleiben. Bis er das geschafft hat. Er will ihr sagen, wie – dann sagt er, was ihn am meisten bedrängt: Ich habe in deinem Auto Post liegen sehen. An dich. Deshalb. Weil, das fragst du dich bestimmt, oder? – Er bemüht sich, in ihre Augen zu schauen, auch jetzt, wo er sieht, wie sie dunkel werden, wie sie sich verschließen. Das ist er Claire schuldig, auch wenn es nicht stimmt, was Ansgar sagt: Du hast sie gestalkt. Er hat sie nicht gestalkt. Er kam an ihrem Auto vorbei, und darin lag ein Umschlag mit der Adresse. Ihrer Adresse. Und Ansgar, der Checker, antwortete: Ich bin auch schon an ihrem Auto vorbeigelaufen, aber ich hab das nicht gesehen. Und er, Janis, sagte: Ich schau halt genauer. Wo lag da Post, fragt Claire, er sieht, wie sie sich zurücklehnt, sie legt das rechte Bein über das linke und windet den einen Unterschenkel um den anderen; sie knotet sich in eine sichere Haltung, er kennt das, er macht das manchmal auch so. Sie hat in der Ablage gelegen, antwortet er. Claires Stimme klang gerade eben genau so, wie er sie aus dem Camp kennt.

Wie konntest du das sehen, sagt sie mehr, als dass sie es fragt. Sie beobachtet, wie er mit den Schultern zuckt, nur ganz kurz, dann nickt; er blickt sie dabei sogar an.

Er möchte nicht weggeschickt werden, nicht sofort. Die ganzen letzten Stunden, als er am Bach saß, hat er sich gefragt, ob er wirklich bei ihr auftauchen kann und was er denn sagen soll, und was sonst, als die Wahrheit? Und er erinnerte sich an den Anspruch seiner Mutter: natürlich immer die Wahrheit. Das steht über allem. Er stellte sich vor, wie er vor Claire stünde, ob sie ihn gleich wieder wegschicken würde oder nicht. Er hat es sich ausgemalt, sich gefragt, keine Antwort gewusst und dann beschlossen, es zu tun, es auszuprobieren. Weil er dann vor ihr stehen würde, wenn er mit ihr sprach. Wenn er ihr alles sagte. Weil er sie dann sehen würde. Sie sehen änderte alles. Außerdem war er hungrig und durstig, und der Akku seines Telefons war leer. Ist er immer noch. Er schaut auf die Karotten, die ihn nicht satt machen werden. Es war Zufall, sagt er, dass ich die Post gesehen habe.

Und immer hört sie dem S nach, wie Janis es spricht, ein säuselndes S, ein wenig windig, sie mag das sehr. So schnell gewöhnte sie sich an einen Menschen, dass sie seine Sprache nicht mehr vermissen will. So schnell, wie sie es gar nicht möchte. Zu schnell.

Er sieht, dass etwas in Claire vorgeht, sie ihn anschaut, dann wegschaut und wie sich ihr Gesicht plötzlich wieder verschließt, sie Luft einsaugt durch die Nasenflügel, die Lippen schmal werden. Er versucht es nochmals, er will ehrlich sein: Nee, nicht so richtig Zufall, nicht ganz, er korrigiert sich. Ich habe halt geschaut, wie es in deinem Auto aussieht, aber nur von außen, und da steckte so ein Umschlag in der Mittelkonsole, und da habe ich …

Was hat der Junge da noch gesehen? Ein Gedanke wie ein Blitz, aber was gibt es schon zu sehen in ihrem Auto, da gibt es doch nichts zu sehen. Anscheinend genug. Es war ja genug, wenn die Jugendlichen ihre Adresse von zu Hause sahen. Ihre eigene Schuld. Janis spricht nicht weiter, aber weg schaut er auch nicht. Er wartet, wie reagiert sie?

Sie greift in das Tuch in ihrem Haar, ins Haar selbst, als hätte sich darin etwas zum Nachteil verändert in den Minuten, in der Stunde, seit der Junge angekommen ist. Weil er sie beobachtet oder weil sie sich beobachtet fühlt. Sie legt ihre Hände auf die Wangen, als könne sie das schützen, aber es bewirkt das Gegenteil. Augenblicklich erinnert sie sich an eine ähnliche Geste: Janis' Hand, nur die eine, auf ihrer Haut; wie diese Berührung durch ihren ganzen Körper fuhr, ein kleiner Stromschlag, unter dem sie zusammenzuckte, innehielt, und doch nicht nur: wie ihr Körper sich verselbständigte, sogar noch einen Schritt auf den Jungen zumachte. Sie schiebt die Erinnerung weg. Ihre Haare müssen wieder geschnitten werden, aber das sieht man nicht, wenn sie das Tuch trägt, oder sieht man es doch? Sieht man den sonnenhellen Scheitel unter dem Tuch, man sieht ihn ja gar nicht. Das Tuch, es ist neu. Sie hat es nicht seinetwegen ins Haar gebunden, das hat sie bereits am Vormittag getan. Es ist ein altes großes Einstecktuch von ihrem Vater. Mutter hatte irgendwo einen ganzen Stapel gefunden, sie waren unbenutzt, ungewaschen. Dass ihr Vater solche Tücher besessen hatte, die nicht nach Kaufhaus aussahen, das wunderte sie. Die hat er sich nicht selbst gekauft, hatte sie zu ihrer Mutter gesagt. Und die Mutter: Ich ihm aber auch nicht! Warum denkt man immer, man wisse alles über die Eltern? Leuchtende Farben, die eigentlich gar nicht zum Vater passten. Zu dem Vater, den sie kannte. Sie trägt ein azurblaues Tuch im Haar, es hat feine braune Streifen.

Wie sie nebeneinander aussehen, er hatte sich nicht mehr daran erinnern können, wie es sich genau anfühlte, wenn er und Claire nebeneinanderstanden. Er könnte schwören, sich an alles zu erinnern, nur wusste er nicht, wie sich das in seinem Körper anfühlte. Und immer wieder dachte er an die Sache mit Johann. Oder ohne Johann; als sie Johann gesucht hatten im ganzen Camp, am zweiten Tag. Es kann sein, er verwechselt das zeitlich, das geht leicht. Er weiß vieles nicht mehr von früher, Ansgar weiß viel mehr als er, über seine eigene Kindheit zum Beispiel. Er dagegen hat alles Wichtige vergessen von früher. Glaubt er jedenfalls. Aber was ist wichtig? Er weiß jeden Moment im Camp mit Claire, und wie sehr sie ihm fehlte, wenn Achim sie ablöste, wenn nur noch Achim da war. Achim war sehr in Ordnung. Aber er war eben nicht Claire. Janis wartete eigentlich die ganze Zeit auf sie. Mit Claire oder, genauer, mit dem Camp beginnt seine Erinnerung an sich selbst. Sein Leben beginnt im Camp. Er. Er hat im Camp angefangen, der zu sein, den er gut findet. Und nicht erst ab diesem einen Moment, als seine Hand die Wange von Claire berührte. Und wie sie dann schaute, erschrocken zuerst und dann ganz weich, und wie er dachte, dass er jede Sommersprosse auf ihrer Nase antupfen wollte mit dem Zeigefinger, darin war ein Kribbeln, nur ganz vorsichtig antupfen, nicht so wie als Kind mit der Fingerfarbe. Wie Claire nicht zurückgewichen war, aber seine Hand – als hätte die Hand etwas bemerkt. Als wäre sie eingeschüchtert worden. So war es. Sie war zurückgezuckt. Er berührte manchmal Ansgar an der Schulter oder am Arm oder so, das geht schon, aber der ist sein bester Freund. Das ist etwas anderes. Er berührt gern Menschen. Wie seinen Vater, seine Mutter und natürlich Fine, die das eigentlich gar nicht gernhat. Ansgar berührte ihn eigentlich nie. Oder? Aber nicht mit der Berührung beginnt seine Erinnerung, seine genaue, mit der Berührung beginnt etwas anderes; seine erste Erinnerung an Claire beginnt, als sie im Kreis saßen, gleich nach der Ankunft, er neben Ansgar, und wie sie sagte: Ich bin Claire, und ich sage Du zu euch, wie ihr Du zu mir sagt. Trotzdem gilt das, was ich euch auftrage. Da wusste er, er wäre gern ein bisschen wie diese Frau. Er wollte alles von ihr wissen, und er wollte ihr gefallen. So ein Gefühl war das. Trotzdem gilt das, was ich euch auftrage. Wie sie das gesagt hat! Nicht wie eine Chefin, eher wie eine Freundin, niemand hatte gewagt, zu widersprechen. Und sie hatte eine gute Stimme, ein bisschen die von Taylor Swift. Er setzt sich, weil Claire schon sitzt, trinkt das Glas leer. Darf ich? Er gießt noch mehr Wasser nach und trinkt ein weiteres Glas; seine Hand kann das ganze Gefäß umfassen, sodass die Fingerspitzen die Daumenkuppe berühren. Er mag das. Er stellt das leere Glas ab. Claire schenkt ihm sofort nach. Sie deutet auf die Karotten. Frühkarotten, aus dem Garten, sagt sie. Hinten ist noch etwas Grün dran. Er schaut es an, und als ob sie lesen kann, was er denkt, sagt sie: Kannst du mitessen, das Grün. Die Leute werfen eh zu viel weg. Er beißt hinein, die Karotte ist saftig und zart. Er kaut. Er kaut schnell, er spürt den Hunger. Er isst auch das Grün. Er hat jetzt Tomatenpflanzen auf der Terrasse. Hat einen Kürbis ins Blumenbeet gepflanzt. Darüber war seine Mutter empört. Zuerst. Aber dann hat sie gelacht. Er nimmt sich noch eine Karotte. Sie nimmt sich auch noch eine.

Wenn sie kauen, brauchen sie nicht zu sprechen. In ihrem Mund bewegen sich die harten Gemüsestücke, werden zwischen den Zähnen immer kleiner, weicher, sie mag den Vorgang und kaut langsam und lange, weil es gut ist, Zeit zu haben, um nachzudenken, nicht zu sprechen. Was kommt jetzt? Und was soll sie sagen? Er hat herausgefunden, wo sie wohnt, er hat sich auf den Weg gemacht, er hat sich etwas getraut, was gelingt ihm noch? Janis greift nach einer weiteren Karotte. Nora hat sich gegen seinen Stuhl gelehnt. Für einen Augenblick überlegt Claire, sie zu sich herzurufen. Nora, möchte sie sagen, du gehörst zu mir, aber sie sagt es nicht. Nur, warum tut die Hündin das? Sie ist ihr Schatten; wenn sie ihrem Schatten nicht mehr vertrauen kann. Sie erschrickt bei diesem Gedanken und legt die Hand auf den Schenkel. Zweimal klopft sie mit der flachen Hand auf ihre Jeans, ein leises Flappen. Nora schaut auf, erhebt sich, kommt zu ihr und lässt sich gegen ihren rechten Fuß plumpsen. Fein, sagt Claire. Janis kaut auf der vorletzten Karotte, sie selbst noch an ihrer zweiten. Der süße Saft füllt den ganzen Mundraum aus. In der Schule früher hatte sie einmal eine Klassenkameradin, die jeden Tag in der Pause wenigstens drei Karotten aß, man konnte das der Haut des Mädchens ansehen. Daran muss sie nun denken. Und während sie es denkt, kommt es ihr vor, als müsse sie ganz leise zu Janis sagen: Verschwinde doch einfach wieder. Dabei sagt eine andere Stimme das Gegenteil. Der Junge lächelt sie an. Nicht so, als könnte er ihr gefährlich werden, aber sie weiß schon, wie trügerisch das ist. Er senkt den Kopf, und wieder macht er diese Bewegung mit dem Daumen über die Augenbrauen, streicht sie glatt. Eine Geste, die eitel wirken könnte, aber bei Janis so aussieht, als besinne er sich auf irgendetwas. Dann schaut er auf. Einen Wimpernschlag lang hält sie seinem Blick stand, dann spürt sie ein Zucken im Lid und blickt auf die Wiese hinab.

Er würde gern fragen, was das für ein Datum ist, das auf diesem Blatt steht, *4. Juli*, und warum sie dieses vergilbte Kalenderblatt hat rahmen lassen? Es ist ein französischer Kalender, das macht es noch unverständlicher. Auf Claires Terrasse hängt ein Kalenderblatt eines französischen Kalenders in einem Rahmen an der Wand. Das ist ein Rätsel. Vielleicht hat sie das Haus an diesem Tag gekauft? Aber warum ist der Kalender französisch? Anscheinend schaut er zu lange, denn plötzlich sagt Claire: der Unabhängigkeitstag in den USA, der Tag der Staatsgründung. Er nickt, dann schüttelt er den Kopf. Und was hat das mit dir zu tun?

Da bin ich hierhergezogen, vor fünf Jahren, sagt Claire.

Aus Frankreich?

Nein.

Aber es ist ein französisches Kalenderblatt, sagt Janis.

Ja.

Irgendwie garstig klingt dieses *Ja*. Die Haare sind ihm ins Gesicht gefallen, er lässt sie sein, beobachtet Claire durch den Schleier, sie blickt auf den Tisch, er kann ihre Gesichtszüge nicht entschlüsseln. Das Tuch in ihrem Haar leuchtet. Sie hat ein paar graue Haare zwischen den blonden. Seine Mutter hat keine, weil sie färbt. Sie färbt seit Jahren, weil ihre Haare nicht aufhören sollen, so dunkel zu sein wie seine. Sie will ihre dunklen Haare behalten. Keine Ahnung, vielleicht wären sie sonst schon weiß. Er nimmt die letzte Karotte.

Immer muss man etwas erklären, sobald Menschen einem nahe kommen, ist das so. Alles, was sie von einem sehen, betrachten sie wie einen Spiegel, und natürlich ist sie, Claire, dieses Kalenderblatt, in gewisser Weise. Es ist ihr Unabhängigkeitstag. Seither lebt sie allein, und das ist gut. War ein Geschenk, sagt sie und zeigt auf den 4. Juli.

Janis nickt, er könnte fragen, von wem, vielleicht wartete sie ja darauf? Und warum aus Frankreich? Er schiebt sein Glas über die Tischplatte, das macht ein sägendes Geräusch. Er traut sich nicht, zu fragen, vielleicht weil er es merkwürdig findet, dass sie so wortkarg antwortet. Vielleicht sollte er einfach wieder gehen. Aber kann sein, es wird auch besser und so, wie es im Camp war. Er hat sich nicht in ihr getäuscht, das weiß er sicher. Das war die letzte Karotte gerade; jetzt steht der Teller da: weiß und das tiefe Blau glänzend, wie von Wasser begossen. Eigentlich hat er noch immer Hunger. Er legt seine Hand auf den Tisch, spürt eine Bewegung bei Claire, schaut auf, sie betrachtet wohl seine Finger, er rührt sich nicht, dann nimmt er das Glas, eher aus Verlegenheit. Er ist sicher, sie schaut noch immer.

Das Glas liegt geschmeidig zwischen seinen Fingerkuppen, die es herumbewegen auf dem Tisch, Kreise ziehen, wie hypnotisiert oder hypernervös. Sie sieht seine langen Finger, den schmalen Handrücken, sehr gebräunt, so wie ihrer, aber sie ist immer draußen, er geht in die Schule, ist drinnen. Sie fragt nicht, warum er so gebräunte Haut hat. Sie blickt ihm ins Gesicht, aber er schaut auf den Tisch. Keine Spiele, denkt sie. Ich spiele keine Spiele! Was auch immer das heißt, sie weiß es selbst nicht, und deshalb sagt sie lieber nichts. Aber sie spürt, sie schaut streng, das wirkt abschreckend, sie weiß das. Sie versucht, den Mund zu entspannen, ein vorsichtiges Lächeln, sie will nicht so hart sein, auch nicht in Gedanken. Ich bin nicht wütend, sagt sie. Janis schaut erstaunt auf. Es ist aus ihr herausgebrochen. War schneller gesagt, als sie wollte, vielleicht weil ihr nichts anderes eingefallen ist in diesem Moment, nichts Besseres, aber es ist nur die halbe Wahrheit. Sie spürt so was wie Wut. Aber worauf? Auf sich, weil sie den Briefumschlag im Auto gelassen hat? Auf den Jungen? Nicht auf den Jungen. Oder vielleicht doch auch auf den Jungen.

Habe ich auch gar nicht gedacht, sagt er. Sie lächelt ihn an, aber er möchte jetzt nicht zurücklächeln.

Was denkt er jetzt, wahrscheinlich, dass sie seltsam ist. Sie ist nicht seltsam. Sie möchte nur allein sein, auch mit ihrem Schmerz darüber, dass es besser ist, allein zu sein, als mit dem Jungen hier zu sitzen. Weil der Junge ein Junge aus dem Camp ist. Und überhaupt, er ist sechzehn. Aber das Gegenteil ist genauso wahr. Sie möchte jetzt nicht allein sein, nicht ohne ihn hier sitzen. Obwohl sie sich wünschte, es wäre so und alles, wie es immer war. Oder dass der Junge ein Mann wäre. Nicht sechzehn, sondern Janis als fünfundzwanzigjähriger, wenigstens. Janis antwortet nicht, er hebt seine Hand, die linke, vom Tisch, führt den Arm zur Stirn und streicht damit die Haare Richtung Ohr. Immer wieder überrascht sie diese Angewohnheit, die so formvollendet ist. Weiß er das? Er blickt auf, jetzt lächelt er. Die Wangenknochen markieren sein Gesicht stark, bilden ein feines Dreieck mit dem Kinn, ein Haarschatten liegt auf seiner Oberlippe, er rasiert sich; sein dunkles Haar ist eine Prinzenfrisur ohne Pony und schmiegt sich an seinen Hals; sein T-Shirt ist verrutscht, sein linker Halsmuskel lässt sich fast bis zum Schlüsselbein verfolgen. Sie wendet sich der Wiese zu.

Gibt es hier eine Toilette, fragt er.

Da ist er wieder, dieser herausfordernde Blick aus den ersten beiden Tagen im Camp. Sie nickt. Es gibt auch eine Toilette hier draußen, sagt sie, und ohne ihn anzuschauen, zeigt sie hinter das Haus. Du findest sie im Bauwagen. Wie das geht, diese Kinderstrichzeichnung, bei der aus einem Strich ein einziges Haus entsteht mit einem Kreuz in der Mitte. Sie stellt es sich vor, bildlich. Das-ist-das-Haus-vom-Ni-ko-laus. Ihr Haus. Er darf nicht in ihr Haus. Sie sieht, dass er zögert, als habe er plötzlich Angst, aufzustehen. Weil er nicht möchte, dass sie ihn beobachtet, wenn er über die Terrasse geht, über die Holzdielen, auf denen man jeden Schritt hören kann, bis er um die Ecke verschwunden sein wird, oder warum zögert er? Sie zeigt nochmals hinters Haus, zeigt auf die Stufe, die vom Balkon aus hinter das Haus führt. Dort, sagt sie. Sie steht auch auf.

Ich gehe kurz telefonieren, komm mit, sagt sie zu Nora, die zwar aufspringt, aber im Sitzen innehält, auf Janis schaut, der sich auch erhebt; schließlich folgt ihr die Hündin. Janis bleibt zurück. Drinnen ist alles wie immer. Da steht die Obstschale auf dem Küchentisch, da liegt das Notizbuch, liegen die Bücher, steht der Löwe, der Tonkrug, liegt die Zeitung, die Post und ihre Stoffserviette, der Einkaufszettel und so weiter; da kann man nicht zu zweit sitzen. Man muss da nicht zu zweit sitzen können. Trotzdem, es fällt ihr plötzlich auf. Sie nimmt ihr Telefon vom Tisch, Mutter hat noch einmal geschrieben: *Ich mache Reibekuchen*. Eigentlich nicht so gern. Sie tippt: *sehr gern!* Dann löscht sie es wieder weg: *zu Mittag?* Dann löscht sie es wieder weg. Sie muss nicht telefonieren, mit niemandem, niemand erwartet einen Anruf von ihr. Sie bleibt stehen, richtet sich auf, geht auf die Zehenspitzen, streckt sich, berührt mit den Fingerspitzen die Deckenbalken, schließt die Augen und atmet ein, atmet aus. Noch einmal. Dann öffnet sie die Augen wieder. Noch einmal nimmt sie das Telefon und schreibt: *einverstanden*. Und löscht es wieder. Die Mutter macht eh, was sie will. Wie kommt der Junge eigentlich wieder nach Hause? Es ist schon halb sieben. Sie hat keine Ahnung, wann der letzte Bus vom Dorf aus zum Bahnhof fährt. Es fahren eh nur drei oder vier Busse am Tag. Nora trinkt aus der Wasserschüssel. Sie könnte im Netz nach dem Busfahrplan schauen. Sie nimmt eine Kirsche, steckt sie sich in den Mund. Dass man kirschrot schmeckt; aber wenn man nicht wüsste, dass man eine Kirsche isst?

Er hätte darauf wetten können! Natürlich hat Claire auch hier ein Kompostklo. Aber warum hat sie eine

Sauna in einem Bauwagen und ein Außenklo? Warum ist das nicht alles in ihrem Haus? Er schaut sich um. Die Sauna ist ein Quadrat, zwei mal zwei Meter vielleicht, aber immerhin mit zwei Bänken, man kann sich gegenübersitzen. Man kann sich da sogar hinlegen. Er geht wieder hinaus und durch den kleinen Vorraum in die Toilette hinein. Er hebt den hölzernen Deckel, setzt sich hin, setzt sich auf die Brille über diesem Loch in der Holzplatte, die noch ganz neu aussieht, so, als habe da noch nie jemand gesessen oder nicht oft. Er hört, wie sein Strahl hinabfällt, viel weiter hinabfällt als beim Pinkeln auf einer normalen Toilette, und allein das Geräusch erinnert ihn wieder. Ansgar und er auf dem Stamm an der Feuerstelle am Rand des Camps, Elif, Claire auf dem anderen Stamm, Elif trug auch so ein Tuch im Haar, wie Claire es fast immer trägt. Ein paar Mädchen machten sie schon am zweiten Tag nach, mit den Tüchern im Haar, wie sie die Jeans trug, immer hochgekrempelt, immer auf der Hüfte. Elif ließ sogar den Knopf am Bund auf, damit die Hose ihr auf die Hüfte rutschte. Wäre er ein Mädchen, er hätte das auch so gemacht. Oder doch nicht oder erst nach dem Ende des Camps, wahrscheinlich. Erst dann, wenn alle es nicht mehr mit Claire in Verbindung gebracht hätten. Alle im Camp wollten ihr gefallen. Nicht alle. Aber alle Mädchen. Und Ansgar. Und deshalb sprachen Ansgar und Elif am Feuer auch über Politik, obwohl sie eigentlich nie über Politik sprachen. Er vergisst eben doch nicht alles, das Wichtige weiß er noch, aus dem Camp weiß er eben noch alles. Er war still gewesen und irgendwann pinkeln gegangen, und als er zurück war, hatte er sich neben Claire gesetzt. Einfach so. Nicht weil er es vorhatte. Er setzte sich mit Abstand neben sie, wenigstens einen Meter. Und wie ihm dann klar wurde, dass er sie so nicht mehr unauffällig betrachten konnte. Da schaute Ansgar übers Feuer hinweg, seine Augen fast rot von den Flammen, und Janis sah, dass Ansgar ihm etwas sagen wollte. Aber was? Es war auch egal. Er wartete noch eine Weile, hörte nicht zu, formulierte die Frage, so und so und wieder anders, und dann fragte er Claire ganz direkt: Warum machst du das hier? Alles. Mit uns? Er wollte das wirklich wissen, warum gab sich so eine wie Claire mit ihnen, mit Jugendlichen, ab? Und wie sie dann lächelte, sie lächelte nicht einfach, sie lächelte ihn an. Claire meinte ihn. Das bunte Tuch um ihren Kopf, die Strickjacke, groß und rot über dem Jeanshemd, und ihre sehr grünen Augen. Und da war er sich sicher: Ihr Lächeln hatte nichts mit seiner Frage zu tun. Es galt ihm. Da konnte sie ihn anschauen, da hielt sie den Blick, nicht so wie jetzt, hier. Am Feuer hatte Claire wie Anfang zwanzig ausgesehen. Und dann hatte sie nicht ihm, sondern allen geantwortet, Ansgar und Elif und ihm, sie hatte übers Feuer zu den beiden hinübergeschaut und gesagt: Weil ich euch beibringen will, nicht immer auf das große Ding zu warten, darauf, dass irgendetwas anderes passiert als das, was eben jeden Tag passiert. Ihr wacht am Morgen auf, ein Glück, ihr geht in die Schule, zum Glück könnt ihr das, ihr habt Freunde, trefft Menschen, und überall, wo ihr seid, passiert etwas, nichts Großes, aber lauter kleines Zeug, viel Schönes wahrscheinlich. Und so ist es hier auch, schaut in diese Glut, schaut, wie viele Farben so eine Glut hat, wie sie sich verändert, wie das Feuer züngelt, hört ihm zu, hört, wie Holz bei Wärme klingt, bei Hitze. Wartet nicht darauf, dass in der Nacht ein Luchs aus dem Wald kommt, dass ihr endlich einen Dachs seht oder dass die Saatkrähe bei genauerem Hinschauen zu einem Kolkraben wird. So etwas passiert selten. Selten passiert in einem drin ein großes Ding, ganz selten hat man die große Idee für was auch immer, die eine Idee, die einen wichtig macht oder wichtiger, als man sich selbst ist. Schaut euch um! Da, wo ihr seid. Hört, spürt, immer passiert etwas. Irgendwie war das groß. Elif strahlte und Ansgar auch. Immer wieder haben sie davon gesprochen, Ansgar und er. Es hat alles verändert, wie er die Welt sieht. Und wie er Claire sah, ab dann. Hör auf, so rumzuschwärmen für sie, sagte Ansgar am nächsten Tag. Vor Elif aber sagte er es nicht. Jedenfalls nicht, wenn Janis dabei war. Etwas fällt aufs Dach des Bauwagens, ein harter Schlag, kurz, ein Dong, er schreckt zusammen. Dann noch einer und noch einer. Dann nichts mehr. Er steht auf, öffnet die kleine Holzkiste neben der Toilette, und es riecht sofort gut. Nach Sägespänen. Er wirft eine Schippe davon ins Klo. Als er sein Telefon aus der Hosentasche holt, fällt ihm wieder ein, der Akku ist leer. Darf ich mein Telefon laden? Er nimmt sich die Frage vor. Eigentlich nicht schwierig. Aber sie schüchtert ihn ein. Ihre Abwehr. Merkwürdig nur, wenn er Claire nicht sieht, ist alles wie davor: Er will bei ihr sein. Wenn er aber jetzt vor ihr steht, ist er nicht mehr so sicher. Draußen vor dem Bauwagen fliegt ein Vogel auf, macht einen ziemlichen Radau, ein bisschen wie das Eselsgeschrei, das er vor ein paar Wochen zum ersten Mal gehört hat. Der Vogel ist groß und hat einen blauen Bauch. Warum soll er sein Telefon nicht laden können. Er sieht nirgends eine Steckdose. Claire. Leise sagt er ihren Namen. Er hat das schon oft gemacht. Etwas passiert dabei in ihm. In seinem Bauch. Kann ich mein Telefon laden? Er sagt es genauso leise. Als ob es das Aussprechen ihres Namens legitimiert. Der Bauwagen steht unter einem großen Baum. Eicheln liegen auf dem Boden, sie waren die Ursache für die Geräusche. Er geht hinüber zum Haus. Das eine Fenster gehört zum Badezimmer, die Duschkabine ist zu sehen, er weicht einen Schritt zurück, das andere Fenster zur Küche. Er weiß nicht, warum er da plötzlich steht, aber er steht direkt am Fenster. Es liegt ein Holzstapel davor, genauer sind es Holzscheite in ziemlich gleicher Länge, gesägt und aufeinandergestapelt bis unter den Rahmen. Wenn er sich seitlich davon stellt, kann er gut in Claires Küche schauen. Er muss sich erst einmal orientieren. Alles ist bunt. Rote Fliesen. Grüne und blaue und weißblaue Teller, Tassen, kleine und große, bemalte und gepunktete, auch einfarbig leuchtende, manche angestoßen, vom Flohmarkt wahrscheinlich, alle an Haken gehängt, an einem breiten Regal entlang. Auch gestreiftes Porzellan, wie Bettwäsche, blau-weiß. Ein Tupfenteller. Sie mag anscheinend Aprikosen. Eine ganze Schüssel steht da, und Kirschen. Wer soll das alles essen? Die hat sie ihm nicht angeboten. Ein Stapel Bücher, so hoch wie der Tonkrug. Er kann nicht sehen, was für welche. Eine Zeitung. Zwei sich gegenüberstehende Stühle am belagerten Tisch. Warum stehen da zwei Stühle, wenn sie allein ist? Vielleicht ist sie auch nicht immer allein. Und dann sieht er sie, Claire steht in der Küche, sie steht auf der anderen Seite des Tischs und schaut ihm durchs Fenster direkt in die Augen. Er weicht zurück. Stolpert fast in den kleinen Graben hinter sich, fängt sich. Dass er ein Spanner ist, bestimmt denkt Claire das jetzt. Das denkt sie jetzt. Das wird sie jetzt denken. Aber das stimmt nicht. Das ist er nicht. Das ist er wirklich nicht.

Bilder.

Da war sie acht Jahre alt und trug am liebsten den blauen Cordrock, der sich wie ein Zylinderhut von den Hüften über ihre Schenkel öffnete. Wie erwachsen sie sich damit vorkam. Auch weil sie von der Welt schon Korsika kannte. Und dass sie sich damals verliebt hat in einen Jungen namens Max und gleichzeitig in den Bären. Obwohl er zu dünn war für einen Bären, hieß er so, und seine Haare waren dunkel und dicht. Als der Bär schon zwei Jahre nicht mehr ihr Lehrer war und Max in einer anderen Schule, schaute sie im Telefonbuch nach der Bären-Adresse und wurde fündig. Sie lag auf ihrem neuen Schulweg. Sie dachte nicht darüber nach, was der Bär denken könnte, wenn sie vor seiner Tür stand. Sie wollte ihn besuchen, und sie besuchte ihn, da war sie zwölf. Ihr Herz pumperte wie nach einem Wettrennen, als sie vor seiner Tür stand, noch mehr, als sie klingelte, und wie verrückt, als der Bär aufmachte. Und sie weiß nicht, ob es stimmt, dass er freundlich gelächelt hat, aber in ihrer Erinnerung schon. Er hatte sofort gewusst, wer sie ist. Seine Wohnung lag in einem Mehrfamilienhaus, und sie war anscheinend nicht so viel anders eingerichtet als ihr eigenes Zuhause, denn sie erinnert sich an nichts mehr von ihr. Nur dass sie an einem Tisch saß, der Bär ihr gegenüber, und er stellte ihr ein Glas Saft hin, und sie wusste, ich bin ein Mädchen, er ist ein Mann, er ist mein Lehrer gewesen, und ich bin schon kein Kind mehr. Das hatte sie gespürt. Das hatte sie gewusst. Sie spürte das wie noch nie zuvor, als sie da saß, am Tisch, in Cordhosen, T-Shirt und Turnschuhen. Vielleicht saß sie deshalb da. Ein Mädchen, das gerade Brüste bekam, das gerade ihre Tage bekommen hatte, das nicht mochte, dass es blutete, das nicht mochte, dass das schmerzte, das stolz war, dass es nun auch blutete. Das mehr aussah wie ein Junge, aber ein Mädchen war und nicht wusste, was ihm besser gefiel, wenn es wählen dürfte. Es war aber ein Mädchen, ein Kind, das gesehen werden wollte und das wahrscheinlich in diesem Moment auch gesehen wurde. Das Mädchen saß am Küchentisch des Bären, so wie Claire es Janis nicht gestatten würde; sie möchte nicht, dass er in ihr Haus kommt. Der Junge ist sechzehn. Wahrscheinlich fühlte sich der Bär nicht sehr wohl in seiner Rolle. Sie weiß nicht mehr, worüber sie sprachen, nur dass sie den Saft trank und verstohlen schaute, wie der Bär schaute, dem sie gefallen wollte. Sie weiß noch, danach fühlte sie sich als Mädchen. Mehr als zuvor. Der Bär hat sie gesehen, hat ihr zu trinken gegeben, hat sich ihr gegenübergesetzt, hat mit ihr gesprochen. Und vor allem: Der Bär war scheu. Er war vorsichtig. Mehrmals klingelte sie später noch bei ihm, aber nie war er da, oder nie wollte er da sein, wenn sie klingelte. Vielleicht hatte der Bär sogar Angst vor ihr; vor ihrer Macht als Mädchen, das sich in der Kleidung eines Jungen versteckte, Angst vor ihrem als Junge getarnten Mädchenkörper. Das Telefon leuchtet auf. *Oder möchtest du etwas anderes essen?*, schreibt ihre Mutter. Keine Ahnung, auf was sie morgen Lust haben wird. Morgen, sagt sie laut. Eigentlich wollte sie heute ein paar größere Arbeiten im Garten verrichten. Vergiss es.

Sie spricht oft laut mit sich selbst, es ist mehr als eine Angewohnheit geworden, eher eine Zwiesprache mit ihren Gedanken. Jetzt verlangt der Ort, an dem sie für gewöhnlich nur mit sich selbst oder mit Nora spricht, manchmal auch mit dem roten Kater oder den Tieren, die ihr in der Ferne begegnen, den Rehen, den Vögeln, den Eichhörnchen, den Feldhasen, jetzt verlangt dieser Ort eine andere Sprache. Für gewöhnlich denkt niemand in diesem Haus über sie nach, niemand bewertet sie, sie muss keine andere sein als die, die sie ist, sie erfüllt keine Rolle, hier nicht. Im Camp ist sie die Chefin, es ist eine immer neue Entscheidung, was sie von sich preisgibt. Sie neigt dazu, mehr zu erzählen als Achim, Achim spricht über Fakten, Achim macht die Dinge, die zu tun sind. Von ihm lernen alle das Stillsein. Wenn sie es wollen. Sie erzählt nur das, wovon sie glaubt, es reicht über sie hinaus. Weit genug. Und dann sieht sie, da steht er. Sie sieht, wie Janis sich wegduckt vor dem Fenster. Sie ist nicht erschrocken, sie hat es kommen sehen. Gut wäre jetzt, ganz stillzuhalten, so zu tun, als geschähe nichts um sie herum, eine halbe Stunde einfach stillhalten. Keine Ahnung, wo, es ist auch egal. Auch die Motorsäge benutzen ist so etwas wie stillhalten. Etwas tun, was ihre ganze Aufmerksamkeit fordert. Etwas, wobei sie nicht so viel nachdenken kann. Sie würde sich dabei beruhigen. Von außen betrachtet, stünde nichts still, wenn sie mit der Motorsäge im Wald wäre, aber in ihr ließe die Aufregung nach. Sie tut es nicht, um Bäume zu fällen, nur um ein wenig Ordnung zu machen auf dem Grundstück. Oder in sich selbst. Sie hat wenig Bäume gefällt und für jeden gefällten einen neuen gepflanzt. Aber sie hat manches zurechtgeschnitten.

Gesägt. Ob Janis die alte Eiche gesehen hat hinterm Bauwagen? Täglich hat sie einmal hinaufgeschaut zu diesem prächtigen Baum hinter dem Haus, dem Lieblingsbaum der Rehe in jenen Wintern, in denen es mehr Eicheln gab als Schnee. Sie wünscht, dass Janis den Baum angefasst, ihn berührt hat, kurz bei ihm stehen geblieben ist, ihn wahrgenommen hat. Die Rinde einer Eiche ist stabil und hart wie der Baum selbst. Sie hat eine eher großflächige Borke, die sich an manchen Stellen fast ein bisschen glatt anfühlt, obwohl sie sehr zerfurcht ist. So sehr, dass man mit den Fingern an diesen Stellen in sie hineingreifen kann, sie festhalten, um dann zu spüren, wie sich der Baum in die Handflächen drückt. Wie die Borke sich auf der Handfläche abzeichnet, jedenfalls nach einer Weile. Wie warm sie sich dann anfühlt, auch im Winter. Und je älter sie wird, desto konturierter werden ihre Furchen, ihre Haut, ihre Kerben, mit all den Wölbungen, mit ihren Verfärbungen und Schrammen. Wie unterschiedlich die Oberflächen von Baumrinden sind, das hat sie dank dieser Eiche verstanden, wie mehr oder weniger rau, wie mehr oder weniger ausgeprägt in ihren Höhen und Tiefen, in ihren Furchen, in ihren Farben, auch darin, wie sie mit Narben, mit alten Wunden umgehen und wie mit Pilzen, mit Moosen, die auf ihnen wachsen. Seither kann sie nicht mehr durch den Wald gehen, ohne die Borken der Bäume zu betrachten. Es ist unmöglich, sie nicht zu sehen. Im Camp übt sie das mit allen Gruppen, den Baum anfassen, nicht um ihn zu streicheln, nicht wegen guter Gefühle, sondern damit sie verstehen, dass Bäume leben, wie Menschen, und so unterschiedlich sind wie sie. Ein Baum ist nicht einfach ein Baum. Es klopft an der Balkontür. Janis. Aufrecht, schmal. Er ist gewachsen und wirkt trotzdem auf den ersten Blick noch wie ein knabenhaftes Mädchen. Wenn sie die Tür öffnet, will er womöglich herein, oder sie kann nicht hinaus. Weil er davorsteht. Jetzt bellt Nora. Sie spürt Claires Unbehagen.

Pssst, sagt Claire. Es passiert nichts, sagt sie, obwohl sie nicht sicher ist. Aber was soll schon passieren? Sie öffnet. Janis tritt einen Schritt zurück. Es tut mir leid, sagt er sofort, ich wollte nicht spannen.

Schon klar, sagt Claire. Und weil ihr das nun als die naheliegendste Frage erscheint, sagt sie: Warst du bei der Eiche?

Ja, sagt Janis, und dann kam ich eben bei der Küche vorbei.

Schon klar, sagt Claire noch einmal. Schon klar, das ist ihr Satz in der Not. Schon klar, aber ich will weiter nichts wissen.

Janis schweigt.

Also, warst du jetzt da oder nicht? Sie spürt, wie sich ihre Füße auf den Dielen erden.

Klar war ich da. Janis weicht noch einen Schritt zurück.

Gut, und? Sie schaut ihm direkt in die Augen.

Und was? Er starrt zurück.

Hast du sie angefasst?

Nein, angeschaut.

Und was hast du gesehen?

Sie lässt Eicheln fallen. Hab ich gehört.

Und was hast du gesehen?

Spinnt sie jetzt; wie eine blöde Lehrerin fragt sie herum. Sie kommt einen Schritt auf ihn zu, will sie ihm jetzt eine reinhauen? Hinter ihm ist das Geländer. Er umfasst es mit der linken Hand, das Holz warm und rau an seinen Fingern. Komm, sagt sie und nimmt seine rechte, er spürt den harten Griff. Er weiß nicht, ob er lachen soll oder sich frei machen. Spielen wir jetzt Camp, fragt er.

Janis' lange schmale Hand liegt jetzt in ihrer, sie umfasst sie fest, zieht, merkt plötzlich, dass etwas seltsam ist, und lässt los. Wir spielen gar nichts, sagt sie. Aber du kannst hier nicht sein, wenn du nicht siehst, wo du bist.

Er erkennt, was nun kommt. – Vielleicht auch nicht. Als sie unter dem Baum stehen, sagt Claire: Schau ihn dir an. Schau, wie hoch er ist, schau, wie dick er ist, schau, wie er aussieht, schau dir seine Borke an. Er antwortet nicht. Es ist unvorhersehbar, was Claire tut, ihre Stimmung wechselt ständig. Ist sie so? So war sie im Camp nicht, so durcheinander. Schau, sagt sie: Schau sie dir genau an, noch einmal zerrt sie an seiner Hand, dann lässt sie los und wendet sich ab. Kurz bleibt er ratlos stehen, dann lässt er seinen Blick über den Baumstamm wandern, das Moos, das ihn dort, wo er den Erdboden verlässt, wie ein grüner Schaft umhüllt; er blickt den Stamm hinauf durch die dicken Äste, die sich anscheinend immer wieder neu überlegen, ob sie einen Haken schlagen sollen oder wohin sie sich wenden möchten. Ein guter Kletterbaum. Ein guter Baum für Tiere, sagt er, sie können sich in der Rinde festhalten und hochklettern. Er legt eine Hand darauf, die Rinde ist warm, die Sonne hat darauf geschienen.

Sie schweigt. Sie geht in die Hocke, lehnt sich gegen den Stamm, sie fühlt sich so erschöpft, als habe sie den ganzen Tag im Camp verbracht, dabei war sie stundenlang nur im Haus. Sie setzt sich ins trockene Laub, es raschelt, etwas pikst, dann sitzt sie gut. Komm, sagt sie, sie klopft auf den Boden neben sich. Nora, die die ganz Zeit schwanzwedelnd zwischen den Bäumen herumgerannt ist, kommt sofort und setzt sich neben sie.

Er weiß, er war gemeint. Er setzt sich neben die Hündin, lehnt sich an den Baum, legt seine Hand auf ihr Fell, zieht sie wieder zurück, obwohl er sie gern liegen lassen würde. Aber es kommt ihm intim vor. Es ist Claires Hündin, die sich jetzt an ihn schmiegt. Er rückt nicht ab. Jetzt schauen sie in unterschiedliche Richtungen, Claire und er, um fünfundvierzig Grad. Er hört sich selbst atmen, etwas raschelt hinter ihnen, er wendet den Kopf. Nora rührt sich nicht.

Bleib still, sagt sie. Wie ihr Ohr weiß, ob etwas nah ist oder fern. Trotzdem versteht sie, dass Janis sich sofort umgedreht hat, ein Reflex, vollkommen normal. Sie lauscht. In der Nähe ein hohes, kurzes Tschilpen, die Mönchsgrasmücke, und sie hört noch den Kleiber, die Töne bleiben einen Atemzug lang stehen, dann setzt ein vibrierendes Klopfen auf Holz ein. Ein Buntspecht, sagt sie, aber hör jetzt mal! Da ist noch ein Kleiber. Er kann zwei verschiedene Laute, hör, erst zwitschern, dann trillern. Nora atmet an ihrer Seite, und auch wenn sie es nicht hört, spürt sie, dass auch Janis ruhig geworden ist. Beruhigt irgendwie, wenigstens scheint es so. Sie senkt ihre Beine, legt das eine über das andere.

Die Hündin steht auf, schnuppert, aber weil Claire nichts sagt, scheint sie das zu dürfen. Er spürt, wie sein Körper näher zu Claire rückt, wie dabei seine Schulter ihre berührt, nur einen sehr kurzen Moment lang; er schiebt sich wieder ein wenig weg von ihr. Sie bewegt sich nicht. Nicht weit entfernt plätschert fallendes Wasser.

Hörst du?

Das Wasser, sagt er.

Das Bächlein, das die Wiese quert und im Sommer zum Rinnsal wird, jetzt macht es an der Stelle, wo es aus der Erde kommt und hinabfällt in den kleinen Graben, ein tiefes Geräusch. Und was noch, fragt sie.

Claire benimmt sich wirklich wie eine Lehrerin. Es setzt zwischendrin aus für einen Augenblick, sagt er, als ob es nicht weiterfließt, woher kommt das?

Habe ich noch nicht rausfinden können. Ist neu, aber nicht immer da, manchmal plätschert es ganz gleichmäßig.

Die Baumrinde greift nach Janis' Haaren, es ziept, er will sich nicht bewegen. Ein Moment aus dem Camp fällt ihm ein – als sie die Hütten gebaut haben für die Übernachtung draußen –, nur wegen der Flügelschläge in der Luft fällt ihm das ein. Er schaut nach oben, und eine Krähe fliegt auf eine große Tanne zu, die einzige, die es hier gibt zwischen den Laubbäumen, die Krähe verschwindet darin. Ein Sturm hat viele Äste im Mittelteil beschädigt, manche sind abgebrochen, aber dort, weit oben, wo die Rabenvögel vermutlich nisten, steht sie dicht und vollkommen heil da. Er starrt hinauf, hört den Vogel weiter, aber sieht das Nest nicht. Nora drängt sich wieder zwischen sie beide. Weißt du noch, fragt er leise, die Kolkraben beim Hüttenbauen?

Pssst, sagt Claire, hör mal!

Er hört, ja.

Die Krähen, eine ganze Kolonie, immer lauter werden sie, anscheinend auch immer mehr. Sie rufen, als müssten sie sich wehren.

Haben sie uns gesehen?

Klar haben sie uns gesehen, aber das gilt nicht uns.

Wem dann?

Vermutlich dem Milan, oder es ist ein Traktor oben im Wald unterwegs.

Dem Milan?

Ein Raubvogel, sagt Claire.

Er versucht es noch einmal: Da hast du gesagt, das ist sehr, sehr selten, dass man hier einen Kolkraben sieht?

Ist es auch, sagt Claire, aber kannst du nicht mal die Klappe halten?

Er lässt sich gegen den Stamm fallen. Dann halt nicht. Er hatte diese eine Bewegung gesehen, Elif, wie sie über Ansgars Hand strich, nur ganz beiläufig, wie Ansgar nur ganz beiläufig guckte, wie er lächelte. Und da war klar, die wollen eigentlich eine Hütte für sich, für die Nacht. Dabei hatte Janis eine mit Ansgar allein bauen wollen. Und Ansgar so: lass uns doch zu dritt! Das war dieser Moment, wo er sich fragte, was jetzt, bin ich ein Spielverderber? Aber genau da hatte er diese andere Idee. Er hatte sich umgeschaut, Claire war nirgends zu sehen. Als er sie schließlich fand, war sie am gegenüberliegenden Hang, dort, wo die Mädchen bauten und Johann. Janis war eine Weile um sie herumgeschlichen auf der Suche nach etwas, was er nicht finden konnte, weil er nicht wusste, wonach er suchte, denn bisher war doch klar gewesen, Ansgar und Elif und er versuchten gemeinsam, lange Stämme zu finden für eine Art Jurte zu dritt. Was suchst du hier, hatte Claire ihn gefragt, und er spürte, sie wünschte, er wäre anderswo. So wie jetzt. Genauso wie jetzt. Oder wie vorhin, als er ankam. Dass sich ihr Konzept geändert habe, hatte er ihr erklärt, und dass er nach einer Idee suche. Und Claire so: welches Konzept? Ich baue eine Hütte für mich allein. Und sie so: Dann kannst du auch eine mit Johann bauen. Und damit war es klar. Er half Johann, und wenn Erbel, die Lehrerin, sich um die Mädchen kümmerte, half auch Claire Johann, weil Lindemann, der Lehrer, war bei den Spacken. Und da hatte er diese gebrochene Tanne entdeckt mit dem Krähennest. Und Johann sagte, das habe nichts Gutes zu bedeuten. Gar nichts hat das zu bedeuten, hatte Claire in diesem ruppigen Claire-Ton gesagt, als wenn jedes tote Wiesel, das ich im Wald schon gesehen habe, etwas bedeuten würde. Klar wollte sie, dass Johann keine Angst hatte. Janis aber konnte ihn verstehen, es war eben doch ein Ding, sich vorzustellen, eine Nacht im Freien zu verbringen. Und dann noch unter einer toten Tanne mit einem verlassenen Krähennest. Und weil sie eh noch kein klares Konzept hatten für die Hütte, war es egal. Sie mussten den Baum ja nicht nehmen. Aber Claire blieb stur: Ihr nehmt den Baum als Grundlage, sonst kommt ihr nie zu einem Unterschlupf. Johann stand vor dem zerstörten Nest, aufrecht, versunken, die Hände zuerst vor dem Bauch, dann vor der Brust, er war ganz still; Johann betete, und Janis sah, dass auch Claire das sah; und sie blieb still. Wohl fünf Minuten standen sie so da oder wenigstens gefühlt so lange, bis Johann wieder aufschaute. Er wurde rot. Machte eine Bewegung, als ob er sich die Hände abklopfen wollte, und drehte sich weg. Wie wär's, sagte da Claire, wenn ihr euch unten in der Senke eine Stelle sucht, die ihr überdachen könnt, dazu braucht ihr diesen Riesenbaum nicht. Dafür, allein dafür, dass sie Johann verstand und seinen Wunsch achtete, hatte er Claire richtig geliebt. Das wollte er ihr jetzt gern erzählen: Weil Johann war ein bisschen wie seine Schwester, er ließ sich nicht verbiegen, so wie Fine sich nicht verbiegen ließ; er ließ sich zu nichts zwingen, und das war schön. Und deshalb war es gut, dass Claire Johann zu nichts gezwungen hatte. Noch einmal setzt er an, aber über ein *Weißt-du-noch* kommt er nicht hinaus.

Pssst!

Alter, er sagt es nur leise, und vielleicht hat sie es nicht einmal gehört, weil sie reagiert nicht. Er legt den Kopf in den Nacken. Von hier aus schaut man auf die Rückseite von Claires Bauwagen. Vom Haus ist nur der Giebel zu sehen, ganz oben hat es einen Balkon und ein Fenster zum Wald. Was ist das für ein Zimmer, hätte er gern gefragt, aber er lässt es bleiben. Die Krähen fahren im Himmel Karussell, ein weiterer Vogel ruft.

Sie ist froh, dass Janis schweigt. Auch wenn sie gern gesagt hätte: Das war der Ruf des Rotmilans, auch wenn sie gern gesagt hätte, er wohnt da oben, komm, wir gehen hinauf, er wohnt im ältesten Baum im sichtbaren Umkreis, er misst wenigstens fünfzig Meter, sein Stamm hat den Durchmesser eines Lastwagenrades, eine Weißtanne mit den Dimensionen eines kleinen Mammutbaums. Das konnte sie ihm auch später noch zeigen. Sie schweigt, horcht, nach innen und außen, und hört anders als allein, sieht anders, scannt die Welt anders, nur weil er da ist. Alles, was sie jetzt hört, kommt ihr lauter vor, das Klopfen des Buntspechts, der Ruf des Eichelhähers, das Rascheln von Laub, die Schläge der Flügel der

Krähen, ihr Geschrei, sogar die lang gezogenen Rufe des Milans von weit oben, sogar das Rascheln von Laub ganz nah bei ihr, wenn sich eine Maus darunter davonmacht. Sogar ihr Atem. Wieder sind da die Flügelschläge über ihnen, wieder erhöht der Chor der Krähen die Lautstärke, und als sie den Kopf hebt, sieht sie den Milan kreisen. Ihre Schulter bewegt sich zu Janis, berührt ihn über Nora hinweg, die sich zwischen ihnen zusammengerollt hat, sie reckt das Kinn, den Kopf.

Er erschrickt fast, als er ihre Schulter spürt, dann hebt er den Kopf. Der Raubvogel kreist im vom Laub gefiederten Loch unter dem blauen Himmel, kreist und kreist, bis sich aus dem Baum eine Krähe aufschwingt und noch eine und beide den großen Vogel bedrängen. Er dreht ab. Die Krähen jubilieren.

Spektakulär, sagt er. Team Krähe!

Ja, sagt sie.

Jetzt lacht sie endlich einmal. Entspannter jetzt, oder, fragt er, er hält ihr die offene Hand hin. Er sieht, wie Claire seine Finger anstarrt, einen Moment zögert sie. Dann schlägt sie ein, zieht ihre Hand aber sofort zurück. Sein Magen knurrt, er hat seinen Eltern nicht Bescheid gesagt und auch nichts zu Fine am Morgen, gar nichts; was am schlimmsten ist, weil seine Schwester auf ihn wartet. Immer. Das Telefon lädt. Claire hat es im Haus ans Stromnetz gehängt.

Im Hintergrund hört sie das Gurren der beiden Wildtauben, ein Pärchen, unzertrennlich, manchmal hat sie Sorge, der Kater könnte eine erwischen, aber sie kennen das rote Tier, sind vorsichtig. Krähen, zwei, drei fliegen wieder auf, weit oben ihr empörtes Rufen. Als sie verschwunden sind, tönt in der Ferne der Kuckuck, wie häufig am Abend, und ganz nah wieder die Meise, hoch tschilpend, sie war vorhin schon da; jetzt traut sie sich wieder zu singen. Eine Meise, sagt sie leise, sie bekommt Antwort von einem anderen Vogel. Tschilpen, eine Tonlage tiefer. Eine Drossel. Dann mischt sich die Mönchsgrasmücke wieder ein. Ein Lastwagen irgendwo in der Ferne. Er muss sehr laut sein, sonst würde man ihn hier nicht hören. Ein weiteres Vogelgeräusch, als das Fahrzeug weiter entfernt ist, kurz knarzig, stechend, eher stakkato. Sie erkennt es nicht. Etwas raschelt im Gebüsch, wieder und wieder und weiter. Dann raschelt es oben im Kirschbaum. Das Eichhörnchen? Der Bach plätschert, unterbricht sich, plätschert und unterbricht sich, als hätte er Schluckauf. Meisentschilpen im Ahorn. Ganz oben im Himmel die Geräusche eines Flugzeugs. Ein Blatt fällt.

Ahhh, sagt Janis, er duckt sich.

Nicht. Sie fasst kurz an seinen Hinterkopf. Ganz still, sie tun nichts, sagt sie. Es ist eine Hornisse.

Ihr Brummen ist laut, sehr laut, er sieht sie nicht und dann doch. Die Hornisse hat einen gewaltigen Körper und riesige Augen.

Lehn dich zurück, sagt Claire.

Die Hornisse steigt im Flug über sie hinweg, dann ist sie verschwunden.

Warum hat Nora keine Angst vor ihr?

Sie kennt das, antwortet sie. Janis sagt nichts mehr. Sie hört sich atmen. Ihre Anspannung hat nachgelassen, sie kann neben dem Jungen sitzen, hier draußen, und mit Nora in ihrer Mitte geht das. Ich habe Hunger, und wie, sagt Janis, er springt auf, wenn du mir sagst, wo ich ein Stück Brot finde. Einen Augenblick möchte sie sagen: Setz dich wieder, bleib bitte einfach sitzen! So was. Aber sie sagt: Ich mach dir was zu essen.

Zurück am Haus hält Claire kurz inne, beißt die Zähne zusammen, kostet den Druck aus, und dann sagt sie es: Ich möchte nicht, dass du mit hineinkommst.

Er bleibt stehen. Er versucht, Claires Blick einzufangen, aber sie weicht ihm aus. Es war doch alles gut eben. Sie schaut weiterhin an ihm vorbei, sie nickt ihm zu, ohne ihm ins Gesicht zu blicken. Nora schlüpft mit ihr ins Haus. Er versteht es nicht, warum kann er nicht gemeinsam mit ihr Brote schmieren? Aber mein Telefon brauche ich, sagt er laut, bevor die Terrassentür vor seiner Nase zuschlägt.

Geb ich dir, antwortet sie. Wie kommst du eigentlich nach Hause? Das sollte sie ihn endlich fragen. Sie sagt nichts.

Claire hat Angst vor ihm, oder? Warum hat sie Angst, er will ihr doch nichts tun. Er bleibt stehen. Sie kommt zurück, streckt die Hand durch die Tür, wie beim Apothekennotdienst. Er nimmt sein Telefon entgegen. Sie waren durch den Wald gerannt, um Johann zu finden. Und im Rennen, keuchend, sagte er das zu Claire: Du hast Angst vor dem Sterben. Bis heute weiß er nicht, woher der Satz gekommen war, vielleicht weil er gesehen hatte, was ihr Gesicht machte, als sie im Bach abgerutscht war. So düster wurde ihr Gesicht, als stünde sie am Abgrund. Er hatte sich den Satz nicht überlegt, er kam einfach so, rotierte beim Rennen in seinem Kopf wie ein Refrain, bis er aus ihm herausplatzte. Vielleicht weil er selbst viel Angst hatte, diese Angst vor dem Sterben. Bereits als kleines Kind hatte er sich vor der Nacht gefürchtet, immer wieder quälte ihn die fixe Idee, dass er nicht mehr da sein könnte am Morgen, dass er nicht mehr aufwachen würde. Er wollte nicht einschlafen deshalb, als Kind oft nicht. Er war beim autogenen Training, damit er sich spüren lernte, damit er merkte, er hat einen Körper, der nicht so einfach nicht mehr da sein würde. Er war noch da. Das half ein bisschen, bis heute half es, wenn er sich durch seinen Körper arbeitete, von den Füßen aus nach oben. Wenn er seine Glieder spürte. Aber die Angst kommt immer noch. Manchmal. Er hatte Claire keine Frage gestellt damals im Wald, aber sie hatte ihm eine Antwort gegeben: Klar hab ich Angst vor dem Sterben, wer denn nicht? Und dann hatte er sie berührt, unter seiner Hand die erhitzte Haut ihrer Wange gespürt, und sie hatte sich ihm nicht entzogen, ihm mitten in die Augen geschaut. Er war sicher, tiefer konnte man niemandem in die Augen schauen, und ihr Blick war dabei weich geworden. Ich möchte sie küssen, hatte er gedacht, sich aber nicht getraut.

Das erste Mal in diesem Jahr hat sie eine Avocado gekauft, eigentlich will sie es nicht mehr tun, aber diese hier hat sie im Bioladen gesehen, und sie sah perfekt aus, fühlte sich perfekt an und war teuer. Dass die Avocados so viel kosteten, war schließlich ausschlaggebend dafür, dass sie sich diese eine zugestand; wenigstens ordentlich bezahlen dafür, dass sie der Umwelt schadete. Wenn die Avocado heute nicht gegessen wird, ist sie nicht mehr perfekt, aber wenn sie sie essen will, muss sie mit Janis teilen. Sie spürt ihr Zögern. Wahrscheinlich hätte sie die Frucht nicht gekauft, hätte sie gewusst, sie kann sie nicht allein essen. Sie schneidet die Avocado auf und entfernt den Kern. Geschwisterlich teilen, das hat sie nie tun müssen; überhaupt ist das nicht ihre große Begabung. Sie fühlt sich am sichersten, wenn sie etwas für sich allein hat, etwas ganz allein machen und entscheiden kann. Nora ist ein Teil von ihr geworden. Nora ist das Verlässlichste, was sie hat. Sie weiß nicht, warum ihr das genau jetzt einfällt, aber es fällt ihr jetzt ein. An diesem Tag war es für fast alle in der Gruppe die größte Aufgabe gewesen, nicht zu sprechen, als sie durch den Wald gingen, jedenfalls bis sie sich an die Natur gewöhnt hatten. Selbst Claire ließ sich manchmal von der Geschwätzigkeit der Jugendlichen ins Gespräch verwickeln. Lasst uns einfach still sein, sagte sie dann, und auch nicht flüstern. Besinnt euch auf das, was euer Körper zu tun hat. Wo tretet ihr hin, wie fühlt sich das an, wie sehr seid ihr im Gleichgewicht, müsst ihr euch an etwas festhalten, wenn ihr kippelt, oder gelingt euch die Balance allein? Was seht ihr, was hört ihr? Merkt euch fünf Dinge, die euch auf dem Weg durch den Wald auffallen. Das mit den fünf Dingen, sagten sie immer, bevor sie in den Wald gingen. Dass sie heute Glück hätten, hatte Achim beim Aufbruch gesagt, mit dem Wetter, mit den Verhältnissen, die Luft ist warm, der Bach wird kalt sein, aber das haltet ihr aus. Beim Trampelpfad hinab zum Fluss blitzten Wasserreflexe auf den Stämmen der Erlen und Birken, sie hörten den Eichelhäher warnen. Zweige einer Hasel und eines Holunders bewegten sich, im Gebüsch sprang etwas auf, man sah nichts, weil das Buschwerk sehr dicht war, das übliche. Sie ging mit Nora hinter den Mädchen her, die das Gehen anscheinend gewohnt waren, weder stolperten noch strauchelten sie. Hinter ihnen marschierten Janis, Ansgar und Elif. Vor den Mädchen stapfte Johann ein wenig so, als ob er bei jedem Schritt einknickte. Sie machte sich Sorgen, dass er durch seine Ponyhaare hindurch nicht genug sah, und sie sah bei jedem von Johanns Schritten die Unsicherheit in seinem Körper, als ob Johann über jede Bewegung zuerst nachdenken musste. Eine ganze Weile waren nur sie zu hören, ihr Stapfen auf dem Waldweg, ab und zu ein Rascheln im Gebüsch oder ein Vogel. Sie spürte dicht hinter sich Janis. Als sie sich umdrehte, war sie froh, dass die Lehrer gemeinsam das Schlusslicht bildeten. Lindemann winkte. Sie winkte zurück. Janis' Blick hielt sie fest. Claire lächelte ihm zu und beeilte sich, wegzuschauen. Als sie unten am Fluss standen, zeigte Achim auf die Kette von Steinen, die ihre Seite des Hangs mit der Seite vom Dorf verband. Ein natürlicher Weg. Man musste ihn nur bewältigen. Wirklich gefährlich war das nicht, aber man konnte leicht das Gleichgewicht verlieren, ins kalte Wasser fallen und sich dabei durchaus wehtun an den großen Steinen. Das ist der direkte Weg, sagte Achim. Schneller kommt ihr nicht dort hinüber. Aber ich muss mir sicher sein, dass ihr das alle problemlos schafft. Sonst gibt es morgen keine Semmeln zum Frühstück. Niemand lachte. Claire stellte ihre Schuhe an den dicken Stamm der Weide, jetzt war sie barfuß. Zieht euch auch die Schuhe aus, sagte Achim. Nora schnupperte an den Füßen, schaute an Claire herauf. Alle standen um sie und die Hündin herum. Janis dicht an ihrer Seite, sodass sie wegtrat und gegen eines der Mädchen stieß. Er stellt seine Turnschuhe neben ihre. Die Hündin hatte ihre Vorsicht bereits aufgegeben und schwänzelte um ihn herum. Claire nahm das mit einem ambivalenten Gefühl wahr. Aber es blieb keine Zeit, um darüber nachzudenken. Claire zeigt euch jetzt die beste Spur hinüber auf die andere Seite, also die Steine, auf die ihr am besten tretet. Merkt sie euch so gut wie möglich. Ich bleibe hier, sagte Achim, und ihr schaut genau zu, wie Claire einmal auf die andere Flussseite geht und dann wieder zurück. Danach gehen immer zwei von euch hintereinander hinüber. Alles klar, fragte er. Claire wartete, weil nicht alle die Schuhe ausgezogen hatten. Johann, fragte sie, willst du in Schuhen gehen? Er zieht die Schuhe nicht aus. Lassen Sie ihn, sagte Ansgar. Lass ihn! Verbesserte Janis, wir sollen Du sagen. Er schaute dabei Claire an. Sie schaute weg. Sag, wie du willst, sagte sie zu Ansgar. Aber dann bekommst du nasse Füße, sagte Achim zu Johann, weil er keine Anstalten machte, seine Schuhe auszuziehen, sondern die Füße über Kreuz stellte, als wolle er sich auf dem Erdboden festschrauben. So blieb er neben Lindemann stehen. Er wird da nicht rübergehen, sagte Janis. Kannst du dich da raushalten, fragte Claire. Nein, antwortete Janis empört, du kannst da nichts machen, fauchte er, wir alle nicht, er wird das nicht tun. Das ist sicher. Für einen Moment war sie unsicher, dann sah sie Lindemann und die Erbel nicken. Epileptiker, sagte einer der Jungs, Luca oder Anton – Claire hatte nicht einmal Lust, sie zu unterscheiden –, so laut, dass der Wald es ein zweites Mal wiedergab. Vollidiot, sagte Janis. Du hast keine Ahnung! Autist, sagte eines der Mädchen leise. Ihr spinnt doch alle, Janis war empört. Okay, sagte Claire, es ist gut jetzt, und zu den Lehrern: Jemand von euch beiden bildet mit Johann ein Duo. Oder ich mache das, schlug Janis vor. Niemand antwortete ihm. Lindemann blieb neben dem Jungen stehen. Sind die wasserdicht, fragte er und zeigte auf Johanns Trekking-Schuhe. Der Junge schwieg. Claire wandte sich dem Fluss zu, sie spürte, dass Janis sich von Johann und von Ansgar und Elif gelöst hatte und hinter ihr ging. Ich kann das schon allein, sagte sie laut und ohne sich umzudrehen. Sie sagte das sehr entschieden. Jemand lachte. Die Mädchen kicherten. Janis blieb stehen. Sie konnte den Weg über den Bach blind gehen, was sie aber nicht vormachen wollte. Es war ihre heimliche Übung, die sie liebte. Ihr müsst euch konzentrieren, sagte Achim. Claire macht es ständig, nur deshalb sieht es leicht aus. Aber das trügt. Es war Ende Mai, und die größte Herausforderung bei der Sache war, dass dieser Bach eiskaltes Gebirgswasser transportierte. Schon beim ersten Schritt auf den großen Gesteinsbrocken verteilte sich die Kälte über Claires ganze Fußsohle. Es schmerzte. Dann kam das Wasser hinzu, das alle Steine befeuchtete, über viele lief es so hinüber, dass es ihr bis zu den Sprunggelenken stand. Kurz schüttelte sich ihr Körper, der Kälteschmerz in den Füßen war heftiger, als sie erwartet hatte. Sie ging dennoch so langsam sie konnte. Bei jedem Stein versuchte sie, einen Augenblick innezuhalten, damit sich alle die Strecke einprägen konnten. Seht ihr, sagte Claire und drehte sich zur Gruppe um. Janis suchte sofort wieder Blickkontakt. Sie spürte ein Zittern im Knie und im Kiefer, das Wasser kam ihr enorm kalt vor heute. Nora lief immerzu hin und her, kam ihr wieder entgegen oder ging einfach an ihr vorbei und voraus. Sie kannte den Weg so gut wie Claire, fast hüpfte sie ihn. Der Bach war nicht breit, etwa zehn Meter. Aber in der Mitte wurden die Steine etwas kleiner, man musste sehr entschieden sein, wenn man auftrat, sonst geriet man aus dem Gleichgewicht. Am Ufer kommentierte Achim: Breitet die Arme aus, dann könnt ihr leichter balancieren, schaut nicht in die Ferne, sondern dorthin, wo ihr den nächsten Schritt hinsetzen wollt. Euer Körper folgt immer eurem Blick. Deshalb ist es auch schlecht, wenn ihr beim Fahrradfahren hinter euch schaut und weitertretet. Ein paar lachten. Das ist nicht lustig, sagte er. Seht ihr diesen flachen Stein in der Mitte, auf dem Claire gerade steht, den großen, der sich eigentlich als Aussichtspunkt anbietet, der kippelt, das ist gefährlich, wenn ihr nicht ganz sicher seid mit eurem Gleichgewicht. Claire kippelte darauf, nur zum Spaß, so wie sie immer kippelte, hörte aber sofort auf, als Achim die Klasse warnte, und hob das rechte Bein an, um dorthin weiterzugehen, wo der sichere Weg war. So wie Claire es jetzt macht, da liegen zwei sehr runde Steine daneben, die nehmt ihr. Seht ihr das? In dem Moment rutschte ihr linkes, ihr Sprungbein, ab. Sie spürte einen Schlag am Fußknöchel, dann ihr Knie im kalten Wasser. Ein paar von den Jugendlichen johlten. Und obwohl sie sofort diese Verachtung für sich selbst empfand, war sie dankbar, dass Lindemann, Janis, Achim und die Erbel sofort behilflich sein wollten. Sie nahm die Hand von Achim, spürte eine weitere an der Schulter und ließ sich aus dem Wasser helfen. In ihrer Brust trommelte ein Specht. Sie spürte vor allem Scham. Da sagte Lindemann: Johann ist weg. So etwas hatte es noch nie gegeben, dass einer der Jugendlichen aus der Gruppe verschwand, ohne dass ein anderer Bescheid wusste. Sofort sagte Janis, ich glaub, ich weiß, wo er ist. Ohne lange zu überlegen, war sie mit ihm gerannt. Aber bis zum Abschluss des Camps hatte sie den Gedanken, am Bach verpatzt zu haben, nicht abschütteln können; Johann war ein perfektes Alibi für die Flucht vor ihrem eigenen Versagen gewesen. Claire legt die mit Avocadomus bedeckten Brote, dicke Scheiben in Hälften geschnitten, wieder auf den Hutschenreuther, schneidet eine Zitrone auf und trägt den Teller mitsamt dem Wasserkrug auf die Terrasse.

Ich habe meinen Eltern geschrieben, sagt Janis.

Dass du bei mir bist?

Er schüttelt den Kopf. Bei einem Freund. Kennst du nicht.

Ihretwegen lügt er seine Eltern an. Und sie? Sie zögert, dabei müsste sie genau das jetzt sagen: Du lügst deine Eltern an. Sie schaut sich dabei zu, wie sie schweigt. Andererseits, möchte sie, dass er seinen Eltern sagt, er sei bei ihr? Die Terrasse liegt nun im Schatten. Die Sonne steht hinter der großen Weide, deren Wurzeln das Biotop säumen. Oben am Hang grasen die Pferde, nur manchmal hört man sie schnauben oder leise wiehern. Auch die Wiese vor der Terrasse liegt im Schatten. Der Schein der Sonne, jetzt aus Westen, konzentriert sich auf die Hochbeete mit den Auberginen und Paprika und die Gemüsebeete am unteren Ende der Böschung. Das Licht teilt den Garten. Es wird nicht mehr lange dauern, bis die Rehe queren, oben am Wald, in der Stunde, bevor es zu dämmern beginnt. Nora hat sich entfernt, sie läuft dem Rinnsal entlang, schnuppert an der morschen Brücke, wo sich auch der Kater oft aufhält; irgendein Tier scheint darunter zu hausen. Janis sitzt gegen die Holzwand gelehnt, die Sonne hat sie aufgewärmt. Er kaut, Brothälfte für Brothälfte, ohne dabei zu reden. Das erinnert sie an damals, als sie so alt war wie er und noch in der Mannschaft spielte, daran, wie sie in den Pausen zwischen den Spielen auf der Tribüne saß, vollkommen in sich versunken, während die anderen immerzu quasselten, und diese runden Semmeln mit Bierschinken und Essiggurken in Scheiben verspeiste, eine nach der anderen, dazwischen Wasser trank, viel Wasser, am Ende einen Apfel aß. Alles wortlos. Sie weiß nicht, was sie denken soll, über sich, darüber, dass sie ihn nicht einfach wegschickt, nach Hause. In zweieinhalb Stunden wäre es dunkel. Jetzt ist er da. Und es kommt ihr vor, als täte sich eine Wunde von einer Tiefe auf, die nicht heilen würde, wenn er nun ginge. Pathetisch klingt das, aber sie muss es ja nicht aussprechen.

Ich habe seit dem Camp kein Fleisch mehr gegessen, sagt Janis plötzlich.

Ich habe Reh gegessen, sagt Claire.

Kapier ich jetzt nicht, Janis schüttelt den Kopf.

Sie sieht, wie seine Stirn zwei steile harte Falten zeigt, sie muss lächeln.

Du isst Fleisch, und im Camp tust du so, als ob du kein Fleisch isst?

Ist nicht schwierig zu kapieren, sagt sie. Die Rehe leben hier, mit mir. Und natürlich schießt der Jäger, wenn notwendig, mal eins. Die Rehe vermehren sich sehr, da muss man eingreifen.

Janis schüttelt den Kopf. Warum tust du dann so? Ich glaub's nicht. Und dann isst du das Reh, das gerade noch durch deinen Garten gelaufen ist!

Ich hab nicht so getan, sagt Claire. Wir essen im Camp mit euch so, damit ihr versteht, man kann bewusst mit schlechten Gewohnheiten brechen, und es schmeckt trotzdem. Was würdest du mit dem Reh tun, das natürlicherweise geschossen werden muss?

Es jedenfalls nicht essen, wenn ich es kenne.

Das Reh merkt nichts. Es ist bis zum letzten Moment ein freies glückliches Tier. Und ja, wenn du es wissen willst, das esse ich gern. Und ich halte es auch nicht für inkonsequent.

Alter, sagt Janis. Dass man dich wütend machen kann.

Ich bin nicht wütend. Sie lehnt sich zurück an die warme Wand. Sie hat keine Lust auf eine längere Diskussion über Fleisch. Und darüber, dass sie Dogmatismus für Gift hält. Über die Wiese pirscht schon wieder die große wild ausschauende schwarze Katze. Nora hat sie bemerkt, konzentriert schaut sie auf die Wiese hinab. Auch Janis scheint sie gesehen zu haben. Die Katze kennt sich anscheinend hier aus, kurz schaut sie mit ihren gelbgrün funkelnden Augen herüber, beschleunigt ihren Gang und verschwindet unten auf dem Weg. Als Claire schon wegschauen will, bemerkt sie, dass auch oben im Hang Bewegung ist. Er ist da. Da steht er wieder, weit drüben zwischen den Farnen, den kleinen Buchen, dem wilden Holunder, den sprießenden Brombeeren, jungen Eschen. Der kleine Bock. Und er schaut zuerst auf den Weg, dann zu ihnen herüber. Sie hebt vorsichtig die Hand, um auf das Tier zu zeigen. Siehst du, sagt sie leise zu Janis, da am Hang.

Ein kleines Reh. Es sieht uns.

Wenn Janis flüstert, wird seine Stimme weich. Ja, ein junger Rehbock, und er weiß, wir sehen ihn, sagt Claire. So wie wir wissen, dass wir von ihm gesehen werden. Und er hört uns.

Er ist da, und wir sind da. Das geht, sagt Janis leise.

Lange steht der kleine Bock still. Sie schauen beide hin, sprechen nicht, bis er den Kopf senkt und Brombeerblätter frisst und was sonst noch, bis er ihn wieder hebt, zu ihnen hinüberschaut, dabei kaut, die großen Augen aufmerksam auf sie gerichtet und ohne Angst. Seine Decke inzwischen schon wieder fast rötlich, der Winter hat sich herausgewachsen.

Und dann isst du den, sagt er leise, weil er nicht möchte, dass das Tier wegläuft. Er beobachtet, wie es sich langsam von Gebüsch zu Gebüsch durchfrisst. Schließlich steht es unten auf dem Weg, auf dem er vorhin selbst gegangen ist. Kurz zögert der Rehbock, dann überquert er, ohne weiter zu fressen, eine Ecke der Wiese von Claire und verschwindet im Wald.

Sie muss niemanden bekehren. Sie schließt für einen Moment die Augen, als die Und-jetzt-Frage in ihr auftaucht. Und was jetzt? Sie hat keine Ahnung. Eigentlich müsste sie den Jungen zum Bahnhof bringen.

Dass du so ein Tier, das dir vollkommen vertraut, essen kannst, sagt er noch mal. Ich versteh's echt nicht. Ich meine, du kannst machen, was du willst, nur im Camp, da klang es anders.

Wie?

Als ob du perfekt wärst.

So ein Quatsch.

Schon wieder weicht sie seinem Blick aus, schaut dorthin, wo der junge Bock verschwunden ist, aber nun ist er wieder da, er grast am Waldsaum entlang, hat keine Angst, ganz ruhig frisst er irgendwelche Blätter. Claire sagt nichts mehr. Eine Weile schauen sie beide nur nach drüben zum Wald, oder vielleicht tut Claire auch nur so, als ob sie schaut, während sie eigentlich nachdenkt; er jedenfalls denkt nach, und dann sagt er: Ich bin nicht deshalb gekommen … Nachdem der Satz sich immerzu gewendet hat in seinem Kopf: Ich bin gekommen, weil …, ich bin deshalb gekommen, weil …, ich musste kommen, damit …, aber weil der Satz die ganze Zeit einen Haken hatte, beginnt Janis ihn jetzt mit einer Verneinung. Ich bin nicht deshalb gekommen …

Sie hat es gehört. Worauf bezieht der Junge sich. Auf die Kritik an ihr, das Fleisch der Tiere aus dem Wald zu essen? Janis hat den Kopf in die Hände gestützt, sie bemerkt, dass er sie anschaut, dass er wartet oder etwas zu verstehen versucht, sie weiß es nicht. Wie, nicht deshalb, fragt sie. Weil ich perfekt bin? Und jetzt doch nicht. Weil du es gemerkt hast. Oder weshalb?

Er lacht. Ich bin gekommen, weil ich es nicht mehr ausgehalten habe. Deshalb.

Er sagt es, ohne einmal zu stocken, ohne ein Zögern, ernsthaft und klar. Sie weiß, was er meint.

Er hört, wie sie einatmet, ausatmet, sie schaut ihn schon wieder nicht an. Warum schaut sie denn immerzu weg? Er schaut sie doch an. Man sagt doch, was man empfindet. So ist es ihm beigebracht worden. Nicht nur, damit Fine kapiert, worum es geht. Sondern ganz grundsätzlich sagt man das. Und obwohl Claire ganz anders ist, obwohl er sie kein bisschen versteht gerade, fühlt er sich ihr plötzlich ganz nah. Ich wollte das gar nicht, sagt er. Dass es so wird. Eigentlich war das ein Spiel, ein Versuch eben. Ich wollte es schaffen, dass du mich gut findest. Besser findest als die anderen. Ich weiß nicht, warum. Weil du mich immer so angeguckt hast. Ich habe sogar Ansgar erzählt, dass du so guckst. Ich guck dann auch, hab ich zu ihm gesagt. Der findet, ich bin ein Idiot. Und Elif, die redet nicht mehr mit mir. Aber ich konnte ja nicht wissen … Was konntest du nicht wissen? Claire hat sich aufrecht hingesetzt, er sieht wieder dieses Funkeln in ihren Augen. Der kleine Rehbock steht immer noch oben am Rand der Wiese. Jetzt schaut er, blickt zu ihnen herüber, reglos. Seine großen Augen glänzen im Abendlicht. Janis spricht leise weiter. Wie ich mich fühlen würde, konnte ich nicht wissen. Na ja, ich hab eben ausprobiert, ob du mich gut finden würdest, als ich gemerkt habe, dass du mich anschaust. Und dann fand ich dich plötzlich selber gut, so richtig. Sie spürt, wie ihr das Blut ins Gesicht fließt, vom Kinn über die Wangen steigt es an; sie stellt die Füße fest auf den Boden; je länger sie ihm gestatten wird, hier zu sein, hier auf ihrer Terrasse, hier auf ihrem Grundstück, hier so nah bei ihr, so nah an ihrem Körper, desto schwieriger wird alles werden. Und dann, fragt sie.

Wie und dann? Ich meine, du warst doch dabei. Er schaut sie an.

Sie muss wieder wegschauen. Janis war unvermittelt im Wald stehen geblieben. Und dann hatte er diese Frage gestellt: Hast du Angst vor dem Sterben? Warum fragte ein sechzehnjähriger Junge so etwas? Wie kam er darauf? Und natürlich hatte sie keine Antwort gegeben, was sollte sie sagen. Klar habe ich davor Angst; seit ich ein Kind bin, habe ich das, mehr als vor irgendetwas anderem, und seit ich es verstehe, tue ich alles, um besser zu leben, mich besser zu spüren, so zu spüren, dass ich weiß, ich lebe, ich lebe genug. Das hatte sie nicht gesagt. Natürlich nicht. Gar nichts hatte sie gesagt, weil die Frage sie traf wie ein Blitz. Warum eigentlich? Weil der Junge etwas gespürt hat, was nur sie selbst wusste? Und dann ging alles sehr schnell. Ihre Beine taten diesen Schritt auf ihn zu, taten diesen einen Schritt zu viel, und er legte ihr seine Hand auf die Wange. Alles lag in dieser Hand; Zuneigung und Mitgefühl und Verständnis. Für sie. Du stirbst nicht, hatte Janis gesagt, die Hand auf ihrer Wange. Und zack war es da, dieses Gefühl im Bauch, das sie lange nicht mehr gespürt hatte, das sie auch gar nicht mehr spüren wollte, das sie auch gar nicht mehr brauchte. Aber da war es, und es war schön, und es war erschreckend. Janis, hatte sie gesagt, wir müssen weiter. Und nein, ich sterbe schon nicht so schnell, hatte sie gesagt und versucht zu lachen. Sie waren auf dem Waldweg Richtung Camp gelaufen, irgendwo weit, weit hinter ihnen hörte sie die Erbel. Janis war dicht neben ihr, sie waren ein Team. Sie waren nun ein Team und Vertraute. Sie suchten Johann. Lindemann war mit Achim beim Rest der Gruppe geblieben, die Erbel kam mit einem der Mädchen nach. Janis sagte: Johann hat Angst vor Körpersachen, der kann so was nicht, durch einen kalten Bach gehen, er will nicht seine Füße spüren, das macht ihm Angst. Johann kann fantastisch denken. – Es wird ihm nichts passiert sein. Da hatte Claire das Gefühl, Janis ist älter als sie selbst, klüger. Er kam ihr um so viel reifer vor als das Mädchen, das sie zwei Tage zuvor in ihm gesehen hatte. Sie rannten weiter, während Janis keuchend von Johann sprach, während sie nur zuzuhören versuchte, aber damit beschäftigt war, die Hand auf ihrer Wange nicht zu groß, nicht zu warm, nicht zu wichtig werden zu lassen. Als sie im Camp ankamen, ließ Janis sich auf die Bierbank vor der Küche fallen. Sie rannte zum Waschhaus. Johann war abgehauen, als sie den Bach durchqueren wollten, barfuß, fehlte vielleicht schon lange, weil er sich unsichtbar machen konnte, ohne dass sie verstand, wie das ging.

Ein großer dünner Junge, der zwischen allen anderen einfach verloren gehen konnte. Manchmal dachte sie, nur sie sah, dass er da war, dass er zwischen ihnen saß, aber da täuschte sie sich. Sie war zum Waschhaus gerannt, instinktiv, hatte die Türen der offenen Toiletten noch weiter geöffnet, hatte an die Tür des Waschraums geklopft, sie geöffnet, nichts. Johann saß in der Abstellkammer hinter dem Duschbereich der Jungen an die Wand gelehnt, ganz still. In der Hand ein kleines Heft. Johann, sagte sie. Und dann stand Janis neben ihr. Lass ihn, sagte er, das ist gut für ihn so. Und sie glaubte ihm sofort.

Seit wenigstens fünf Minuten schweigt Claire. Schon zweimal hat er sie angesprochen, aber sie sagt nichts. Mit dem Rücken lehnt sie an der Wand und starrt dorthin, wo vorhin der junge Rehbock aufgetaucht ist, aber der ist verschwunden. Janis kann nicht sehen, was Claires Blick festhält. Eine leichte Brise weht vom Wald herab, wendet die Blätter der schmalen hohen Bäume, deren Namen er nicht kennt, sodass sie glitzern in der Abendsonne, ein bisschen wie Wasser bei Wind. Wie spät ist es eigentlich? Er nimmt sein Telefon vom Boden. Seine Mutter hat geschrieben: *Alles klar! Viel Spaß*. Dabei ist gar nichts klar, nur dass er ein komisches Gefühl hat im Bauch, vielleicht immer noch Hunger. Er könnte auch gehen jetzt. Aber dann wäre alles wie davor. Oder? Er weiß es nicht. So wohnt sie also, das weiß er nun. Und dass sie merkwürdig ist und er sie weniger gut einschätzen kann, als er dachte. *Bussi an Fine*, schreibt er zurück, weil niemand so sehr auf ihn wartet wie seine kleine Schwester. Mit den Ellbogen auf die Oberschenkel gestützt, scrollt er durch die Nachrichten. Ansgar. Ansgar kann er nicht schreiben von hier aus. Er legt das Telefon wieder auf den Boden. Warum sprichst du nicht, sagt er so laut, dass sogar Nora aufschaut.

Sie zuckt zusammen. Sie sieht, wie aufmerksam der Junge sie anblickt, und ohne zu überlegen, sagt sie: Mir ist das alles zu viel, du überfällst mich, machst Geständnisse von Spielen, die keine sind oder die ich nicht verstehe, und tust so, als ob es ganz normal wäre, dass ich mich dir mitteile. Wenn ich das aber nicht möchte? Sie spürt einen merkwürdigen Trotz, atmet aus, spürt Nora an ihrem Bein, spürt die Hundezunge an der Hand. Schon gut, sagt sie, streicht der Hündin über den schmalen Kopf, alles gut. Dabei ist es das doch gar nicht. Sie könnte ihn wegschicken. – Sie kann es aber nicht. Nicht mehr. Sie weist die Hündin an, sich wieder hinzulegen, spürt, wie das Hundefell sich an ihrer Jeans reibt, dann liegt Nora endlich auf ihrem Fuß. Warum schickte sie den Jungen nicht einfach nach Hause. Warum schicke ich ihn nicht einfach weg? Sie fragt sich das ganz leise.

Was? Janis beugt sich über den Tisch, sodass er ihr näher ist.

Sie will es aber nicht tun, das ist ja das Schlimme, sie möchte ihn hier haben. Nichts, sagt sie.

Das mit dem Spiel hat sie vielleicht falsch verstanden. Er kann sich immer noch nicht erklären, warum er ihr im Camp plötzlich unbedingt gefallen wollte, aber er hat alles dafür gegeben. Und klar, vielleicht war es am Anfang ein Spiel. Aber als er merkte, dass sie ihn gut fand, wollte er, dass sie ihn noch besser als gut fand. Sie sollte ihn so gut finden wie niemanden von den anderen. Er weiß nicht, was zuerst da war, dass er Claire gut fand oder dass er wollte, dass sie ihn gut fand, vielleicht geschah das auch gleichzeitig, jedenfalls sah er irgendwann nur noch Claire. Er suchte sie sogar. Er wollte da sein, wo sie war. Dabei hatte er sich bei der Ankunft noch gewünscht, dass etwas zwischen ihm und Elif passieren würde. Es passierte aber etwas zwischen Elif und Ansgar. Und wieder weiß er nicht, was zuerst war. Es war also eigentlich kein Spiel. Ich habe es nicht so gemeint mit dem Spiel, sagt er. Eher ein Test, aber eigentlich auch nicht. Claire steht so unsanft auf, dass Nora kurz jault. Wahrscheinlich ist sie ihr aufs Fell getreten. Tut mir leid, sagt Claire und bückt sich zu der Hündin hinab. Er sieht, wie Nora ihr die Hand leckt, er springt auf. Soll ich gehen, fragt er.

Es ist eine ernst gemeinte Frage, sie sieht, wie ruhig er dasteht, wie aufrecht.

Er sieht, dass in ihr etwas passiert, dass sie nachdenkt, er würde gehen, wenn sie sagt, er soll gehen, natürlich würde er es tun. Er könnte die Sekunden zählen, aber er lässt das, er will nicht mehr zählen. Und dann sagt sie: Nein. Sagt einfach Nein. Und sie blickt ihn dabei sogar an. Direkt in die Augen, für einen langen Moment,

Sie wartet. Sie möchte es nicht, sie möchte nicht, dass er jetzt geht.

Was soll ich dann machen? Er weiß es tatsächlich nicht.

Keine Ahnung, sagt Claire.

Er steht auf. Und dann schaut sie wieder so: Er kann den Ausdruck nicht deuten, nur dass er nicht weiß, was sie denkt. Warum kann sie nicht klar sagen, was sie denkt? Sie steht vor ihm und schaut ihn lächelnd an, kurz spürt er ihre Hand an seinem Unterarm, aber ihr

Körper hält Abstand, so, als müsse sie jeden Moment davonrennen können, so steht sie da und schaut ihn dabei an.

Sie sieht, wie Janis mit den Schultern zuckt, etwas passiert in seinem Gesicht, was sie nicht lesen kann, er schaut weg, hinüber zum Wald, weil sein Blick, wie ihr scheint, den ganz natürlichen Weg nimmt; dorthin, wo nichts ist, was stören könnte, nur Wildnis, Moos und Gras und Efeu, Brombeerranken, wilder Holunder, Eschen, Kirschen, Haselbüsche und allerlei andere junge Triebe, die sich die freie Fläche zu eigen machen, die die vom Borkenkäfer befallenen Fichten hinterlassen haben. Es wird ihn beruhigen. Aber eigenartigerweise hält sie das jetzt nicht aus, sie will ihm in die Augen schauen. Schau mich an, sagt sie. Es klingt nach einem Befehl, sie spürt es. Er reagiert nicht sofort, doch dann wendet er den Kopf. Die Haare fallen ihm ins Gesicht, seine Hand gleitet zur Stirn. Diese eine Bewegung, die immer wieder gleiche, scheint ihn zu beruhigen. Und sie auch. Seine Hand an der Stirn, als streiche er neben den Haaren auch alle möglichen Gedanken weg. Dann hebt Janis den Blick. Ich bin in zehn Minuten wieder da, sagt sie zu ihm.

Wenn man Fine nicht direkt anblickte beim Sprechen, kapierte sie nicht, dass man mit ihr sprach. Oder sie tat so, als wäre sie nicht gemeint. Fine war immer beschäftigt, auch wenn man selten wusste, womit genau. Und schließlich kapierte man es doch. Sie kannte den Stadtplan besser als jeder Taxifahrer, sie konnte ganze Seiten aus Lieblingsbüchern auswendig sprechen und die Gebrauchsanweisung der Spül- und der Waschmaschine.

Sie kannte viele koreanische Schriftzeichen, und wie sie klingen. Dabei war sie erst zehn. Sie kannte ein Mädchen, deren Eltern stammten aus Korea. Es war allerdings keine Freundin. Vielleicht wünschte sie sich das aber. Fine vergaß nichts, was sie einmal angeschaut hatte. Jedenfalls glaubte Janis das. Sie hatte ein fotografisches Gedächtnis und konnte oder wusste viele Sachen, von denen man dachte, sie wären unnötig zu wissen, aber das waren sie nicht. Zumindest nicht für sie. Außerdem trug sie ausschließlich grüne Hosen, sprach nur mit Menschen, die sie kannte, und hörte *Tokio Hotel*, obwohl die beschissene Musik machten. Sie würde niemals allein irgendwo hingehen außer in die Schule, sie liebte die Schule. Wahrscheinlich weil sie alles schneller lernte als irgendein anderer Mensch, den Janis kannte. Sie sprach erst richtig, seit sie sieben war, davor hatte sie nur in einer Art Geheimsprache geredet, die sie nicht einsetzte, um mit ihnen zu sprechen, sondern mit sich selbst oder den Dingen, die sie sah, und manchmal mit Tieren, auch wenn sie weinte oder wütend schrie. Mit sieben Jahren sprach sie plötzlich perfekt. Die Waschmaschine war kaputtgegangen, und Fine stand mit dem Vater davor, sie sprach leise mit der Maschine und sagte schließlich: Es ist die Pumpe. Immer wieder erzählten es alle, weil der Vater es so oft erzählt hatte, dass alle das Gefühl hatten, dabei gewesen zu sein. Erst seit einem Jahr konnte sie einschlafen, ohne dass er oder jemand aus der Familie neben ihr lagen. Er hat noch nie bei einem Mädchen übernachtet. Er setzt sich auf die Holzdielen, sie sind immer noch warm. Er hat Fine am Morgen nicht gesagt, dass er am Abend nicht da sein würde, er hat einfach gar nichts gesagt. Er wusste ja auch nicht, was passieren würde. Weiß er es jetzt? Keine Ahnung. Claire ist kein Mädchen. Er konnte doch niemandem sagen, dass er bei ihr im Haus schlafen wollte. Er hat auch Ansgar nicht gesagt, dass er nicht in die Schule kommen würde. Er hat nur ein Heft und ein Buch in seine Umhängetasche gepackt, damit etwas darin war, und sich in den Zug gesetzt. Als der Zug bei der vierten Station anhielt, schrieb Ansgar: *Wo bleibst du?* Und er: *Ich muss mal raus.* Und Ansgar: *Check ich das?* Und er: *Musst du nicht. Erzähl ich dann.* Keine Ahnung, was er Ansgar erzählen wird. Die dunkle Holzwand ist noch wärmer als die Dielen. Die Augen fallen ihm zu, es wird schön rot hinter den Lidern. Fine würde Claire auch mögen. Oder doch nicht? Im Camp hatte er immer gedacht, dass er genau wüsste, wie Claire tickt. Aber jetzt. Fine wird auf ihn warten. Er öffnet die Augen wieder. *Sag Fine, ich bring ihr was mit. Bussi*, schreibt er an seine Mutter. Er schließt die Augen wieder. Fine besitzt noch kein Telefon, das brächte sie nur durcheinander. Keine Ahnung, was er ihr mitbringen könnte. Aus dem Camp hat er ihr ein Stück von einem Tierschädel mitgebracht, den er im Wald gefunden hatte. Er war völlig clean. Reiner Schädel. Ein Stück aus dem Unterkiefer eines Rehs, hatte Achim gesagt. Nichts war daran, kein Schmutz. Er überreichte ihn ihr wie eine Trophäe, das schönste Geschenk, das er seiner Schwester machen konnte, dachte er. Aber sie wollte ihn nicht einmal anfassen. Jetzt lag er auf der Fensterbank in seinem Zimmer, er hatte die Zähne blank poliert. Fine hatte er stattdessen das Foto ausgedruckt von der Komposttoilette im Camp, das wollte sie haben. Sie kannte das System jetzt besser als er, obwohl sie noch nie eine in echt gesehen hatte. Er kann ihr nichts aus dem Wald mitbringen, Flo wohnt in einem Hochhaus. Fine mag ihn, weil er auf seinem Skateboard Kunststücke kann. Janis weiß schon, dass sie morgen fragen wird, ob sie auch mal zusammen bei ihm übernachten könnten. Die eine Tasse mit den kleinen Blumen, die er an Claires Küchenbord hat hängen sehen, würde Fine gefallen. Eine nasse Zunge leckt seine Wange. Er reißt die Augen auf. Nora, sagt er. Die Hündin hüpft und tanzt um ihn herum. Er wuchtet sich langsam auf. Sie springt an ihm hoch. Er streicht ihr über den Kopf, sie hüpft auf den Hinterbeinen. Willst du spielen? Er schaut sich um. Nichts, was man werfen könnte, liegt auf Claires Terrasse herum. Komm, sagt er. Er geht die drei Stufen hinunter und um die Hausecke herum, nimmt ein sehr kleines von den Holzscheiten aus dem Korb neben dem Stapel an der Küchenwand und wirft es, so weit er kann, die Wiese hinab. Nora rennt los, er hinterher, und es fühlt sich an, als habe sein Körper genau darauf gewartet.

Sie breitet die Arme aus, legt den Kopf in den Nacken, auch wenn sich so Nadeln, Laub und trockener Waldboden in ihrem Haar verfangen, sie schaut in den Himmel, sodass sie weiß, er könnte, so wie er ist, direkt in sie hineinfallen; sie schaut in die Baumkronen der Hainbuchen, die noch nicht alle dicht gefüllt sind mit Grün, lichter noch als im Hochsommer, was an den jungen Blättern liegt, die noch hellgrün leuchten, gelbgrün, lindgrün, kanarienvogelgrün, ungefähr so, und sie schaut in die Kronen der Kiefern, ihr beträchtliches Schwanken im Abendwind, der ganz oben in den Kronen deutlicher wahrzunehmen ist, als sie ihn auf der Haut spürt.

Noch ist es warm. Und obwohl sie weiß, dass es nicht wahr ist, treibt sie jetzt unter dem Wind, treibt hinaus aufs Wasser, was ganz normal ist bei diesem Wetter, bei solch einem Wetter treibst du auf dem Wasser, wenn du in den Himmel schaust. Sehr blauer Himmel. Sie folgt den Krähenschreien einer und einer zweiten Krähe und einer dritten und dem Plumpsen eines Asts, eines Zapfens, den Blättern, die rascheln, knistern, zittern im Wind, und wenn sie es nicht zulässt, denkt sie nicht an den Jungen, sieht ihn für ein paar Minuten auch nicht, wenn sie es nur nicht zulässt, dann sieht sie einfach nur den Himmel, die Kronen der Kiefern, und wie sie sich sanft bewegen, wie sie sich stärker bewegen, noch bevor sie hier unten den Wind spüren kann. – Wo ist Nora? Augenblicklich sitzt sie. Nora? Ruft sie. Nora? Sie springt auf, läuft den Hang zum Haus hinab, über die Einfahrt hinüber, sicher, dass Nora, hätte sie gesehen, wie sie rennt, sofort angelaufen gekommen wäre. Erst auf der Terrasse hält sie inne. Und dann hört sie die Hündin bellen. Und ein Lachen. Oben, an der Kante zur Pferdeweide, erkennt sie die Silhouette von Janis, den Arm nach hinten ausgestreckt und in einer kraftvollen Bewegung nach vorne schwingend, und seine Stimme ruft etwas, was sie nicht versteht. Einen Moment zögert sie noch, dann quert sie die Wiese, den Weg. Damit sie zu den beiden hinaufgelangt, muss sie ein Stück der Böschung folgen, dorthin, wo sie flacher wird, um einsteigen zu können in den Hang, an der Stelle, an der auch die Rehe aufsteigen, ihren Weg bereitet haben, den sie nun nimmt. Gut sichtbar weist er in einer Diagonale den Hang bergaufwärts nach Osten bis zur kleinen Tannenschonung und schmiegt sich neben den Bäumen den Südhang hinauf. Oben bleibt sie stehen, ein wenig außer Atem, sie war schnell. Sie hört ihr eigenes Schnaufen und wieder das Bellen von Nora, die ein dickes Stück von einem Ast über die Pferdewiese schleppt, hinüber zu Janis, der keine hundert Meter mehr entfernt ist. Nora scheint Claire nicht wahrzunehmen. Überläuferin, das Wort kommt ihr so schnell in den Sinn, wie sie es wieder wegschieben möchte, aber das nächste folgt schon, und es ist auch nicht besser: dass die Hündin sie verraten hat, das denkt nicht die Hündin, Nora hat Spaß. Claire sieht, dass Janis ihr winkt, dass er lacht, wie gut seine Laune ist, wie er sich auf der Wiese anmutig bewegt und fröhlich, wie der Junge sich Nora zuwendet, als ob es nur um die Hündin ginge – tut es ja, oder? –, die auf ihn zukommt mit wedelndem Schwanz, das Aststück fallen lässt, an ihm hochspringt, seine Hand leckt, ihre Schnauze in seine offene Hand legt, die er umgreift, zärtlich. Das ist also das Spiel, sagt sie, als sie vor ihm steht.

Es klingt merkwürdig, findet er, aber er weiß nicht, warum, und als er Claire fragend anschaut, schaut sie auf Nora, die an ihr hochspringt. Sie streicht ihr über den Kopf. Aber da wendet die Hündin sich schon wieder von ihr ab, springt an Janis hinauf, legt die Vorderpfoten auf seine Schenkel, trommelt auf seine Jeans. Er sieht, dass in Claires Gesicht etwas vorgeht, die Mundwinkel hängen, er versteht es nicht, aber Nora drängelt so, dass er sich ihr zuwenden muss. Er greift nach dem Aststück, wirft es, aber nicht gut genug, es landet vor der rennenden Hündin. Er wollte schon immer einen Hund haben. Nora steht schon wieder da mit dem Stück Ast. Er dreht sich weg von Claire, sodass er sie weder beim Ausholen noch beim Werfen treffen kann, das Ding aber dieses Mal weiter fliegt. Kurz wartet er ab, wo es landet, während Nora schon wieder losrennt. Und damit Claire das hier versteht, sagt er: Ich habe Nora nicht gesagt, dass sie bei mir bleiben soll. Sie ist einfach gekommen, als ich auf der Terrasse war. Und weil du sagtest, ich solle dich nicht stören … Er unterbricht sich, weil er hört, dass seine Stimme beim Sprechen lauter zu werden droht, er schweigt, er will sich nicht rechtfertigen. Etwas tut weh am Zeigefinger, er hat ihn sich an dem Aststück aufgerissen, ein kleiner Riss, er wischt das Blut an der Hose ab, schaut auf den Finger, während Claire auch nichts sagt. Dann leckt er über die Wunde. Nicht, sagt Claire, wir desinfizieren es nachher. Und bevor er den Arm senken kann, hält sie sein Handgelenk fest. Er sieht, wie sie die kleine Wunde betrachtet, sieht, wie ihr Daumen darüberstreicht, dass sie keine Angst hat vor seinem Blut, wie sie es vorsichtig abwischt; warm ist ihre Hand, die jetzt mit ihren Fingern zwischen seine greift, und ihm dann fast hastig seine Hand samt dem Arm entgegendrückt. Und loslässt. Er schaut Claire an, die ihn anschaut und dieses Mal auch dann nicht ausweicht, als er ihr direkt in die Augen blickt. Er senkt den Arm, reibt mit den Fingern über die Jeans. Claire schaut, als ob sie wütend ist, oder wie schaut sie? Er weiß es nicht. Noch nie hat ihm jemand seine eigene Hand zurückgegeben. Nora springt an ihm hinauf.

Lass ihn, Nora, sagt sie. Die Hündin lässt ab und tänzelt mit dem Aststück, das inzwischen nur noch sehr kurz ist, um sie beide herum. Claire zieht ein Stofftaschentuch aus der Hosentasche, und bevor sie sich die Hand damit abwischt, hält sie es dem Jungen hin.

Es kommt kein Blut mehr, sagt er. Immer hatte sie im Camp Stofftaschentücher dabei. So wie Männer sie manchmal tragen. Sie wischt sich damit über die Fingerkuppen, er sieht es, dabei ist da doch gar nichts. Aber egal. Sie steckt das Tuch wieder ein. Er hat sich vorgenommen, auch keine Papiertücher mehr zu benutzen. Komm, sagt Claire, wir gehen oben rum. Kennst du ja schon, sagt sie spitz. Er weiß nicht, was sie meint. Als sie den Waldweg erreichen, kommt ihnen der Jäger oder Förster – er hat keine Ahnung, wie man das erkennen kann – in einem alten Suzuki entgegen, sein linker Arm hängt aus dem offenen Seitenfenster, als gehöre er nicht zu ihm. Neben Claire hält er an. Nora läuft zum Auto, Claire lässt es zu, bei ihm lässt sie es zu; Nora stellt sich auf und lässt sich von ihm kraulen. Der Mann flüstert mit ihr, die Hündin hält ganz still. Dann schaut er ihn, Janis, an, der nur auf den hängenden Arm schauen muss, der jetzt mit den Fingern voraus von Noras Kopf aufspringt und auf ihn zeigt. Familienbesuch, ruft der Mann, ich dachte schon, du hast gar niemanden. Claire lacht, sagt: Grieß di, wie man es hier wohl sagt. Aber kein Wort des Widerspruchs. Er sei auf dem Weg zum Hochstand, oben an der großen Wiese unterhalb des Geigers, ob sie mitfahren wollten. Ein bisschen sieht der Typ aus wie Daniel Craig, stahlblaue Augen, Claire hat auch solche, nur in Grün, Stahlgrün. Er trägt keinen Hut. Wahrscheinlich fällt Janis das auf, weil er Jäger nur von Fotos kennt, da tragen immer alle diese Hüte. Mit Feder. Du weißt, dass ich nicht zu fremden Männern ins Auto steige, sagt Claire. Richtig blöder Witz, sie lacht auch noch selbst darüber. Janis dreht sich einen Moment weg. Jetzt weiß er, wo sie sind. Hier ist er hergekommen. Claire wirkt so entspannt, wie sie es mit ihm bisher nie war. Der Mann schmachtet sie richtig an, lacht, winkt wieder mit der Linken, die sich kurz vom grünen Autoblech hebt und sofort wieder senkt. Na dann, schönen Abend euch noch, sagt er, klopft aufs Autoblech und fährt davon. Familie, sagt Janis, er kickt einen Zapfen, der rollt nur weg. Du hast gelogen!

Hab ich nicht, ich habe nur nicht widersprochen, sagt sie und hebt den Zapfen auf und wirft ihn den Weg entlang. Nora rennt los. Janis ist so nah an ihrer Seite, wie sie nicht freiwillig neben jemandem gehen würde; sie macht einen kleinen Schritt nach links, von ihm weg. Wo ist der Unterschied, fragt Janis, der sofort aufrückt.

Nora kommt mit dem Zapfen zurück, als ob sie nicht wollte, dass die Hündin zu ihm kommt, geht Claire auf sie zu. Während sie der Hündin den Zapfen aus dem Maul nimmt, dreht Claire sich zu ihm um.

Wenn du deinen Eltern erzählst, du übernachtest bei einem Freund, und dabei willst du hierbleiben, dann lügst du, sagt sie und wirft den Zapfen in den Wald hinauf.

Und nicht zu widersprechen, ist was anderes, aha, sagt er. Er sieht, wie Claire zusammenzuckt, sich an den oberen Knopf des Leinenhemds fasst, als hätte sie Sorge, da ist was zu sehen, und dann fragt: Warum lachst du jetzt? Er hat nicht gelacht.

Ich lasse einen wildfremden Menschen in dem Glauben, dass er nicht ganz falschliegt, sagt sie und zeigt mit der Hand die Richtung: Wir biegen hier ab.

Ich bin aber nicht dein Sohn und auch sonst nicht mit dir verwandt. Ich will auch gar nicht mit dir verwandt sein, antwortet er.

Sie gehen im Gleichschritt. Janis' Beine, etwas länger als ihre, und die Füße in den weißen Turnschuhen wirken neben ihren in den Wanderschuhen so, als ob sie durch einen städtischen Park marschierten. Sie biegt in den Waldhang hinein, geht voran, immer wieder wendet sie sich zu ihm um, aber weil er nicht auf sie reagiert, fixiert sie Ziele, einen Baum, an dem sie vorbeigehen will, geht darauf zu, geht vorbei, die große Kiefer mit dem tief-porigen Stamm, sie richtet ihren Weg aus, streicht mit der Hand über die Borke, atmet ein, sieht schon den Baumstumpf und hält darauf zu. Nein, sie muss Mayer nicht sagen, wer Janis ist. Und sie will es auch nicht tun. Warum auch? Sie sieht, wie der Junge konzentriert über Äste, Zweige und alles hinübersteigt, was im Weg liegt; selten knackt etwas unter seinem Schritt, wie im Schlaf scheint er die Stelle zu finden, auf die er den Fuß ganz sicher setzen kann. Könntest ja mein Neffe sein, sagt Claire laut und wendet sich kurz zu ihm um.

Will ich aber gar nicht, antwortet er. Er ist hinter ihr geblieben, sieht, wie Claire im Vorbeigehen mit der Hand über eine Rinde streift, ihre Fingerspitzen greifen für einen Moment ins Holz hinein wie in einen Körper, und er tut es ihr nach, als er am Stamm vorbeikommt; hart, aber warm fühlt sich die Rinde an. Claire ist etwa zwanzig Meter vor ihm, vielleicht geht sie so schnell, um Abstand von ihm zu haben. Als sie an der Lichtung oberhalb der Straße ankommen und er sie einholt, steht die Sonne schon sehr tief. Wie viel Uhr ist es, fragt er.

Ungefähr acht, sagt Claire sofort.

Er schaut auf ihr Handgelenk, sie trägt keine Uhr. Das weißt du so genau?

Klar, wenn ich hier bin, schon. Sie zeigt nach Westen,

dort geht die Sonne unter, aber kurz vorher schon verschwindet sie hinter dem Hügel.

Er ist ihrer Hand gefolgt, sieht den Kirchturm und hinter dem Kirchturm den Hügel, die Sonne steht noch ein ganzes Stück links davon.

Sie will mit Janis nicht am Aussiedlerhof und den Häusern am Dorfeingang vorbeigehen, deshalb nimmt sie noch davor den kleinen Abstecher. Das ist der Rehweg, sagt sie.

Die gehen immer den gleichen Weg?

Du wirst es sehen, ja. Sie verlassen auch nur in Ausnahmefällen ihr Revier.

Wann zum Beispiel?

Die Böcke nach der Territorialzeit.

Territorialzeit, Janis lacht.

Im Frühjahr suchen sich die Böcke ein Revier, da sind sie Alleinherrscher. Das geben sie nach der Brunftzeit wieder auf. Da gehen sie dann schon mal ein Stück, aber nie wirklich weg von ihrem Großstandort, sagt sie.

Ist aber kein Ausnahmefall, sagt er, nur weil du das vorhin betont hast. Er geht hinter Claire und Nora auf dieser gut gearbeiteten Rehspur, hält etwas Abstand, und trotzdem denkt er jetzt, Claire riechen zu können; er schnuppert; wie ein Tier, denkt er, er muss lächeln.

In kalten Wintern, wenn oben zu viel Schnee liegt, kann es sein, dass die Rehe sich in tiefere Lagen bewegen, sagt sie.

Er würde gern sagen, dass sie gut riecht, er würde gern wissen, wie Claire am Hals riecht; er legt manchmal sein Kinn in die Kuhle oberhalb seines Schlüsselbeinknochens und schnuppert, weil er findet, er selbst riecht gut dort, warm und gemütlich, und er weiß, dass

Fine das bei sich selbst auch macht. Er versucht, Claire anzuschauen, sieht aber nur Rücken und Po. Er versucht, wieder neben sie zu gelangen, doch sobald er sie einholt, weicht sie aus.

Standorttreu nennt man das, sagt sie. Ich kenne fast alle Rehe, die an meinem Grundstück vorbeikommen.

Mit Namen natürlich, sagt er. Endlich lacht sie. Seinetwegen.

Hast du auch Hunger, fragt sie. Es war schneller ausgesprochen, als sie denken konnte. Als siegte ihr Appetit über die Angst, mit dem Jungen im Haus zu sein.

Und wie! Aber bitte kein Reh, sagt er.

Und obwohl sie zuerst lachen muss, krampft ihr Magen plötzlich. Sie wird ihn nicht vor der Tür warten lassen können, ihn dort stehen lassen können, einfach so. Und dann ist das Bild plötzlich da: Sie vor der Tür von Steiner in ihrer Lieblingsjeans. Schmal und mit einem Tuch um den Kopf gebunden überm kurzen Haar. Sie hat das Buch über Leonard Cohen dabei, das sie neu gekauft hat, eine Biografie mit Bildern, sie hat es dabei, weil er es war, der ihnen Songs von Cohen vorgespielt hat im Englischunterricht, so wie er ihnen Songs von Simon & Garfunkel und so weiter vorgespielt hat im Unterricht und ihnen auf diese Weise unauffällig Englisch beibrachte; alles mit dem alten Plattenspieler, den er unter dem Arm hereintrug ins Klassenzimmer, schweigend, weil er immer alles schweigend tat. Und wie sie trotzdem alle sofort auf ihre Plätze gingen, sich hinsetzten, ihm zuschauten, wie er den Plattenspieler ans Netz schloss, wie er aus seiner Tasche die Platte zog, wie sie versuchten, das Foto auf dem Cover zu deuten, den Namen zu lesen, nicht nur sie allein, auch Carl, neben dem sie saß und der wie ein Bruder war, auch er liebte Steiner. Wie sie gespannt warteten, bis er die Platte aus der Schutzhülle herauszog, vorsichtig mit den Fingerspitzen, wie sie alle auf seine zarten Hände schauten, die sie noch heute vor sich sieht, wie seine Finger die Platte behutsam festhielten und wie sie dann zwischen seinen Handflächen klemmte, eine schwarze Scheibe, die für diesen einen Moment die ganze Welt war. Wie er die Welt auf den Plattenteller legte. Und wie er dabei immer noch nichts sagte und erst, als der Tonarm schon fast auf der Platte lag, die sich nun drehte, sagte: Hört erst einmal nur zu. Danach spiele ich den Song noch einmal, und ihr schreibt auf, was ihr versteht. Sie kannten dieses Ritual bald gut, und sie liebten es. Vielleicht liebten sie alle auch ihn, aber sie liebte Steiner wirklich besonders, jedenfalls dachte sie das damals, als sie vor seiner Tür stand, wo auch sein Auto parkte, er war also zu Hause. Er muss doch aufmachen, wenn er mich sieht, dachte sie, während sie klingelte und klingelte, und als sie schon glaubte, er würde nie öffnen, ging überraschend das Fenster zum Parkplatz auf. Wie sie dabei die grün-braunen Küchenfliesen sehen konnte und wie er herausschaute aus der Küche, das Haar wuscheliger als sonst, und sagte: Claire, was machst du denn hier? Und wie sie schüchtern sagte: Ich wollte nur das Buch vorbeibringen. Und einen Schritt auf das Fenster zu machte und Steiner einen Schritt zurück. Wie sie das wahrnahm. Wie sie das wirklich wahrnahm und erschrocken war. Weil sie verstand, er fühlt sich bedrängt, dabei wollte sie ihn gar nicht bedrängen. Ich habe das Buch auch, sagte Steiner, lass uns da doch am Montag im Unterricht darüber sprechen, du erzählst, warum du es gut findest. Dabei hatte sie es noch gar nicht gelesen. Nur die Fotos angeschaut. Und wie sich das Fenster schloss, nachdem er sagte, dass er weiterarbeiten müsse, und wie peinlich es ihr war. Und wie sie wegfuhr. Es war Samstagnachmittag, und sie hatte seine Adresse aus dem Telefonbuch. Da war sie sechzehn. Dachte sie da einmal über Steiners Körper nach? Ja. Sie dachte, dass er schön war, dass es gut aussah, wie er seine Jeans trug, die Hemden, die Lederjacken, dass Steiner der richtige Name für ihn war, weil so wirkte sein Körper, wie gemeißelt, und das gefiel ihr. Und doch hatte sie sich nie vorgestellt, diesem Körper nahe zu kommen, ihn zu berühren oder noch mehr. Oder doch? Vielleicht hatte sie es nur verdrängt. Dachte sie da einmal, dass sie diesen Mann belästigte, dass sie in seine Privatsphäre eindrang? Ja, als er vor ihr zurückwich, schon. An diesem Tag endlich. Und natürlich denkt sie auch über Janis' Körper nach, sie muss sich sogar immer wieder zwingen, nicht über ihn nachzudenken, muss Bilder wegschieben, Vorstellungen, weil sie ihr ungehörig vorkommen. Ungehörig, auch so ein Vaterwort, und doch machen sich die Fantasien immer wieder selbständig, so wie es Träume in der Nacht tun.

Können wir Pasta machen, fragt Janis.

Es kommt wie von weit her zu ihr. Da sind sie schon auf der Wiese vor dem Haus angekommen. Janis …, sagt sie. Sie verschluckt den Rest. Sag nicht Wir, sagt sie nicht. Als sie das Haus betreten, wandert sein Blick durch den Raum, sie spürt es, sie hört, wie er einatmet, er atmet sie ein, denkt sie. Will sie das? Sie will davon ablenken und nimmt seine Hand, betrachtet seinen Finger mit der Schramme und lässt ihn sofort wieder los.

Wasch dir die Hände, sagt Claire. Wie zu einem Zehnjährigen sagt sie es und zeigt auf eine schmale Tür. Dann desinfiziere ich das. Er nimmt das wahr, aber ein anderer Eindruck ist viel stärker; alles riecht so sehr nach Claire, was bedeutet, es riecht auch ein bisschen nach Holz, aber nur ein bisschen, dazu kommt noch etwas anderes, Besonderes; wie nur ein Mensch riechen kann, ein besonderer Mensch oder vielleicht nur eine Frau wie Claire. Er bückt sich, zieht die Turnschuhe aus, stellt sie vor der Tür auf die Terrasse. Draußen riecht es sofort nach Wald und irgendwie nach Wiese, er geht wieder hinein, und als die Terrassentür hinter ihm zufällt, ist dieser Duft wieder da. Claire zeigt auf eine Tür. Das Bad ist hier, sagt sie. Die Holzdielen im Bad sind weiß gestrichen, es gibt eine alte Kommode, darauf stehen alle möglichen Flakons, Fläschchen und Tiegel. Vielleicht riechen die alle zusammen so gut, dass Claire so riecht. Mitten zwischen den Fläschchen steht eine Porzellanvase mit gelben Blüten darauf, aber ohne etwas darin. Durchs Fenster schaut man auf den Bauwagen. Was, wenn er in dieses Fenster hier geschaut hätte, während sie hier drin gewesen wäre? Im Spiegel über der Kommode sieht sein Gesicht ernst aus, er schaut sich in die Augen, zieht eine Grimasse, sodass die Falte zwischen den Brauen sich wölbt, ein bisschen wütend, zieht das Gesicht lang und schmal, dann lächelt er, was sich falsch anfühlt. Er streicht sich die Haare aus dem Gesicht, er sieht merkwürdig aus heute, anders als zu Hause oder älter vielleicht, er weiß es nicht. Das also sieht Claire, wenn sie ihn anschaut. Er versucht stillzuhalten, keine Grimasse zu ziehen, meist findet er, dass er gut aussieht, seine dichten Brauen über den dunklen

Augen, die ausgeprägten Wangenknochen, nur diesen Flaum auf der Oberlippe mag er nicht. Er rasiert das immer ab, aber er sieht es trotzdem. Schaut er jetzt so aus? So ernst und zu brav. Er wendet sich um hundertachtzig Grad und dem Waschbecken zu, darüber hängt ein Rahmen, darin ein Bild, Tiere darauf, ein Hase, ein Schaf, eine Taube und merkwürdigerweise eine Giraffe, alle glotzen ihn an. Er schaut auf die Vogelfedern, eine weiße mit dunklen Punkten, eine glänzend blaugrüne, eine gemusterte in Schwarz-Weiß-Gelb, die Claire hinter den Rahmen geklemmt hat. Warum schaut sie nicht sich selbst an, wenn sie sich die Zähne putzt? Er stellt sich das für einen Augenblick vor, Claire, wie sie auf die Tiere schaut. Ob sie mit ihnen spricht wie mit einem Spiegelbild? Er würde es ihr zutrauen. Dann ist sie Schaf und Hase und Taube und Giraffe zugleich. Er muss lachen. Der Riss im Finger brennt, als er die Hände mit Seife wäscht. Als er aufschaut, ist er noch einmal irritiert darüber, dass er sich nicht selbst sieht, sondern Auge in Auge steht mit den gemalten Tieren. Er dreht sich um. Er ist noch da im Spiegel. Er weiß es doch. Wenn er sich anstrengt, spürt er seinen Körper, seinen Finger brennen, seine etwas verstopfte Nase, seine Füße auf dem Holzboden. Ein Handtuch hängt über einem Bambusstab an der Wand, es ist das einzige im Bad. In die Kommode will er nicht schauen. Er schnuppert am Handtuch, es riecht nach nichts, er trocknet die Hände damit ab. Der Riss blutet wieder. Claire, fragt er, in der offenen Badezimmertür stehend, er hört sich selbst sprechen, es ist das erste Mal, dass er sie ruft, seit sie allein sind. Er füllt den ganzen Raum. Nora kommt aus der Küche, bleibt stehen, schaut ihn an, dann geht sie wieder in die Küche zurück. Er folgt ihr. Die Hündin beobachtet ihn, über dem Wassernapf sabbernd, aus den Augenwinkeln, dann schlabbert sie weiter. Claire ist nicht in der Küche. Ich komme gleich, ruft sie. Er hört sie oben im Haus, schaut zwischen den Stäben des Treppengeländers hinauf, hört eine Schranktür. Er will nicht einfach hinaufgehen. Er setzt sich auf die Treppe. Von hier aus kann er über das Sofa auf den Platz vor dem Haus schauen, den Baum mit den glitzernden Blättern, die zweifarbig aussehen, wenn sie sich bewegen, den anderen Baum ein Stück weiter hinten sieht er auch und dann die Hügel auf der anderen Seite des Dorfs – das weiter unten liegt –, grün bewaldet, dunkel- und hellgrün gemischt, und mit großen Wiesen dazwischen; ein paar einzelne Häuser und eine Ansiedlung darauf. Oben wird die Schranktür geschlossen. Er schnuppert an seinen Achseln, er riecht sich, nicht gut. Diesmal macht er die Tür des Badezimmers zu; Claires Badezimmer. Warum eigentlich darf er jetzt doch hinein? Er zieht das T-Shirt aus, legt es auf die Kommode neben all die Flakons. Claire hat so viel Parfüm. Sie riecht aber gar nicht nach Parfüm. Sondern viel besser. Mindestens zehn Fläschchen sind das. Er hebt eines hoch. Es ist leer, aber als er daran riecht, duftet es gut. Er hebt eines nach dem anderen hoch, nur in wenigen ist noch ein bisschen Flüssigkeit. Er stellt sie alle wieder genau an die Stelle, an der sie vorher standen, betrachtet sich im Spiegel, seinen Oberkörper, Schultern, Brustwarzen, er kneift die Augen zu, sieht sich, stellt sich Claire vor, wie sie hier steht, sieht sich, seine kleinen runden Brustwarzen, die Rippenbögen, wie sie knochig herausstehen, wie sie verschwimmen im spiegelnden Glas, wie sie sich vor seinen zusammengekniffenen Augen verwandeln in den Ansatz von Hügeln, von weichen Brüsten und Warzen mit großen Höfen, sieht im blauen Licht des Abends runde Schultern, muskulöse Arme, sieht sich und sie, sieht sich und sie nicht mehr und ihre blonden Haare und dann ihr blondes Haar zwischen seinen dunklen, und alles überlagert, überlappt sich, er ist noch da, und dieses Bild ist es nun auch, und es bleibt, bleibt einfach so stehen, bis er sich abwendet, sich schüttelt, sich über den Kopf rubbelt. Er streicht die Haare aus der Stirn. Beim Einschlafen passiert ihm das manchmal, dass sich Bilder übereinanderschieben, dass er nicht mehr klar sieht, und in dem Augenblick, wo er versteht, dass er doppelt sieht, dass er sich sieht und etwas anderes darüber, schläft er ein. Jedenfalls weiß er am nächsten Morgen nicht mehr, was er außer der Überblendung weiter gesehen hat. Claire ist nicht im Raum, ist ja klar. Kann sein, er ist müde. Er spült sich das Gesicht kalt ab und wäscht sich dann mit Seife und warmem Wasser unter den Achseln. Noch einmal schnuppert er, und jetzt riecht er nach ihrer Seife. Besser. Er nimmt ihr Handtuch, reibt sich damit über das Gesicht, den Oberkörper. An der Tür klopft es.

Und noch während sie klopft, denkt sie, das hätte ich nicht tun sollen, aber da öffnet sich schon die Tür, er öffnet die Tür. Er hat das Handtuch gegen sein T-Shirt getauscht. Ja, sagt er und lässt das Türblatt aufschwingen. Sie sieht ihn, seinen nackten Oberkörper, den Oberkörper eines Jungen, der das T-Shirt in der Hand hält und sie anschaut, als sei das nichts, so in der Tür zu stehen, als könne das jeder. Und hastiger und strenger als nötig, sagt sie: Zieh dich an! Er weicht zurück, sucht

Augenkontakt, dann wendet er sich ab und zieht das T-Shirt über den Kopf. Sie sieht seinen Rücken, schmal über der tief sitzenden weiten Jeans, den Verlauf der knochigen Wirbelsäule, die hervorsteht wie der Rücken eines Reptils, die Rippen unter seiner glatten braunen Haut, seine Hüftknochen, das dunkle Schimmern als Ahnung der Pofalte, sieht, wie er das T-Shirt zurechtzieht über der Hüfte, noch während er sich umdreht zu ihr. Und sie wendet sich nicht ab, betrachtet den Jungen, den Körper dieses Jungen, der jetzt aufrecht vor ihr steht, kaum einen Meter entfernt.

Sorry, sagt er und schaut sie direkt an.

Sie senkt den Blick, sie weiß, es war ihre Schuld. Sie hat ihn überrumpelt.

Er sieht, wie sie den Kopf schüttelt. Ich habe mich nur schnell gewaschen, sagt er. Er hebt entschuldigend die Schultern.

Sie sieht, dass er ihr Handtuch benutzt hat, es liegt auf der Kommode. Es ist ihr Handtuch. Ich hätte dir auch ein frisches Handtuch gegeben, sagt sie. Sie schaut seiner Hand zu, wie sie über die Stirn fährt, über die Haare, wie sie sein Gesicht frei macht. Fast will sie es ihm gleichtun. Es war meine Schuld, sagt sie jetzt, dabei wendet sie sich ab.

Ich habe auf dich gewartet, du wolltest meinen Finger desinfizieren, dann warst du nicht da. Da habe ich die Zeit halt –

Sie unterbricht ihn, zeigt an ihm vorbei. Die Salbe liegt hinter dir, sagt sie.

Anders genutzt, führt er den Satz zu Ende.

Sie sieht, dass er lächelt, drückt sich an ihm vorbei und nimmt die Tube. Er hält ihr die offene Hand hin.

Mit einem Wattestäbchen tupft sie ihm orangenes Gel auf den Riss.

Das ist doch eigentlich nichts, sagt er, meine Mutter hätte so einen Riss nicht zwei Mal angeschaut.

Ich bin aber nicht deine Mutter. Sie sieht, wie Janis rot wird, als sie das sagt, nimmt seine Hand noch einmal und klebt ein Pflaster um den Riss am Finger. Sie weiß, dass das übertrieben ist. Es ist gut, dass sie keine Kinder hat, sie wäre eine Übermutter geworden, hätte sich immerzu gesorgt, sie hätte sich verloren im Muttersein. Schon als die Hündin auf ihrer Terrasse gelegen hatte, war sie in Sorge gewesen; kann ich leben, wenn jemand bei mir ist? Bin ich dann noch für mich da? Oder nur noch für die Hündin? Am Anfang war da nur noch dieses Tier. Nachts war sie aufgestanden, um nach ihm zu schauen. Ob es noch da lag, wo es sich abends hingelegt hatte, ob es noch atmete. Nora freute sich, wollte spielen, hatte mit ihr gespielt. Morgens war sie müde. Aber irgendwann wurde alles normal. Sie spürte sich wieder, war noch Claire, und Nora war auch da.

Claires Hand hält seine noch immer fest, und jetzt schaut sie auf. Entschuldigung, sagt sie und lässt los. Sie lächelt und geht an ihm vorbei aus dem Bad, dreht sich noch einmal zu ihm um. Kommst du mit in die Küche? Es klingt nur wie eine Frage, aber er weiß, es ist eine Ansage. Er würde sich gern auf das Sofa legen, diese Art Liege im Wohnzimmer, er würde gern ein paar Minuten da liegen auf diesem Sofa gegenüber dem Ofen, einfach so. Aber er widerspricht nicht und folgt ihr. Nora, sagt sie laut, du hast die ganze Schüssel leer gefressen. Der Schwanz der Hündin klopft auf das Schaffell, auf dem sie liegt, dann springt sie auf, springt an Claire hoch, dann an ihm. Er legt der Hündin die Hand auf den Kopf, streicht ihr über die Augen. Sie streckt die Zunge heraus, berührt seine Hand, warm und feucht. Leg dich hin, sagt Claire zu ihr und zeigt zurück aufs Fell unter dem kleinen Tisch. Er weiß gar nicht, wohin er schauen soll. Die Küche ist voller Dinge und Farben, kaum Schränke, aber Regale mit Zeug darin. Über den Esstisch, oder vielleicht ist es auch nur ein Ablagetisch, liegt eine Decke gebreitet, viele rote Pünktchen auf weißem Grund, es bräuchte viel Zeit, sie zu zählen, und darauf stehen unendlich viele Sachen herum. Auf einer Einrichtungszeitschrift liegt ein Blatt Papier, darauf die penible Zeichnung eines Tischs, *Schreibtisch* steht mit Bleistift darüber und allerlei Maße, daneben drei Bleistifte, ein Tintenroller, eine Tesarolle, eine Vase mit orangearbenen Blumen und großen runden Blättern darin, ein Krug, ein Korb mit CDs; CDs auf dem Küchentisch, und überhaupt, wer hört noch CDs? Ein Marmeladenglas, selbst beschriftet, *Cassis 2020*, und noch drei weitere, eine Schale mit Kirschen, ein Notizblock und die Figur eines brüllenden Löwen aus Porzellan darauf. Chilischoten in einem Schälchen. Eine Stoffserviette in einem Ring. Daneben aber noch ein kleiner Stapel Papierservietten. Eine angebrochene Rotweinflasche. Eine Nähnadel mit rotem Faden. Setz dich, sagt Claire zu ihm, wie sie zu ihrer Hündin: Leg dich hin! sagt. Sie will alles unter Kontrolle haben, er würde es gern sagen, aber lässt es sein. Sie zieht einen Hocker unterm Tisch hervor, gelbes Metall, irgendwie lässig und lustig, aber warum macht sie nicht den zweiten Stuhl am Tisch frei, auf dem sie anscheinend nie sitzt, auf dem könnte man sich wenigstens anlehnen. Er setzt sich auf den gelben

Hocker, betrachtet das helle Blau ihrer Hemdbluse, sieht, dass ihre Jeans am rechten Schenkel ein kleines Loch hat, schaut zu ihr auf, und jetzt schaut sie mal nicht grimmig, sie schaut nicht einmal weg, hält den Blick für einen Moment, dann muss er ihn senken, als ob in ihren Augen etwas liegt, was ihn hineinzieht, ganz tief hinein in ein Weiß, in eine Wolke, er stellt die Füße flach auf den Boden. Ich gebe erst Nora etwas zu essen, sagt Claire. Aber dann wendet sie sich noch einmal um und stellt ihm die Schüssel mit den Kirschen auf den Tisch. Für einen Augenblick begegnen sich ihre Blicke, sie dreht sich unvermittelt weg, bückt sich, er sieht das braune *Levi's*-Schild, er sieht das weiche *V* auf den Taschen, sieht ihren Po, er sieht die *Interieur*-Zeitschrift, darauf ein gelber Vorhang, nicht zugezogen, ein Tisch davor, ein Post-it klebt darauf, er liest: *1,40 x 70*. Er sagt: Du lässt dir einen Tisch bauen. Er greift in die Kirschen-Schüssel, nimmt ein paar. Manchmal mische ich ihr Leber unter das Futter, sagt Claire. Nur damit du Bescheid weißt, Nora isst Fleisch. Sie lacht, dreht sich dabei zu ihm um, das lange Messer in der Hand. Auf ihrer Nase Sommersprossen. Ganz viele. Als er ein Junge war, noch klein, malte er sich manchmal welche auf, das fällt ihm jetzt wieder ein. Auf den größeren Post-it ist ein Schreibtisch gezeichnet. Mein Vater, sagt er, hat sich auch einen Schreibtisch machen lassen, aber größer.

Als sie zu mir kam, hatte ich nur Haferflocken da, sagt Claire, hat sie aber trotzdem gegessen.

Bleibt der dann aus Holz, oder wird er angestrichen, fragt er.

Er scannt ihr Gelände, wie ein Tier, das sich orientieren will, denkt sie und stellt die Schüssel für Nora auf den Fußboden.

Aus Porzellan, fragt Janis zur Schüssel hindeutend.

Aus Ton, sagt sie.

Du hast Zeug für eine ganze Familie, sagt Janis, dabei wohnst du hier doch allein.

Sie antwortet nicht. Mit einer Handvoll Kirschkerne läuft Janis hinter ihr in der Küche herum. Wo ist der Kompost? Sie deutet zur Spüle; lieber wäre ihr, er würde sich wieder setzen.

Er wirft die Kerne in die Schüssel, in der schon Gemüsereste liegen. Daneben steht ein Drahtkorb voller Nudelpackungen. Penne mag ich am liebsten, sagt er. Er sieht, dass sie nickt. Öhrchennudeln auch, das sind die Lieblingsnudeln meiner Schwester, wahrscheinlich nur, weil die so heißen.

Janis läuft noch immer durch die Küche. Ich habe keine Orecchiette, und Tomaten sind noch nicht reif, sagt sie und dreht sich zu ihm um.

Egal, ich esse alles, er lacht.

Aber ich könnte Fenchel aufschneiden, ich habe auch Pinienkerne da, sagt sie.

Und Parmesan?

Sie hört einen gewissen Vorbehalt in seiner Stimme. Ja, selbst gekauft, sagt sie.

Kurz blickt Claire ihm in die Augen, er spürt, wie es irgendwo in ihm drinnen zuckt oder knistert, so was; da schaut sie aber schon wieder weg. Parmesan liebe ich, ich könnte ihn in Stücken essen, sagt er. Er stellt sich neben sie.

Am liebsten würde sie nun sagen: Setz dich bitte wieder hin. Sie fühlt sich gehemmt, wenn er sich in der

Küche bewegt. Aber der Junge macht keine Anstalten, sich zu setzen, sondern geht hinüber zu den Gewürzen, die sie eigentlich schon lange in andere Gläser füllen will.

Er liest vor: *Kreuzkümmel,* und sagt: kenne ich. *Anis*, war in meinem Kindertee, und was ist *Berberitzen*?

Selbst gesammelte Heckenbeeren, sagt Claire, bei meiner Mutter im Garten.

Nie gehört, sagt er.

Kann ich dich kurz allein lassen, mit Nora? Dann hole ich einen Fenchel aus dem Garten.

Janis dreht sich um sich selbst. Hält dann vor dem zweiten und wirklich sehr kleinen blauen Tisch in der Küche inne, auf dem eine Tube Salbe liegt – die benutzt sein Vater auch immer bei Rückenschmerzen – und auf dem auf einer Zeitung Kräuter trocknen und in einer grünen Schale Nüsse liegen und in einer Vase noch einmal Blumen stehen, nur andere. Er riecht an dem Kraut, das kennt er, Minze. Er streicht über das pinkfarbene kleine Buch, das auf dem Tisch liegt, es ist mit Stoff bezogen. Wenn er Ansgar erzählen würde, wie es hier ist: so zwischen Museum und Antiquitätenladen und Ramschgeschäft mit Naturdeko. Er geht hinüber zum Tisch, streicht mit der Hand dem viel zu orangefarbenen Löwen über den Rücken, hebt ihn hoch, da ist ein Geheimfach im Bauch, er muss lachen, eine Löwin denkt er. Er stellt sie wieder hin, obwohl er gern sehen würde, was auf dem Zettel steht, den die Löwin beschwert, aber er lässt es sein. Er dreht sich im Kreis, wo eigentlich ist ein Kochtopf? Kann er die Schränke einfach öffnen? Er setzt sich an den Tisch, holt das Telefon aus der Tasche, setzt sich so, dass man im Hintergrund viel Buntes sehen kann von der Küche, und drückt ab. Neben ihm der Tisch mit dem ganzen Kram und der Löwin und der halb leeren Kirschenschüssel. Bunt wie im Secondhandladen. *Wo bin ich?*, schreibt er zu seinem Küchen-Selfie. Und ab. Ansgar wird keine Ahnung haben. Er muss lachen. Bei deiner Tante, wird er schreiben oder so was. Als er sich das vorstellt, fühlt er sich plötzlich wie ein Verräter. Ansgar ist online. Janis löscht das Foto sofort wieder. Am besten, er schaltet das Telefon in den Flugmodus.

Die Sonne liegt wie eine Kugel auf dem Hügel gegenüber. Claire ist versucht, Janis zu rufen, aber sie lässt es sein. Langsam senkt sich der Feuerball hinter die Kuppe, leuchtet dabei noch mehr, färbt alles um sich herum in ein schimmerndes Orange. Eine Amsel scharrt unter dem Pfirsichbaum an der Hauswand, sie hört die Hornissen in der Westwand summen, das Holz der Hauswand knackst leise unter der gespeicherten Wärme, auf den lila Blüten des Basilikums summen Hummeln, unten an der Straße fährt ein Traktor wahrscheinlich nach Hause, der rote Kater streicht am oberen Waldrand entlang, die Krähenkolonie ist im Augenblick nicht zu hören, am Himmel keine einzige Wolke, und wäre im Haus nicht Janis, sie säße jetzt an die Holzwand gelehnt, um die Dämmerung abzuwarten, die in den nächsten Minuten hereinbrechen wird, wenn die kleine orangefarbene Haube der Sonne hinter dem Hügel verschwunden ist. Lange hat sie gedacht, man muss diese Momente, in denen sich die Natur von ihrer spektakulären oder schönsten Seite zeigt, mit Menschen teilen, und immer wieder die Enttäuschung darüber gespürt, dass damit jeder Zauber verloren geht.

Immer versucht jemand, Sinnhaftes im Schönen zu finden, dabei ist die Schönheit selbst doch schon das Sinnhafte.

Auch wenn sonst alles anders ist, liegt Nora, als sie in die Küche zurückkommt, wie immer auf ihrem Schaffell unter dem Tisch. Ich habe Nudelwasser aufgesetzt, sagt Janis. Wer ist je hier in ihrem Haus gewesen? Ihre Mutter einmal, Achim fährt mit dem Pick-up manchmal bis vor die Tür, aber er bleibt darin sitzen und kurbelt die Scheibe herunter; so reden sie dann miteinander. Im Haus war er noch nie. Das Haus ist nur sie selbst. Und jetzt lässt sie zu, dass dieser Junge in ihrer Küche steht, und es stört sie nicht einmal. Da ist ein Mensch, der sie nicht stört. Es gibt so einen Menschen. Sie betrachtet Janis, wie er durch den Glasdeckel in den Wassertopf schaut, den er auf den Herd gestellt hat, er ist kein Mann, aber auch kein Kind mehr. Er ist sechzehn, wie du einmal sechzehn warst, immer wieder denkt sie diesen Satz. Ja, er ist sechzehn. Machte sie gerade etwas falsch? Was sagen deine Eltern, wenn sie erfahren, dass du den Abend mit einer Frau verbringst, die so alt ist wie sie, oder wie alt sind deine Eltern?

Älter, sagt er und schaut auf, älter als du, fügt er hinzu.

Du weißt ja gar nicht, wie alt ich bin.

Nee, aber ungefähr. Schätze ich.

Und?

So vierzig.

Ja. Und wie alt sind deine Eltern?

Bisschen über fünfzig.

Und was würden sie sagen?

Janis zieht die Schultern hoch, seine Schlüsselbeine treten unter den sich hebenden Ärmeln des T-Shirts hervor, seine Schultern, die sich knöcheln unter dem Shirt, und als er sie senkt, runden sie sich wieder. Seine ebenmäßigen Arme. Sie betrachtet sein Gesicht, sein vollkommen offenes Gesicht. Als sie sieht, er wird rot, wendet sie sich ab.

Ich werde es ihnen nicht erzählen, sagt er. Aus Prinzip.

Aus was für einem Prinzip?

Man muss seine Geheimnisse haben, sagt er, haben sie ja auch.

Der Junge setzt sich an den Tisch, schlaksig irgendwie streckt er die Beine von sich. Haben die ja auch. Sie wendet sich ab, wäscht den Fenchel und trocknet sich die Hände. Sie weiß dazu nichts zu sagen. Er hat ja recht. Sie hat es genauso gemacht. Und in diesem Fall ist sie froh. Es wäre ihr unangenehm, nein, es wäre ihr unrecht, nein, es wäre nicht gut, wenn die Eltern auf falsche Gedanken kämen. Sie würden das wahrscheinlich auch nicht so gut finden, dass du in meiner Küche sitzt, sagt sie. Sie wendet sich kurz zu ihm um, sie spürt, wie ihr Gesicht warm wird, und während sie sich schon wieder wegdreht, sieht sie, dass Janis zusammenzuckt.

Er will nichts mehr dazu sagen, er will jetzt auch nicht an seine Eltern denken. Er ist jetzt hier. Er sitzt in Claires Küche. Er betrachtet sie, wie sie hantiert, ihre Schritte, klein und präzise, er mag, wie sie Dinge anfasst, so, als seien sie etwas wert. Er sieht, wie sie wieder dieses große Messer in die Hand nimmt, anscheinend ist das ihr einziges, jedenfalls sieht er kein anderes. Er steht auf, will schauen, was sie tut, stellt sich an ihre linke

Seite, damit das Messer nicht zwischen ihnen liegt, Feng-Shui, damit kennt sich Ansgar aus. Sie sagt nichts, obwohl er ihr ganz nah ist, auch wenn er sie nicht berührt, er ist ihr nah. Sie schneidet Fenchel in feine Scheiben, längs, was doch viel komplizierter ist als quer und in Stücke. Er schaut auf ihre Finger, sie sind knochiger als die seiner Mutter, überhaupt sieht Claire kein bisschen aus wie seine Mutter. Sie sieht auch nicht so alt aus. Ist sie ja auch nicht. Warum schneidest du den Fenchel nicht in Stücke?

Weil sich so sein Aroma besser entfaltet. Sie greift ein paar dünne Spalten Fenchel und hält sie ihm hin.

Er hebt die Hand, aber dann entscheidet er sich anders.

Claire zuckt, als sie seinen Mund an ihren Fingern spürt, aber sie lässt den Fenchel nicht fallen.

Er nimmt ihn mit den Lippen auf, sie zieht die Hand nicht weg, nichts passiert, nur sein Herz pocht so, als ob er sich gerade getraut hätte, an einen Klippenrand zu treten, um aus großer Höhe ins Meer zu springen. Und nun steht er da, vor sich diese weite Fläche Wasser, unter sich, wenn er hinabschaut, die dunkelblaue Tiefe. Er richtet sich auf, und bevor er springen kann, wendet Claire sich ab, nimmt das Messer in die Hand, legt es wieder beiseite, wendet sich um, nimmt eine Pfanne vom Haken, lässt Öl hineinlaufen, der Gasherd klickert dreimal, und sie zündet das Gas mit einem Streichholz an. Er hätte sie küssen können, so nah war er. Sie wendet sich ihm zu, er sieht, sie will etwas sagen, ihr Blick ist nicht zu entschlüsseln, dann wendet sie sich wieder ab, gibt den Fenchel in die Pfanne, verteilt ihn mit dem Kochlöffel. Er bleibt an ihrer Seite, kaut, der Fenchel schmeckt gut, er sieht, wie sie ihn im Öl verteilt, wie das Öl anfängt zu brutzeln und der Fenchel auch.

An den Fingerkuppen spürt sie Janis' Lippen, als wären sie noch da. Sie macht die Hand zur Faust, reibt die Fingerspitzen über die Handfläche. Sie geht um den Jungen herum, nimmt ein Glas vom Regal, schenkt sich vom restlichen Rotwein ein und trinkt. Einen Schluck, dann noch einen. Darf man in seinem Alter Wein trinken, überlegt sie kurz, dann fragt sie: Trinkst du Wein? Sie sieht, dass er sie beobachtet.

Nein, sagt er. Er sieht, sie nickt.

Janis steht immer noch am Herd, er rührt den Fenchel, aber nicht richtig. Sie nimmt ihm den Kochlöffel aus der Hand, versucht, das zu tun, ohne ihn zu berühren, es misslingt natürlich, ihre Hand berührt seine, hält sie sogar für einen Augenblick fest: Lass los, sagt sie zu ihm.

Hey, sagt er, was soll das? Er lacht.

Ich kann es nicht leiden, wenn ich nicht allein kochen kann. Außerdem, du musst es richtig machen, sagt sie, so.

Claire rührt den Fenchel nicht um wie Nudeln, sondern wendet ihn eher wie Pfannkuchen, aber was bringt das? Aha, sagt er.

Sie hört, er will sie ein bisschen provozieren, oder wieso tut er das? Flirtet er? Kannst du dich nicht einfach mal hinsetzen, fragt sie.

Als wollte sie ihn auf gar keinen Fall berühren, geht Claire diesmal in einem großen Bogen um ihn herum. Er sieht, wie sie ein kleines Schälchen vom Regal nimmt. Salz, sagt sie. Jetzt setz dich endlich! Er ist ihr zu nah gekommen, er weiß es, aber es hatte ihn überkommen, als sie ihm den Fenchel hinhielt wie einem Hund; er wollte sie berühren, damit sich die Stimmung verändert, damit er ihr näher kommt, obwohl er ihr ja schon näher ist; aber noch näher. Der Einfall war vielleicht auch schneller als er. So viel hat er gar nicht überlegt. Aber jetzt. Er weiß, was er tut. Sie ist immer noch eine andere Claire als die im Camp. Er nimmt die Zeitschrift vom Tisch, schiebt die Marmeladengläser und die Vase beiseite, auch die restlichen Kirschen. Jetzt ist genug Platz für zwei Teller, sagt er. Sie wendet sich dem Regal zu, ohne ihn anzuschauen. Nimm dir die Teller, sagt sie. Er greift zwei Suppenteller aus dem Regal, weiße mit goldenem Rand, die schön altmodisch ausschauen. Suppenteller, sagt Claire; es klingt irritiert. Pastateller, sagt er und stellt sie auf den Tisch.

Dann essen sie die Pasta eben aus den Suppentellern. Sie reguliert das Gas herunter. Der Wein entspannt sie nach den ersten Schlucken, sie kennt das, sie liebt es und hasst zugleich, wie sehr sie dieses Gefühl liebt. Sie nimmt noch einen Schluck.

Sein Handy leuchtet auf. Er bemerkt, dass Claire sieht, wie er draufschaut. Hat er es nicht in den Flugmodus geschaltet, jedenfalls wollte er das. Klar hat Ansgar reagiert.

Ansgar, sagt er.

Weiß er, dass du hier bist?

Claire wirkt erschrocken. Ich hab ihm nichts gesagt, sagt er, kurz wird ihm mulmig, weil er an das Küchenfoto denkt. Hat Ansgar es doch gesehen? *Warum hast du es gelöscht?*, steht da. Es kann doch nicht sein, dass er das Foto gesehen hat; Janis hat es nach kaum einer halben Minute entfernt. Aber eine halbe Minute ist eine halbe

Minute. Klar. Er passt auf, dass er es wirklich auf Flugmodus stellt, und steckt das Telefon in die Hosentasche. Er kann jetzt nicht antworten.

Was weiß er, fragt Claire. Sie schüttet Penne ins heiße Wasser.

Was soll er wissen?

Janis klingt abweisend. Nimm die Zeitungen vom Stuhl, dann kannst du dich hinsetzen, sagt sie. Sie dreht sich zu ihm um, während sie das Nudelwasser umrührt. Er bewegt sich schnell in ihrer Küche, als kenne er sich hier aus, bückt sich zu den Zeitungen, legt sie neben den blauen Tisch, unter dem noch immer Nora liegt, genau dorthin, wo auch sie die Zeitungen hingelegt hätte. So, als wisse er Bescheid, oder so, als habe er genau den gleichen Kompass wie sie. Er macht alles irgendwie richtig. Das mit dem Rühren war auch in Ordnung, aber sie kann es nicht leiden, wenn jemand beim Kochen mitmischt. Weiß Ansgar, dass du hier bist, fragt sie. Janis zuckt mit den Schultern, sie trinkt noch einen Schluck und einen weiteren.

Er spürt, dass ihr Blick auf ihm verharrt, in der Hosentasche hält er das Telefon umklammert, als könnte sie es ihm entreißen. Er hat Claire verraten, er weiß das.

Sagst du es ihm?

Janis gibt keine Antwort, er weiß es ja selbst nicht.

Kannst du mal antworten, sagt Claire, und es ist nicht als Frage gemeint. Sie will wissen, was Ansgar darüber weiß.

Darf ich es ihm nicht sagen, fragt Janis, oder hängt es davon ab?

Wovon soll es abhängen?

Wieder zuckt Janis mit den Schultern. Ich bin freiwillig hier, sagt er.

Tatsächlich wäre es ihr unangenehm, wenn jemand erfährt, dass der Junge bei ihr ist. Es ist ja genug, was bereits passiert. Es ist genug, dass er hier in ihrem Haus ist, dass sie ihn reingelassen hat, dass sie ihn mit der Hand füttert. Sie nimmt noch einen Schluck Wein, so groß, dass das Glas leer ist. Janis schaut sie nicht an, mit den Fingern fährt er auf den Punkten über die Tischdecke, als bewege er sich auf Straßen, die Haare fallen ihm ins Gesicht. Als er merkt, dass sie ihn beobachtet, schaut er sie mit einem wahrscheinlich unfreiwillig zuckenden Mundwinkel herausfordernd an, streicht dabei die Haare über die Stirn und hinters Ohr. Jetzt kommt er ihr viel erwachsener vor als das Mädchen, das vor ein paar Wochen im Camp auftauchte und das es nie gab, obwohl es sich in Janis verbarg, in seinen Gesten, seiner Haltung, seiner schmalen Statur, seiner Art, sich zurückzunehmen. Wie er geht; seinem Frida-Gang, diesem Tänzeln, das als Unsicherheit oder Koketterie ausgelegt werden konnte, aber nichts davon war, nicht bei Frida und nicht bei Janis. Wie sehr sie sich Frida herwünschen kann, die schon lange nicht mehr Teil ihres Lebens ist; von der Claire nichts weiß, außer dass sie für Zeitungen schreibt. Einmal hatten sie sich sogar gesehen, und Claire war euphorisch nach Hause gegangen nach diesem Treffen, in der Hoffnung, sie könnten wieder anknüpfen an damals. Nun versuchte sie, ihre Artikel nicht mehr zu lesen, versuchte, sich selbst davon abzuhalten, Geld zu bezahlen, um hinter Bezahlschranken zu kommen, hinter denen sich Fridas Texte verbargen, in denen sie nicht vorkam und auch nicht ihr gemeinsames Leben; das gar kein gemeinsames Leben gewesen war, nur eine Zeit, eine gute Zeit mit Anfang zwanzig. Für Claire. Frida, das bin ich, wie ich gern wäre, dachte sie damals und noch einmal, als sie ihr wiederbegegnete vor ein paar Jahren. Frida, die fragte: Warum sind wir eigentlich auseinandergeraten? Und Claire erzählte ihr die Geschichte mit Matz, dem Jungen mit den dicken schönen Lippen und der rauchigen Stimme, in den sie sich ein bisschen verguckt hatte und den sie traf und küsste vielleicht nur, weil Frida in ihn verliebt gewesen war, bevor sie wegzog, oder weil sie sich an Frida rächen wollte dafür, dass sie ihr gemeinsames Studium und die Stadt verlassen hatte; und damit sie, Claire. Frida hatte den Kontakt abgebrochen, als Claire ihr den Kuss gestanden hatte.

Wir tun doch gar nichts, sagt er. Nichts Falsches. Ich sitze mit dir am Küchentisch, und wir kochen Nudeln. Und du bist nicht meine Lehrerin. Ich bin zu alt für dich. Claire sagt es hastig, und sie dreht sich sogar zu ihm um. Für was, fragt er, ist doch alles in deinem Kopf, sagt er, ohne dass er selbst weiß, woher er plötzlich diesen Mut nimmt. Er muss grinsen über sich; dass er sich das traut.

Sie entweicht seinem Blick, fixiert seinen Scheitel, eine Linie, die eher diagonal über seinen Schädel läuft, wandert über ihn hinweg zur Tür, zur Terrassentür und wieder zurück. Sie betrachtet den Jungen, der seinen Fingern zuschaut, die wieder Straßen auf die gepunktete Decke zeichnen. Das geht nicht, sagt sie, dass du dich in mich verliebst. Und weil sie selbst erschrocken ist über diesen Satz, wendet sie sich um, nimmt eine Gabel, versucht, eine Nudel aus dem Wasser zu fischen, was nicht gelingt, aber sie probiert es so lange, bis es klappt. Sie sind fertig, sagt sie.

Janis will etwas erwidern, aber wieder ist es ihr gelungen, ihn zu überrumpeln. VERLIEBT: Das Wort blinkt in seinem Kopf auf, sodass er es immer wieder lesen muss. Was soll er dazu sagen? Als er aus dem Camp zurückgekommen war und nachdem er zuerst nichts hatte erzählen wollen, erzählte er doch. Er erzählte seiner Mutter von Johann, weil sie sich für Johann mehr interessierte als für die anderen, weil Johann ein bisschen wie Fine war, und er erzählte von Achim, und er erzählte von den Rehen und der Komposttoilette, davon, wie es ist, einen halben Tag lang nur zu schweigen, wie es ist, im Wald zu übernachten, dass eine Magerwiese nicht mager ist und was man darin zu essen finden kann, Kräuter nämlich, und dass er nun kein Fleisch mehr essen wolle. Und er erzählte von Basti, Luca und Anton, und ganz am Ende erwähnte er vorsichtig Claire, weil sie die drei Spacken im Griff hatte und alle sie ziemlich gut fanden und nachahmten und so weiter. Da sagte seine Mutter, du bist ja ganz verliebt in sie, und sie lachte. Und er war wahrscheinlich noch röter geworden als vorhin, und sie hatte ihn auf die Haare geküsst, die immer noch nach Lagerfeuer rochen, er hatte sie nicht gewaschen, weil er sonst aufgehört hätte, nach Camp und nach diesen Tagen im Wald zu riechen. Er hat das nicht hören wollen. Nicht von seiner Mutter. Und von Claire will er es auch nicht hören: Kann sein, er ist es. Und sie? Das kann er nicht fragen. Ich bin jetzt viel am Fluss, sagt er, um das Schweigen zu brechen, das die ganze Küche aufbläst wie einen Ballon, der gleich platzt. Claire dreht sich nicht zu ihm um, er sieht ihren

Rücken, ihr Ellbogen bewegt sich gleichmäßig, sie rührt in der Pfanne. Warum rührt sie eigentlich noch? Sie hat doch die Nudeln schon abgeschüttet. Er kann hoch auf zehn zählen, bis sie endlich etwas sagt.

Und was machst du am Fluss, fragt sie.

Schauen. Und reinspringen, ich schwimme gut.

Sie rührt nicht mehr im Topf, aber sie dreht sich auch nicht zu ihm um. Er sieht, wie sie zum Weinglas greift, sie trinkt, stellt es wieder ab. Seine Mutter trinkt auch Wein beim Kochen, es entspanne, sagt sie.

Ich sehe anders jetzt, nach dem Camp, sagt er.

Wie anders?

Claire nimmt die kleine Pfanne, irgendetwas hat er verpasst, da kullern Kerne drin herum. Genauer, sagt er, ich sehe genauer, mehr Farben und Formen. Mehr Natur. Ich spüre sie mehr. Er würde es gern beschreiben, aber es fällt ihm schwer. Er sieht Claire nicken.

Sie könnte jetzt sagen: Super, dann haben wir unser Ziel erreicht, sie könnte sich freuen. Aber sie ist in einem Raum mit diesem Jungen, dem sie immer mehr durchgehen lässt, der ihr für Augenblicke zu nah rückt, aber sie kann sich auch nicht vorstellen, wie es wäre, wenn er es nicht täte, und dessen Berührung sie durcheinanderbringt; aber bewegt. Dessen Stimme sie beruhigt, aber nicht nur, sie mag ihm gern zuhören, hören, wie er *sehr* sagt, wie er *seitdem* sagt, wie er *reinspringen* sagt, wie sein S leise zischelt; sie mag, wie er spricht, wie seine Stimme klingt, weil sie schon immer Menschen mochte, die so eine ruhige tiefe Stimme haben. Sie möchte es ihm sagen: Weißt du das eigentlich? Die Nudeln sind so weit, sagt sie stattdessen. Obwohl das doch klar ist, sie stehen abgetropft auf der Spüle. Janis' Blick sitzt ihr im

Nacken, wandert über ihren Rücken hinab, oder wünscht sie das nur? Sie muss aufhören zu trinken. Am Herd gibt sie die Pasta zum Fenchel, die gerösteten Pinienkerne dazu und zwei Stückchen Butter. Sie legt die Reibe auf den Tisch und den Parmesan auf einen Teller. Sie handelt. Sie hat das Wort noch nie so betrachtet. Dann schöpft sie die Pasta in die Suppenteller, Janis mehr davon als sich selbst. Eigentlich hat sie gar keinen Hunger, oder vielleicht doch, nur drückt ihr der Magen gegen das Zwerchfell. Guten Appetit, sagt sie. Sie nimmt noch einen Schluck Wein. Im Camp trinkt sie nie etwas, aber wenn sie am Abend nach Hause kommt, ist das ein Ritual, mit einem Glas Rotwein sitzt sie auf der Terrasse, Nora neben sich, hört dem Wald zu, wartet auf die Schreie des Waldkauzes und im Sommer die der Feldhasen, der Siebenschläfer und des Igels. Im Winter in eine Decke gehüllt, um wenigstens zwei Minuten draußen zu atmen, oder während der Paarungszeit den Schrei eines Fuchsrüden zu hören, der mit einem anderen Rüden um eine Füchsin konkurriert, oder um einfach nur ein bisschen zu frieren, aber dabei zu merken, wie sich dieses sehr gute Gefühl einstellt, für nichts mehr verantwortlich zu sein außer für sich selbst und die Hündin. Janis schaut kurz auf, dann auf den Teller. Danke, sagt er, und er kommt ihr dabei schüchtern vor. Er nimmt den Parmesan und die Reibe, sie folgt seiner Hand, den Bewegungen seiner Finger über die Reibe. Sein Blick streift den ihren, als er Gerät und Käse zurücklegt, es ist eher ein Streicheln. Dann nimmt er die Gabel und isst. Sie gießt sich das Glas noch einmal halb voll. Janis spricht nicht beim Essen. Sie verfolgt seine Bewegungen, die der Gabel in seiner Hand, und auch wenn sie nicht hinschaut, spürt sie die Arbeit eines zweiten Körpers, und wenn sie aufblickt, sieht sie, wie aufrecht der Junge beim Essen sitzt, das weiß sie eigentlich schon, aber sie sieht es wieder und wie neu, und dass er sich die grüne Papierserviette auf den Schoß gelegt hat, das hat sie beobachtet. Sie hat beobachtet, wie er seinen gefüllten Teller betrachtete, bevor er anfing zu essen, mit so etwas wie Genugtuung oder Vorfreude, sie kann es nicht deuten, sie hat beobachtet, dass er zuerst nur eine Nudel aufspießte und in den Mund steckte, kaute, dann ein Stückchen Fenchel kostete, dann einen Pinienkern. Erst dann begann er, alles zusammen zu essen. Sie kann an ihm vorbeischauen, hinüber zur Terrassentür, was gut ist. Es hilft. Dort ist ein Ausgang, dort gibt es eine Möglichkeit, zu fliehen, wenngleich nicht vor sich selbst. Schmeckt sehr, hört sie Janis sagen und sieht, wie er sie anlächelt, ich habe so einen Hunger, sagt er und isst weiter. Draußen dämmert es inzwischen stark, die Bäume drüben überm Bach stehen dem dunkelnden Himmel noch dunkler entgegen. Kein Bus wird mehr fahren, und sie wird auch nicht mehr fahren können, wenn sie jetzt auf fast leeren Magen Rotwein trinkt, aber sie nimmt trotzdem noch einen Schluck. Obwohl sie diese Pasta mag, kann sie fast nichts essen, ihr Magen tut, als sei er klein, winzig sogar. Er drückt gegen das Zwerchfell oder das Zwerchfell gegen den Magen, das weiß sie nicht so genau, sie trinkt noch einen Schluck. Das Essen, jeder Bissen, das Kauen, die Bewegung der Zunge, das Zerkleinern der Nudeln mit den Zähnen, die Anschmiegsamkeit des Fenchels ist körperlich, und alles löst sofort Bilder aus. Als ob der Mund ein Organ ist, das sich unmittelbar mit der Fantasie verbindet. Sie verweigert das, aber immer wieder versucht sie, Janis' Körper unter dem T-Shirt zu sehen, versucht ihr Geist, ihm das blaue Shirt über den Kopf zu ziehen, und je mehr sie das verweigert, umso mehr drängt sich diese Fantasie in den Vordergrund. Die Bilder werden stärker als Bilder im Traum. Sie schiebt sie beiseite, aber sofort rollen andere nach. Szenen, Momente, die sie unmöglich denken darf, eine Hand in ihrem Gesicht, eine Zunge in ihrem Mund, eine Hand an ihrer Hose, die sie gleichzeitig begehrt und verabscheut, ein drängendes Bein in ihrem Schritt, dem sie nachgeben möchte und es nicht tut. Und immer das Gefühl von Schuld. Warum hat sie ihn bis an ihren Esstisch gelassen? Sie darf nichts mehr trinken. Sie steht auf, nimmt die Flasche und kippt den Rest in den Ausguss.

Ist er nicht mehr gut, fragt Janis.

Sie schüttelt den Kopf.

Er hatte eigentlich mit Ansgar allein die Nachtwache halten wollen, nur gab es Ansgar nicht mehr allein. Er war jetzt mit Elif zu zweit. Aber besser Ansgar mit Elif als gar kein Ansgar. Alle schliefen bereits, allein im Haus der Betreuer war noch Licht. Claire schlief nicht. Elif und Ansgar saßen nah beieinander am Feuer, manchmal hielten sie sich für einen Augenblick an den Händen. Sie sprachen alle drei nicht, weil sie in den Wald hineinlauschten, seit einer halben Stunde rief nicht weit entfernt von ihnen immer wieder ein Kauz. Sein Schrei klang wie aus einer tiefen Höhle, wie aus einer anderen Welt in ihre hinein, bedrohlich, fand Janis, wegen der Dunkelheit, bedrohlich auch, weil er so nah war, bedrohlich, weil er sich vorstellte, dass so ein Todesruf klingen musste: Ich komme, um dich zu holen! Immer wieder wurde es still, man hörte es im Unterholz knacken, hier und da, und manchmal stärker hinter ihnen, so, als ob dort jemand herumging, und je mehr Geräusche es im Wald gab, desto weniger sprachen sie. Als der Kauz wieder zu rufen begann, sagte Elif: Das ist wunderschön! Und obwohl er es nicht genau sehen konnte, glaubte Janis, Ansgar lächelte. Und Janis sagte, dass er das gar nicht fand, schön schrecklich eher. Und Ansgar so: Was ist daran schrecklich? Da sagte Claire plötzlich aus der Dunkelheit heraus, was man zu sagen hat, wenn man sich im Camp nachts jemandem näherte: Ich bin es nur, Claire. Und wie dieser Satz ihn traf in diesem Moment, wie er dachte, dass er das, nein, dass er sie ab morgen nicht mehr hören würde, nicht mehr in der Nacht und auch nicht am Tag. Er biss so fest auf die Zähne, dass es wehtat, er legte die Hände zwischen die Knie und drückte zu, bis es schmerzte. Das half immer. Er lauschte der Stille, und vor allem wartete er darauf, ob Claire etwas sagte, aber sie sagte nichts. Sie setzte sich einfach mit dazu. Er hörte sie nicht einmal atmen, dafür war sie zu weit weg. Aber wenn er den Kopf drehte, sah er sie, eine Frau am Feuer, wie aus so einer Abenteuerzeitschrift. Ihr Gesicht im warmen Licht, orange und weich und mit glänzenden Wimpern. Und er wusste, wie ihre Haut im Gesicht sich anfühlte, das war das Schönste, aber auch das Schlimmste, er wollte noch einmal seine Hand auf ihre Wange legen oder, noch lieber, sein Gesicht an ihres. Aber wie sollte das gehen, am nächsten Tag nach dem Frühstück fuhren sie nach Hause, und beim Abschied wären alle dabei. Genau eine Stunde blieb ihm. Aber da waren noch Ansgar und Elif, und wenn sie nicht bald schlafen gingen, war Mitternacht und Ruhe im Camp. Daran muss er nun denken, wo er Claire sieht, die den Wein wegkippt und in ihrem Essen herumstochert, als hätte sie etwas Schlechtes gekocht, dabei schmeckt es hervorragend. Kann ich mir noch was nehmen, fragt er. Klar, sagt Claire, aber sie lächelt nicht. Immer wieder ist sie anderswo, sitzt ihm gegenüber, aber ist nicht da, sie bewegt sich kaum. Er schöpft sich den Teller voll und setzt sich wieder hin.

Sie würde ihm gern eine Frage stellen, aber das geht nicht; und was hätte sie von der Antwort? Obwohl sie selbst sich so früh für andere Körper interessiert hatte, obwohl sie sich schnell zu Menschen hingezogen fühlte, die sie mochten, die sie ernst nahmen, die sich für sie interessierten oder die einfach schön waren, hatte sie große Angst gehabt, mit jemandem zu schlafen. Hatte Janis schon einmal …? Sie fragt es nicht. Es dauerte, bis sie dreiundzwanzig war. Und obwohl es groß war, mit diesem Mann zu tanzen, wild und ausgelassen und stundenlang, mit diesem Mann, in den sie damals verliebt und mit dem alles bedeutender war als das, was sie zu dieser Zeit mit anderen Menschen erlebte, war es, als sie miteinander schliefen, nicht schön. Weil ihr Körper dabei kein bisschen Lust mehr empfand, weil ihr Körper sich, anders als beim Tanzen, spröde machte, vielleicht aus Angst. Sie war verliebt in ihn gewesen, weil sich mit ihm eine andere Welt auftat, so wie sich für Janis mit ihr jetzt bestimmt auch eine andere Welt auftat, weil dieser Mann ihr etwas gezeigt hatte, was sie bis dahin nicht gekannt hatte: Museen, Kirchen, Altäre, Künstler und Künstlerinnen und ihre Bücher, Musik, und dass man auch mitten am Tag auf der Wiese liegen und mitten im

Liegen Wein trinken konnte. Obwohl er nicht ihr Lehrer war und erst Anfang dreißig, war er doch so etwas für sie. Als sie ihm sagte, dass sie ihn nicht mehr sehen wolle, hatte sie nicht geahnt, dass er das als Verlust erleben würde. Er schrieb Briefe, und immer wieder stand er vor ihrer Tür, manchmal mitten in ihrem WG-Zimmer. Sie hatte ihn unglücklicher gemacht als je einen Menschen. Fast zwei Jahrzehnte lang hatten sie nichts voneinander gehört. Vor zwei Jahren dann hatte er ihr eine Nachricht geschrieben, dass er sich freuen würde über einen Spaziergang mit ihr; sie hatte nicht geantwortet oder nicht schnell genug. Zwei Wochen später las sie, er sei an einem Herzinfarkt gestorben. So jung. Als ob er gewusst hatte, dass er sterben wird, dachte sie. Und erst da tat etwas sehr weh. Sie schaut von ihrem Teller auf, und obwohl es fast dunkel geworden ist und nur die kleine Lampe auf dem blauen Tisch brennt, sieht sie Janis' Augen, die direkt in ihre schauen. Sein Augenweiß so glänzend wie Porzellan, seine Pupillen dunkel. Sie muss blinzeln. Und jetzt fragt sie ihn: Was willst du von mir? Ich bin doch viel zu alt für dich.

Hatte sie das nicht vorhin schon gesagt? Er schaut nicht weg, er will ihr standhalten. Bist du nicht, weil du nicht alt bist, sagt er.

Sie steht auf, geht zum Lichtschalter, um die Lampe über dem Tisch anzumachen, deren Schein ihr nun vorkommt wie die Beleuchtung einer Theaterbühne, die nur eine gepunktete Tischdecke ist. Und die Hündin ihre Zuschauerin, Zuhörerin. Die Küche ein Raum, groß genug für alles und zu klein, um sich darin zu verstecken. Als sie wieder sitzt, sagt sie: Ich bin sechsundzwanzig Jahre älter als du, und du bist minderjährig. Und wo sie es ausspricht, wird ihr klar, dass sie nun anfängt, mit ihm über eine Beziehung zu verhandeln. Seit sieben Wochen, seit dem ersten Moment, in dem sie Janis sah, tickte vielleicht schicksalhaft eine Uhr auf diesen Moment zu, in dem sie sich nun befinden. Sie hatte das nicht wahrhaben wollen. Vergiss es, sagt sie und meint damit ihre Frage, die irgendwie auch Unsinn ist, ist doch klar, was er will.

Er erschrickt fast, weil das Geräusch so nah bei ihnen ist, ein Rascheln direkt in der Wand neben ihm. Was ist das? Nur die Siebenschläfer, sagt Claire und lacht. Das Rascheln klingt, als nage sich jemand durch Holz, und manchmal durch einen Papierberg und so, als könne dabei ziemlich viel kaputtgehen, aber Claire sitzt vollkommen gelassen da. Er könnte jetzt fragen, ob das Haus nicht kaputtgeht dabei. Aber es ist vielleicht nicht wichtig. Ich wollte dich einfach sehen, sagt er, weil ich es nicht mehr ausgehalten habe. Ich wollte dich wiedersehen. Ganz einfach, weil … Claire nickt. Er schaut sie weiter an, sie kann den Blick nicht erwidern, oder vielleicht will sie auch nicht, sie senkt den Kopf. Er redet weiter: Ich habe nicht überlegt, was dann kommt. Wirklich nicht. Ich habe schon darüber nachgedacht, dass du älter bist. Aber ist doch egal. Du findest das wichtig. Ich nicht, sagt er. Er schaut auf die Punkte, die seinen Teller säumen, er könnte sie zählen. Aber er will nicht damit anfangen.

Claire hört, wie scharf er das *Du* betont. Absichtlich scharf. Weil ich Verantwortung habe, sagt sie.

Du behandelst mich wie ein Kind, ich bin aber kein Kind mehr. Ich weiß, was ich tue. Ich bin freiwillig hier. Damit er sich überhaupt wohlfühlen konnte, wenn er irgendwohin kam, wo er sich nicht auskannte, musste er, bis er zwölf Jahre alt war, alles zählen: Wie viele Tassen stehen im Regal, wie viele Teller, wie viele Bilder hängen an der Wand, wie viele Rillen hatte der Deckel des Metall-Mülleimers, wie viele solcher roten Punkte diese weiße Tischdecke. Wie viele weiße Flecken Noras dunkles Fell; zwei. Alles andere hat er nicht gezählt.

Das hast du schon einmal gesagt, sagt sie, aber es nützt nichts. Du bist minderjährig. Und ich bin Pädagogin, ich möchte das sein, ich habe das gewählt, es ist mein Beruf, und mein Beruf ist es auch, richtig zu handeln.

Warum sagt Claire das? Sie sitzen hier in ihrer Küche, und er ist nicht mehr hungrig, es ist gemütlich, und warum sprechen sie nicht einfach; und dann einfach mal schauen, was passiert. Warum nicht einfach passieren lassen, was passiert? Außerdem, was ist das für ein Argument. Aha, und wenn du keine Pädagogin wärst? Er sieht, dass sie damit nicht gerechnet hat, dass sie stutzt, sich zurücklehnt, sich wieder zum Tisch beugt, ihr leeres Weinglas in die Hand nimmt, es wieder hinstellt. In ihrem Gesicht ist ständig Bewegung, als ob sie immerzu mit sich selbst spricht oder nachdenkt, er weiß es nicht. Er mag es, und manchmal ist es aber auch komisch. Nicht lustig. Seltsam. Wie jetzt, wenn sie nichts sagt, aber er sieht, wie sie irgendwie nachdenkt.

Janis, sagt sie.

Er mag, wie sie seinen Namen sagt, ganz weich klingt das, und das s kaum zu hören. Ich bin eine erwachsene Frau, sagt Claire, und du bist sechzehn. Das ist nicht erwachsen, nach dem Gesetz, und ich will das ernst nehmen. Sie schaut ihn direkt an, sodass er wegsehen muss.

Sie will, dass er ihr das glaubt, das kann er spüren. Er betrachtet die Tischdecke, und es gelingt ihm, es zu tun, ohne zu zählen. Er kann die Punkte der Tischdecke betrachten, auch wenn zählen vielleicht helfen könnte. Das Zählen war wie von selbst verschwunden, er hatte es zuerst nicht einmal gemerkt, bis er beim Kinderarzt im Wartezimmer saß, da fiel ihm auf, dass er wusste, wie viele Fische im Aquarium geschwommen waren, beim letzten Mal. Da war er gerade dreizehn geworden. Schon damals war er kein Kind mehr gewesen, sicher nicht. Jetzt erst recht nicht. Warum kannst du nicht einfach tun, als ob ich ein Freund bin, der dich besucht, sagt er. Er denkt an Elif, die immer sagte: Mal schauen, vielleicht wird es ja Freundschaft plus zwischen uns. Er hat lange nicht den Unterschied verstanden zwischen mit und ohne plus. Erst als sie sagte, das mit Ansgar sei mehr als nur Freundschaft plus. Dabei gab es zwischen ihm und Elif überhaupt kein plus.

Du bist aber kein Freund, sagt Claire. Eiskalt klingt das.

Einen kurzen Moment scheint Janis wie erstarrt, sie weiß nicht einmal, ob er atmet. Es ist ganz still in der Küche. Und dann sieht sie, wie er seine Gabel in den leeren Teller legt und seine Serviette zusammenfaltet. Er steht auf. Fast anmutig hebt er sich aus den Knien, sein T-Shirt hat sich an einer Stelle in die große silberne Schnalle des Gürtels geklemmt, bis zu den Hüften steht er noch im Lichtkegel der Lampe. Sie versucht, seinen Blick zu finden, aber er lässt es nicht zu. Sein Gesicht ist nur schwach erleuchtet, aber jetzt versteht sie. Und als wäre sie es nicht selbst, als komme die Bewegung von weit her, von ganz weit innen, steht auch sie auf, der

Stuhl macht ein knarzendes Geräusch auf dem Holzfußboden, und ihre Beine bewegen sich einen Schritt vom Tisch weg. Sie umrundet ihn, während Janis sich keinen Millimeter mehr bewegt. Sie steht vor dem Jungen, schaut ihn an, er schließt die Augen, die Augäpfel von weicher Haut umhüllt, sie schaut auf seine kantige Nase, die Wangen, die konturierten Wangenknochen, eingehüllt von den schwarzen Haaren. Janis' Mund, die auffällig geschwungenen Lippen, ein Strich jetzt. Sie hebt den Kopf, dann die Arme, kurz zögert sie, dann legt sie ihre Arme um ihn. Ihre Stirn an seiner Schulter. Sie riecht ihn, Holz und Seife und ein verschwitztes T-Shirt, Seifengeruch, den sie kennt, spürt seinen knochigen eckigen Körper, der nicht nachgibt und sich trotzdem zerbrechlich anfühlt. Der Junge rührt sich nicht. Entschuldigung, sagt sie, nah an seinem Ohr, aber ohne es zu berühren. Und noch einmal: Entschuldigung! Sie sieht alles wie in Zeitlupe: Wie sein linker Arm sich bewegt, wie er ihn hebt, die Hand an seine Stirn führt, das Haar zur Seite und in einer Bewegung hinter das Ohr streicht, alles, ohne sie anzuschauen; dann liegt seine Hand auf ihrem Rücken. Zuerst kaum zu spüren, aber sie liegt da, eher wie ein Fremdkörper, wie etwas, das abgelegt wurde und dort vergessen. Sie lehnt sich dagegen, aber die Hand gibt kaum Widerstand. Sie versucht, ihm in die Augen zu schauen, spürt seine Hüfte an ihrem Bauch und rückt mit den Füßen sofort zurück. Janis' Hand an ihrem Rücken ist nicht einmal warm.

Er schaut an ihr vorbei, schaut auf die Spüle, über der noch viele weitere Tassen hängen, kleinere und größere, grün-weiß geringelte, schalenartige mit bunten Blumen, bunt gemusterte, eine reinweiße, eine weiße mit blauen Blütenblättern. Schöne Tassen, eine Sammlung. Da ist auch die, die Fine gefallen würde, die mit den kleinen Blüten, die ein bisschen japanisch ausschaut. Alles, was Claire hat, ist ganz anders als bei ihnen zu Hause. Mehr durcheinander. Er würde jetzt gern etwas sagen, was ihr wirklich wehtut, aber es fällt ihm nichts ein.

Es tut mir leid, sagt Claire, dass ich das gesagt habe.

Sie sagt es an seinem Ohr, an seinem Kopf vorbei, aber er hört es ganz nah.

Aber wie nennt man das, was du für mich bist, fragt sie.

Ich weiß, sagt er. Obwohl er gar nichts weiß, nur dass er so nicht stehen bleiben will, weil sich das falsch anfühlt. Er hört sie atmen, warme Luft an seiner Schulter. An seinem Bauch zittert ein Muskel, als züngle er. Kurz fasst er mit der linken Hand an die Rippe, sein Arm wie eine Schranke zwischen ihren Oberkörpern. Claire lässt ihn los. Draußen ist es dunkel geworden. In der Wand hört er wieder dieses Geräusch, als ob sich jemand zwischen den Wänden hindurchraschelt. Er könnte hier nicht wohnen in diesem Haus, in dem es immer ein Knacksen, ein Knacken, ein Huschen, ein Knistern, ein Rascheln gibt, als ob sich das Haus immerzu bewegte, als ob es lebte. Er versucht, es zu ignorieren. Geht einen Schritt zurück, er will nicht festgehalten werden, er will freiwillig mit ihr nah sein. Er könnte gehen, aber eigentlich will er es nicht. Außer sie schickt ihn weg. Und was soll ich jetzt machen, fragt er.

Sie hat ein Glas zu viel getrunken, immer wenn sie das tut, kommen ihr Sätze zu schnell über die Lippen oder schreiben sich durch die Hände hindurch in ihr

Telefon, die sie dann bereut. Sie geht zum Wasserhahn, lässt kaltes Wasser in ihr Weinglas laufen und stürzt es hinab. Janis, sagt sie, du weißt, dass ich dich mag. Aber ...

Er nickt. Soll ich gehen, fragt er. Er hat die Hände in seine Gesäßtaschen gesteckt, sein Kopf lehnt am Türrahmen, dem einzigen Stück Wand, das übrig ist, um sich anzulehnen, sie sieht seinen Adamsapfel, der nicht sehr ausgeprägt ist. Er würde wahrscheinlich nach Hause kommen, irgendwie per Anhalter in die Stadt. Aber dann? Nichts wäre mehr am richtigen Platz. Claire schüttelt den Kopf. Ich möchte nur nicht ... Nora kommt zu ihr gelaufen. Alles gut, sagt Claire, streicht der Hündin über den Rücken. Wir gehen gleich raus.

Was eigentlich möchtest du nicht, fragt er. Wieder raschelt es in der Wand.

Wir müssen mit Nora rausgehen, sagt Claire. Es ist ihre Zeit.

Er nickt, aber du hast den Satz nicht zu Ende gesagt, sagt er.

Später, und mit dem Kinn zur Wand hindeutend, sagt Claire: Nur wieder der Siebenschläfer oder seine ganze Sippe. Kennst du ja. Sie lächelt.

Keine Ahnung!

Sehen aus wie graue Eichhörnchen.

Haben die keine Angst vor Nora?

Das habe ich auch gehofft, sagt Claire.

Er hat keine Lust, zu reden. Vielleicht ist er bockig, aber warum sagt sie solche Sätze? Du bist kein Freund. Für manches gibt es keine Bezeichnung, aber ist es deshalb falsch? Es fühlt sich hier alles nur falsch an, wenn Claire so ist, wie sie gerade ist. Er spürt den Türrahmen an seinem Schulterblatt, ein angenehmer Druck, er reibt darüber, es tut ein bisschen weh, wenn er so dagegen drückt, aber auch gut.

Sie wünscht sich, der Junge redete wieder mehr. In ihrem Kopf klickern unnötige Sätze: Draußen fühlen wir uns besser. Ich mag diese Tiere. Wir finden schon eine Lösung. Schließlich sagt sie: Wenn wir Glück haben, sehen wir draußen einen von diesen Kollegen.

Claire macht einen Schritt auf ihn zu, fast automatisch verschränkt er die Arme vor der Brust, aber sie kommt nicht näher, drückt nur seinen Arm, nur schnell, ganz leicht greift sie mit zwei Fingern an seinen Oberarm. Sie soll nicht so aufmunternd lächeln. Kollegen, sagt er eher abschätzig, damit er überhaupt etwas sagt. Warum nennst du die Siebenschläfer so? Er findet das albern. Wie eine Tante, sagt er. Kurz schweigt Claire, und er weiß, das hat sie getroffen, und das sollte es auch. Er hört das Rascheln in der Wand, als wüte jemand durch alles hindurch, was darin ist. Aber er will nicht weiter über diese doofen Viecher reden. Claire ist dran.

Man sieht Siebenschläfer fast nie, sagt sie nach gefühlt einer Minute, außer man hat Glück. Ich mag sie. Komm!

Nora springt auf.

Sie gehen über die Terrasse hinaus, die Hündin voraus. Claire nimmt die Säge vor dem Haus vom Tisch und stellt sie an die Hauswand. Sie kommt zu ihm, fasst ihn am Unterarm, komm, sagt sie. Er geht hinter ihr her, aber er mag sie gerade nicht anschauen. Nora rennt voraus, den Hügel vor dem Haus hinauf, einen Weg, den er davor noch nicht gesehen hat. Er spürt, dass Claire langsamer wird, ihr tut leid, was sie gesagt hat, bestimmt. Sie muss sich entschuldigen! Wenigstens ein Freund sein. Wenigstens mehr sein als ein Junge aus dem Camp.

Sie wartet auf ihn, bleibt kurz vor dem Anstieg stehen. Janis, sagt sie, ich wollte nicht, aber …, sie unterbricht sich. Es tut mir wirklich leid.

Er bemüht sich, den Kopf zu heben, kurz treffen sich ihre Blicke. Schon okay, sagt er. Dann schaut er wieder auf Nora, die vor ihnen im Gebüsch herumstöbert. Auf einem schmalen Pfad läuft die Hündin jetzt den Waldhang hinauf, alles ist so hell, dass man denkt, es brennen Laternen, dabei ist es nur der Himmel, der so klar ist, dass man Sterne sieht. Claire läuft zu seiner Linken, was sich nicht richtig anfühlt, er weiß nicht, warum, er mag es nicht, wenn jemand auf seiner linken Seite geht. Als sie zwei Schritte vor ihm läuft, wechselt er die Seite. Besser, sagt er. Sie lächelt, sagt aber nichts dazu. Es ist kühl im T-Shirt, aber er hat nichts anderes dabei als das, was er anhat. Claire geht schnell, das ist gut. Die Hündin scheint zu wissen, wohin sie möchte, keine Ahnung, was sie vorhat. Auch Claire scheint es zu wissen. Er will nicht fragen, weil es gerade gut ist, wenn niemand etwas sagt. Der Weg geht bergan, altes Laub raschelt zwischen ihren Füßen, wenn er nicht schaut, wohin er tritt, stolpert er alle paar Schritte, weil der Untergrund uneben ist, Tannenzapfen herumrollen, altes Holz herumliegt und manchmal ein Stein aus dem Boden ragt. Er hört sich atmen und Claire kaum, wahrscheinlich ist sie es gewohnt, solche Wege zu nehmen. Der Wald bildet sich gegen die helle Nacht klar ab, alles ist gut zu sehen, die Stämme der Bäume, Wurzeln, dichte Gebüsche, manchmal raschelt etwas. Nora dreht sich immer wieder um, wahrscheinlich um nach ihrem Rudel zu gucken. Schau, sagt Claire, sie zeigt nach vorn ins Dickicht. Er hat nichts gesehen, nur etwas gehört. Keine zwanzig Meter vor ihnen hat sich eine Gruppe von Rehen aus den Büschen gelöst und rennt den Waldhang hinab. Eines davon bellt wie ein großer Hund; ihre Hufe schlagen laut in die Nacht.

Es sind meine, sagt Claire.

Man kann doch wilde Rehe nicht besitzen, sagt er.

Nicht besitzen, aber das Gefühl haben, dass man sie kennt, dass sie zu einem gehören, sagt Claire.

Um sie dann zu essen, er sagt es nicht. Er würde auch gern zu jemandem gehören. Anders als zu Fine, er wäre gern so mit jemandem zusammen wie Ansgar mit Elif. Bis heute am Abend hatte er gedacht, er würde gern zu Claire gehören, irgendwie. Jetzt weiß er es nicht mehr so genau. Ich will dir was zeigen, sagt Claire. Sie stapft vor ihm her den Hang hinauf, er schwitzt jetzt sogar, aber die Nachtluft kühlt die Haut schnell. Wahrscheinlich wird er morgen krank sein. Sie gehen an einem kleinen Bach entlang und dann vom Weg ab. Der Mond schafft es kaum zwischen den Bäumen hindurch, der Wald wird dichter, immer weniger Licht fällt ein. Sie gehen langsam. Anscheinend machen Claire und die Hündin das oft, Nora kennt den Weg. Eigentlich dachte er immer, solche kleinen Hunde sind Jagdhunde oder blöde Kläffer, aber Nora verhält sich vollkommen still. Manchmal hält sie einen Augenblick inne, lauscht, als müsste sie sich versichern, dass sie weitergehen können; und geht. Es fühlt sich gut an und wie selbstverständlich, so hinter der Hündin herzugehen, auch wenn es ihm sehr dunkel vorkommt jetzt. Deshalb ist es umso schöner, als es plötzlich hell wird vor ihnen. Mitten im Wald ist da ein Platz so groß wie ein Fußballfeld, den der Mond beleuchtet. Die Rehwiese, schau, sagt Claire leise. Es ist mein liebster Platz am Abend. Er geht hinter ihr her bis zum Rand der Lichtung. Ein alter Baum liegt quer, und erst da sieht er den Hochstand.

Hier, sagt Claire, sie zeigt nach oben. Komm!

Claire ist mit der Hündin auf dem Arm einhändig die Leiter hinaufgestiegen und er, als die beiden oben waren, hinterher. Das Hochsitzhaus ist so groß wie ein Dixi-Klo, und damit er Platz hat, muss Claire Nora auf den Schoß nehmen. Alles ist ganz nah, Claires Arm und Hüfte, ihr Oberschenkel an seinem, aber auch die Wiese und der Wald. Wie aus einem großen Guckloch kann man von hier aus hinausspähen auf die ansteigende Lichtung und den Waldrand, alles ist vollkommen klar zu erkennen, als ob heller Tag ist. Wow, sagt Janis. Er hört Claire nichts sagen, aber er hat den Eindruck, dass sie lächelt, vielleicht will sie etwas gutmachen, vielleicht mag sie ihn ja doch. Es ist schön, ja, sagt Claire jetzt leise. Sein Blick ist gerichtet, wie er es im Camp von Achim gelernt hat: Schaut einfach mal auf einen Punkt, ihr werdet merken, wie sich euer Blick schärft, wie ihr zur Kamera werdet, euer Blick zum Fokus. Er schaut geradeaus, und es stimmt, auch im Dunkeln stimmt das. Bevor er im Camp war, dachte er immer, wenn man im Dunkeln sitzt, wenn man auch das Feuer nicht mehr sieht, auch den Schein vom Feuer nicht, wenn man sich einfach so in der Nacht im Wald befindet, dann sieht man nur mit einer Taschenlampe etwas oder mit der Lampe vom Telefon. Aber im Camp gab es nachts kein Telefon, weil die Telefone eingesammelt wurden, nach der einen Stunde am Tag, in der sie sie benutzen durften. Es war verrückt schön, festzustellen, wie gut man sehen konnte im Dunkeln. Und jetzt kommt es ihm ganz normal vor. Einmal, abends, als er mit Ansgar, Elif und Achim unten am Bach war, bei der Lichtung, wo der Förster den Platz für die Rehe eingerichtet hat, und sie immerzu quatschten, sagte Achim: Sendepause. Schaut und horcht! Es war schwierig zuerst, aber dann nicht mehr. Sie hatten sich an den Waldrand gesetzt, seitlich der Lichtung, wo drei fette Baumwurzeln verrotteten. Alles war so gut zu sehen gewesen in dieser Nacht, so wie jetzt alles gut zu sehen ist, jeder Baum, jeder Ast, sogar manche Gräser in der Wiese. Nichts bewegt sich, alles liegt still da. Sie hatten im Gras gesessen in dieser Nacht im Camp und einfach nichts gemacht. Oder doch, sie warteten, was passierte. Obwohl er lieber mit Claire dort hingegangen wäre, war es gut mit Achim. Er hatte sich getäuscht in ihm, Achim konnte da sein, ohne dass man es merkte, er war gar kein Macker, nicht, wie er zuerst glaubte. Plötzlich waren die Rehe oben aus dem Wald herausgekommen und hatten mitten auf der Lichtung geäst, einfach so. Über ihnen die Sterne, sonst gar nichts. Vielleicht wollte Claire deshalb mit ihm hierherkommen, weil er im Camp gesagt hatte, für so was würde er in den Wald ziehen. Die Spacken hatten über ihn gelacht, Mädchen, sagten sie.

Hier, sagt Claire und holt unter dem Sitz eine Decke hervor. Sie legt sie ihm auf den Schoß.

Hat sie das hier geplant? Unsinn, sie wusste ja gar nicht, dass er kommen würde. Ist das dein Hochstand, fragt er vorsichtig.

Nein, aber ich bin hier oft. Er gehört einem befreundeten Jäger.

Dem von vorhin?

Nein, das war der Förster.

Er gräbt dich an!

Das ist übertrieben, sagt Claire, sie lacht.

Und du findest das gut?

Na ja.

Er hat keine Ahnung, wie ihre Stimme dabei klingt, aber sie sagt auch nichts mehr dazu. Er breitet die Decke aus, er möchte sie am liebsten für sich allein haben, und es geht auch gar nicht, sie über sie beide auszubreiten. Nora liegt auf Claires Schoß; oder sitzt so halb, er würde sie zudecken. Nimm du die Decke, sagt sie, mir ist nicht kalt. Er wickelt die Decke um sich, sie riecht ein bisschen muffig, aber sie ist warm, und ein wenig kommt es ihm vor wie früher, als er noch Fußball spielte, und wenn er ausgewechselt wurde, kam der Trainer mit der Decke und wickelte ihn ein, nur dass er es jetzt selbst tut. Wie hast du gewusst, dass der Jäger nicht da ist?

Um diese Zeit ist er schon lange wieder weg, antwortet sie. Draußen ist alles besser als drinnen, auch wenn der Hochstand klein und eng ist, auch wenn sie beide dicht beieinandersitzen, kommt es ihr vor, als sei mehr Raum zwischen ihr und dem Jungen; seine Nähe ist nicht mehr bedrohlich. Die Wirkung des Alkohols hat nachgelassen, ihr Magen tut nicht mehr weh, sie kann wieder leichter atmen. Wenn sie sich auf das Wesentliche konzentriert, und das Wesentliche ist das, was sie sieht, was sie hört, ist der Junge nur ein Teil der Welt. Er ist auch da. Aber sie sind nicht allein. Sie kann sich auf ihre Augen verlassen, auf ihre Ohren, hier kann sie sich in sich selbst zurückziehen, alles ist ihr bekannt, vertrauter als die meisten anderen Orte, weil sie so häufig die Abende hier verbringt, mit sich und der Hündin. Es ist nicht ihr Zuhause, nicht ihr Haus. Hier ist sie nur zwischen den Bäumen, dem Himmel und den Tieren, hier ist das, was draußen geschieht, stärker als alle Unruhe in ihr selbst. Sie liebt diesen Hochstand sehr. Von außen, das ist klar, kann man maximal ihren Oberkörper sehen, alles andere ist verborgen. Wenn sie allein ist, nur mit Nora, und sie war immer allein und wird auch wieder allein sein, weil es besser ist, allein zu sein, liebt sie diese Erfahrung besonders, alles zu sehen und nicht gesehen zu werden. Sie spürt ihr Zögern beim Denken, weil es sich gerade gut anfühlt, hier zu sitzen mit dem Jungen. Tage wie dieser bringen alles durcheinander, aber wenn sie einen großen Bogen zurückdenkt, zwanzig Jahre zurückdenkt, haben diese Tage keine Gewalt mehr oder wenigstens nicht mehr diese unmittelbare Wucht. Janis soll eine schöne Erinnerung haben. Wenn sie allein ist, liegt Nora neben ihr auf der Bank. Außerdem hat sie doch selbst Schuld, dass sie nicht allein ist, daran, dass der Tag so anstrengend geworden ist, sie hat ihn nicht weggeschickt, sie war nicht stark genug, sie hat ihn gar nicht wegschicken wollen. Sie spürt, wie der innere Monolog wieder anflutet; als ob sie sich vor dem hohen Gericht verteidigen muss, versucht sie, sich zu erklären, aber nirgendwo ist eine Rechtfertigung zu finden: Klar, ich hätte sofort schauen können, wann ein Bus fährt, ich hätte ihn sofort zum nächsten Bahnhof bringen können. Nein. Sie, Claire, möchte den Jungen hier haben, sie mag den Jungen, mehr, als ihr lieb ist, sie mag, dass er da ist. Sie hat das gelernt, sie kann das Kreisen im Kopf stoppen. Sie schaut auf die alte Kiefer oberhalb der Lichtung, die jetzt nur schemenhaft wahrzunehmen ist; eine dicke und knorrige Kiefer, mit einer Borke, die aussieht wie die Haut eines Schweins, das nach dem Suhlen im Schlamm eine fünf Zentimeter dicke Kruste trägt, hier und dort aufgesprengt von den Bewegungen, die es beim Gehen macht. Der Baum, die Kiefer, macht keine großen Bewegungen, aber natürlich wird sie bewegt vom Wind, vor allem aber vom Sonnenstand, die Kiefer macht kleine Bewegungen, sie wendet sich immer dem Lichteinfall zu. Manchmal kommen sie hierher, sie und Nora, und setzen sich unter diesen Baum; im Sommer ist das, als läge man im Pinienhain. Das Öl der Kiefern ist genauso intensiv wie das der Pinien, die Sonne muss den Baum und die Luft nur ausreichend erwärmen, und schon kann man es riechen. Diese Kiefer ist der größte und wahrscheinlich der älteste Baum auf der Lichtung. Im Herbst kommt Claire hierher, um die Krause Glucke zu ernten, die, seit sie hier wohnt, immer an der gleichen Stelle neben dem Kiefernstamm wächst und aussieht wie ein Schwamm aus dem Meer oder ein wenig auch wie die Kiefer selbst, dort, wo sich ihr Grün aufwölbt. Dabei ist dieser schöne Pilz ein Parasit, der die Wurzeln von Waldkiefern als Nahrung ausbeutet. Jetzt in der Dunkelheit kann sie die Kiefer nur erahnen, ihr Gezweig und Gefieder unter dem Nachthimmel.

Hast du das gehört, fragt Janis.

Er sitzt eingehüllt in die Schweizer Armeedecke, die Beine übereinandergeschlagen, ein bisschen, als sitze er im Café. Vielleicht nur, damit er die Decke zwischen seinen Schenkeln einklemmen kann.

Was hast du gehört?

Keine Ahnung. Schritte vielleicht?

Sie werden beide ganz still. Nora hat sich nicht gerührt.

Hätte sich jemand dem Hochstand genähert, die Ohren der Hündin wären spitz geworden. Claire hört den eigenen Herzschlag im Ohr und Janis neben sich atmen. Nora liegt auf ihrem Schoß, eingerollt wie eine Katze, sie spürt jeden ihrer Atemzüge auf den Schenkeln und am Bauch ihre Wärme. Ganz nah ist das leise Plätschern des Bachs, der in einen modrigen Waldtümpel hineinfließt und von dort aus unter der Erde weiter. Und weil der Wind heute von Westen kommt, rauscht es manchmal von der Straße her, aber die ist so weit in der Ferne, man kann ihr Geräusch ausblenden. Da ist, glaub ich, nichts, sagt sie. Janis antwortet nicht, sie dreht rasch den Kopf, er nickt, dann schaut er wieder hinaus auf die Lichtung.

Und obwohl er seine Erinnerungen an die Kindheit miserabel findet und denkt, dass er kaum etwas von sich als kleinem Jungen weiß, sieht Janis sich jetzt neben Fine auf einer Bank sitzen; es ist dunkel, aber nur im Raum, in dem sie gerade sind, nicht dort, wo es etwas zu sehen gibt, dort gibt es Licht und Farben und Grün, es schwimmen Fische hinter Glas. Riesige und große und kleinere, graue und rote und bunte, solche mit Muster und solche mit großen Schwertern auf dem Rücken. Die kleinen kommen in Schwärmen und die großen eher allein vorbeigezogen, sie kreuzen, tauchen auf und verschwinden wieder hinter einem Dickicht aus Pflanzen, die sich wie die Fische immerzu langsam bewegen, und manchmal kommt ein Fisch zur Scheibe geschwommen, und sein weiches Maul öffnet und schließt sich. Und Fine, die eigentlich nicht berührt werden will, nimmt plötzlich seine Hand, und er ist sehr froh und stolz, dass sie das tut; aber nicht nur deshalb, sondern auch, weil es ein bisschen unheimlich ist, niemand spricht, und doch geschieht so viel. Da beginnt Fine, mit den Fischen in ihrer eigenen Sprache zu sprechen, beruhigend klingt das, wie sie auf die Fische hinter der Scheibe einredet, und er glaubt, sie denkt, die Tiere müssten Angst haben, obwohl doch klar ist, dass die Fische keine Angst haben können vor ihnen, weil die Fische sie nicht sehen durch dieses Glas, das extra so gemacht ist, dass die Tiere ganz in Ruhe sind. Er weiß das, weil er vielleicht elf Jahre alt ist, aber Fine ist fünf. Er mag es, wenn Fine in ihrer eigenen merkwürdigen Sprache spricht, weil er ihre Stimme mag. Und ein wenig kommt ihm das so vor jetzt, wo er hier oben hockt, als ob sie vor einem Waldaquarium sitzen, nur dass hier außer Geräuschen nichts passiert und er es plötzlich wieder schön findet, bei Claire zu sein und nichts zu sagen oder wenig. Er hört Nora immer wieder schnaufen, Claire atmen, und er spürt ihre Wärme neben sich. Anscheinend friert sie nicht in ihrem Hemd, das sie über einem T-Shirt trägt. Ist dir nicht kalt, fragt er. Weil mir ist jetzt warm. Ein wenig, aber das macht nichts, antwortet Claire. Er schält sich aus der Decke, hebt sie hoch, um sie mit beiden Armen hinter seinem Rücken auszubreiten, sodass er sie auch an Claires Rücken vorbeiführen kann, wenn sie nur will. Er kann ihre Mimik nicht deuten, immerhin rutscht sie eine Handbreit von der Rückwand des Hochstands weg, und er legt die Decke um sie, sodass er auch noch genug davon hat. Am Oberarm spürt er nun ihre Schulter, und obwohl die Decke nicht mehr seinen Bauch bedeckt, kommt es ihm nicht kalt vor.

Der Mond liegt nicht in ihrem Blickfeld, dennoch ist

es oben am Hang, nach Osten hin, hell zwischen den Bäumen. Zweige, Äste bilden die Bäume gegen das Licht ab. Ein weites Gewirr aus Linien und Konturen, dicken und dünnen, gebrochenen, geknickten, knorpeligen verbindet sich, wird ein großes Bild. Schaut sie lange genug hin, ordnen sich Strukturen; hellere, dunklere, regelmäßige und unregelmäßige, Ruten, Astwerk, Stämme, die Flächen zwischen ihnen, und wie sie zueinanderstehen. Lässt das Auge nach, verwaschen die Strukturen, werden Schemen, die Farben verändern sich, verschwimmen, alles verbindet sich, je weiter es entfernt liegt. Ziemlich schön, oder, sagt sie.

Er weiß nicht genau, was sie jetzt meint und ob sie sein Nicken spürt, aber er will nicht immer Ja sagen und nichts weiter. Claire kann halt besser schweigen als sprechen. Deshalb versteht sie wahrscheinlich, wenn er nichts sagt. Sie hat auch im Camp nicht unbedingt viel gesprochen, nur viel erklärt oder geklärt, was ja etwas anderes ist. Es gibt wenigstens drei oder vier Claires, jedenfalls nicht nur die eine und die andere, die er im Camp kennengelernt hat, die Chefin, die alles im Griff hat, und die sanfte und zugewandte Claire, wenn jemand ein Problem hat. Es gibt auch noch eine, die ihm Angst macht, und eine, die ihm merkwürdig vorkommt, weil sie mal so und mal so ist. Und eine, von der er denkt, sie ist ein bisschen wie er, keine Ahnung, warum. Vielleicht ist auch er selbst hier anders, als er es im Camp war. Er wird sie danach fragen, später.

Hörst du das, fragt sie.

Auch Nora spitzt die Ohren.

Lautes Keifen kommt von der Wiese herab.

Marder, flüstert Claire, sie paaren sich.

Er hört die keifenden Tiere, klar hört er sie, durchdringend und so, dass er die Töne überall in seinem Körper fühlt, er will das eigentlich nicht hören. Bisschen seltsam, oder? Dass wir ihnen so zuhören können, sagt er leise.

Sie weiß, was der Junge meint.

Bei Menschen würden wir weggehen, oder, fragt er. Da ist es gerade mal still. Aber dann beginnen die Schreie erneut. Er spürt eine Bewegung neben sich, Claire antwortet nicht, nur ihr Arm entfernt sich, sodass sich ein kleiner Spalt zwischen ihren Schultern auftut. Er weiß nicht, ob die Situation ihm sofort noch unangenehmer ist, weil er den Mardern beim Ficken zuhört, während Claire neben ihm sitzt. Dass sie beide ihnen zuhören, dass die Marder Sex haben und sie hier so sitzen, als sei das nichts. Nur Tiersex. Und warum Claire nichts sagt jetzt. Aber er weiß auch nichts zu sagen, er hält die Decke mit der linken Hand fest, die rechte zwischen die Oberschenkel geklemmt, damit sie warm bleibt. Und immer, wenn die Viecher aufhören zu quieken, ist er froh, und immer, wenn sie wieder anfangen, erschrickt er fast. Eine ganze Weile schweigen sie, einmal bellt noch laut ein Reh, er hört Hufe in der Ferne. Und dann wieder nur die Marder, die er sich so vorstellt wie Hunde beim Rammeln, obwohl er das gar nicht will, weil sofort dieses starke Gefühl in seinem Bauch wiederauftaucht; dieses Zittern, das er sehr mag, wenn er allein ist, aber er ist nicht allein, sondern es könnte sein, dass Claire über die Wolldecke hinweg es bemerkt. Er räuspert sich, spürt, dass sie ihn kurz anblickt, aber sie sagt nichts. Die Schreie kommen und gehen, werden zu einem Quieken, Fiepen oder Knurren, und die Wolldecke um sie herum fängt alles auf. Jedenfalls kommt es ihm so vor. Und dann endlich ist es vorbei. Er hat keine Ahnung, wie lange das gedauert hat, nicht besonders lange wahrscheinlich, auch wenn es ihm so vorkam, vielleicht fünf Minuten, aber er hat auch kein Gespür dafür, wie lange sie schon hier sitzen. Nur dass die Lichtung noch heller geworden ist, fast ein bisschen weiß, beleuchtet wie eine Bühne, ein Ort, an dem jedes etwas größere Wesen, an dem jede Bewegung zu sehen ist.

Häufig, wenn sie hier oben ist, löst sich im Laufe des Abends das eine oder andere Reh aus dem Tannendickicht, neben dem der Förster winters die Futterstelle einrichtet, und quert die Wiese, so, als sei es vollkommen sicher, dass ihm hier nichts geschieht. Sie hätte gern, dass Janis das erlebt. Hast du noch Geduld, fragt sie, und kurz begegnen sich ihre Blicke, er nickt, sein Gesicht ist weich. Sie haben das im Camp geübt, es war eine Aufgabe. Mit der ganzen Gruppe lagen sie auf Isomatten in der frisch gemähten Wiese. Es roch nach Heu, und als die Nacht kam, verstummten die letzten Grillen. Es dauerte eine Weile, bis niemand mehr sprach, manchmal noch kicherte es irgendwo, manchmal versuchte jemand, jemanden aus dem Schweigen zu locken oder Ähnliches, aber die Lehrer reagierten schnell. Dann dunkelte der Himmel vollkommen ein. Kleine Falter flogen über sie hinweg, manchmal hörte man ein Geräusch aus dem Wald. So zu liegen war erst möglich, wenn alle schon seit mehreren Tagen diese Stunden ohne Smartphone gewohnt waren, wenn es plötzlich Leerzeiten gegeben hatte, die auszuhalten waren, wenn auch manchmal schwer, dann endlich funktionierte es, dass alle für eine Dreiviertelstunde in der Wiese lagen und in den Himmel schauten. In der Gruppe von Janis war es nicht anders; die immer Gleichen brauchten eine Weile, bis sie die Klappe halten konnten, aber auch sie schafften es. Zu ihrer Rechten hatte Johann gelegen, und obwohl sie seine Unruhe über zwei Meter Wiese hinweg gespürt hatte, hielt er es aus, still zu liegen. Er schien mit sich selbst in Kontakt zu sein, zeigte manchmal mit dem gestreckten Arm in den Himmel, murmelte. Aber weder sie noch Janis, der auf der anderen Seite von Johann lag, gingen darauf ein. Als sie später fragte, was sie gesehen hatten, sagte Johann: eine Parabel. Er nannte eine Formel. Alle lachten. Ansgar kannte sich mit Sternen aus, er hatte sie davor schon erklärt. Sie selbst hörte zu, alles stimmte, sie nickte und schwieg. Es ging nicht um ihre Erklärungen, es ging darum, dass die Jugendlichen verstanden, dass es immer mehr zu sehen gibt, als sie erwarteten. Schau, flüstert Janis plötzlich fast zischend. Sie hat die Hirschkuh sehr lange nicht gesehen. Und obwohl der Jäger und der Förster ihr versichert haben, die Hirsche seien noch da, hatte sie es nicht mehr wirklich geglaubt. Aber nun steht das große Tier oben an der Wiese, anscheinend unschlüssig, ob es sich noch mehr ins Licht bewegen oder lieber im Schutz des Laubs der Hainbuchen am Rand entlang weitergehen soll. Riesiges Tier, sagt Janis leise. Es ist eine Hirschkuh, sagt sie. Das Tier schreitet eine Körperlänge weiter in die Lichtung hinein und beginnt zu äsen. Immer wieder schaut es auf, schaut sich um, und sie hat es fast vermutet, da stakst ein noch sehr junges Kitz aus dem Dickicht der Büsche auf die Lichtung hinaus. Seine weißen Flecken leuchten in die Nacht.

Sie spürt Janis' Ellbogen in ihrer Seite, Ja, sagt sie leise, damit er nicht spricht. Der Wind kommt aus Osten, es ist schier unmöglich, dass die Hirsche sie hören. Und hätten sie Wind bekommen, sie hätten sich nicht auf die Wiese hinausgewagt. Es ist erstaunlich, flüstert sie, dass die Hirsche auf die Lichtung kommen. Sie sind viel ängstlicher als Rehe. Von ihrem eigenen Kind bewegt, tritt und tänzelt die Hirschkuh von Zeit zu Zeit ein, zwei Schritte vor und zurück, immer nur so weit, dass ihr Kitz zur Wiese hin abgeschirmt bleibt. Das staksende kleine Tier wirkt noch unsicher, wackelt ein bisschen auf seinen knochigen Läufen, und obwohl es wenigstens vierzig Meter entfernt steht, verströmt es diese gewaltige Aura, die nur sehr junge Tiere haben, als gäbe es so etwas wie eine absolute Schönheit.

Und der Hirsch, flüstert Janis.

Die Kuh braucht ihn nicht mehr.

Janis hört das Lachen in Claires leiser Stimme, er lehnt seinen Arm etwas mehr an ihren, sie rutscht nicht weg. Und das Rudel? Solange die Kühe so kleine Kälber haben, sind sie nicht beim Rudel, sagt Claire. Er spürt ihren Arm immer noch an seinem, er versucht, sich nicht zu bewegen. Die Hirschkuh wendet sich ihrem Kitz zu, und ohne dass er erkennen kann, wie das geschieht, manövriert die Kuh ihr Kind wieder ins Dickicht. Wo schlafen die? Ich vermute, antwortet Claire, dass sie nur ein Stück weiter dort drüben im Walddickicht am Rand einer struppigen Wiese, die nur einmal im Jahr gemäht wird, einen geschützten Platz haben. Da sind sie sicher, auch vor größeren Tieren. Größere Tiere machen Janis Sorgen. In der letzten Nacht im Camp, als er mit Claire noch allein am Feuer saß, hatte sie ganz beiläufig diese Bezeichnung fallen lassen, und klar, hatte er gefragt: Was für ein größeres Tier? Vielleicht ein Luchs, hatte sie geantwortet. Und er so: Ist das nicht gefährlich? Wahrscheinlich findet der uns viel gefährlicher, hatte Claire gesagt, aber so recht konnte er das nicht glauben. Und wenn es ein Wolf ist? Es gibt hier für gewöhnlich keine Wölfe, sagte Claire. Janis hatte darüber gelesen, dass sich im letzten Winter genau in dieser Gegend einer herumgetrieben hatte, er war an einer Straße gesichtet worden. Es gab sogar ein Foto. Dann war der auf der Durchreise, hatte Claire nur geantwortet. Wenn Claire über die Natur sprach, über das, was sie draußen sah, was da passierte, war es, als gäbe es keinen Unterschied zwischen Tieren und Menschen oder Menschen und Pflanzen. Lasst den Baum in Ruhe, hatte sie einmal zu den Spacken gesagt, als die sinnlos Seile um einen Stamm herumwickelten. Oder: Du würdest das auch nicht mögen, wenn man dir die Ohren lang zieht, als eins der Mädchen Noras Ohren in die Höhe hielt, weil die Spitzen abknickten. Oder: Man mäht nicht die Wiese, bevor es regnet. Er hatte zuerst gedacht, weil dann der Wiesenboden nasser war, aber es war wegen des Heus. Es musste trocken sein, damit man es verfüttern konnte. Wie man mit der Natur umging, sollte einen Sinn haben. Man jagt kein Tier als Trophäe, auch wenn man ein Herrscher ist oder dann erst recht nicht. So was sagte Claire. In dieser letzten Nacht am Feuer hätte er ihr gern sagen wollen, wie sehr er es mochte, dass sie solche Sachen sagte, dass er etwas gelernt hatte oder, genauer, dass er mochte, dass sie so dachte, und am liebsten, wie cool er sie fand, wie schön auch, aber es ging nicht, alles klang falsch, wenn er es im

Kopf herumbewegte. Der Luchs würde doch nicht das Lager angreifen, oder, hatte er stattdessen gefragt. Auch nicht, wenn er Hunger hat? In seinem Kopf bewegte sich eine riesige Raubkatze löwengleich zwischen Bäumen und Gesträuch, saß am Waldrand und lauerte auf den richtigen Moment. Sehr unwahrscheinlich, hatte Claire geantwortet, während sie ins Feuer starrte, und natürlich knackte dann irgendetwas im Wald. Er war einfach aufgestanden und hatte sich neben sie gesetzt. Sie sagte nichts dazu, starrte nur weiter in die Flammen. Und Zeit verging, in der es weiter knackte, aber nichts passierte und er das Gefühl bekam, sie wären einander ganz nah. Am liebsten hätte er sich an sie gelehnt. Wir müssen schlafen, hatte sie plötzlich gesagt. Wir. Das klang schön. Mitternacht war schon lange vorbei, Elif und Ansgar waren seit wenigstens einer halben Stunde schon verschwunden, und die Zeit der Nachtwache ging eh zu Ende. Als ob jetzt nichts mehr geschehen könnte, Elif hatte das auch einmal bemerkt, dass das doch unsinnig war, Nachtwachen nur bis Mitternacht. Es ist gut, wenn jemand hier draußen sitzt, während alle einschlafen, das gibt Sicherheit, hatte Claire geantwortet. Niemand hatte widersprochen. Ich möchte noch nicht schlafen, hatte er am Feuer gesagt. Und Claire: wäre aber besser! Sie hatten lachen müssen, beide. Er wusste gar nicht, warum. Sie waren dann doch nicht aufgestanden, sondern nebeneinander sitzen geblieben. Und als er noch zwei dicke Baumstücke ins Feuer legte, protestierte Claire nicht. Er setzte sich etwas näher zu ihr, nur so, dass er sie nicht ganz berührte. Sie rückte nicht ab. Claire war eigentlich nie allein gewesen mit einer Person. Warum war sie dageblieben und so nah bei ihm?

Das hatte er sich jetzt sieben Wochen lang gefragt. Sie musste es doch auch gemocht haben, neben ihm am Feuer zu sitzen, sonst hätte sie das nicht getan. Als Claire ihn fragte, da am Feuer, was ihm am meisten bedeutet habe in den Tagen des Camps, antwortete er sofort: still sein! Still im Dunkeln zu sein! Die Rehe zu sehen. Er war so ein Trottel, kein persönliches Wort hatte er über die Lippen gebracht. Wahrscheinlich hatte er sie enttäuscht. Kurz danach waren auch die letzten zwei Scheite zu Glut verbrannt, und es war kühl geworden. Claire war aufgestanden: Der Letzte löscht das Feuer, sagte sie, ihre Augen glänzten in der Nacht. Und er war sofort aufgesprungen. Für einen Augenblick standen sie voreinander, aber bevor er etwas von dem tun konnte, was er sich die ganze Zeit gewünscht hatte, drehte sie sich einfach um. Schlaf gut, sagte sie, bereits im Gehen. Und er so: Im Ernst? Und er meinte nicht das Feuer, sondern etwas anderes. Bitte erst reinpinkeln, wenn ich im Haus bin, sie winkte und lachte. Da geht das nicht mehr, sagte er, und wieder meinte er nicht das Pinkeln, aber er war sicher, sie verstand. Claire war kurz stehen geblieben und hatte ihn angeschaut, dann war sie mit ruhigen Schritten zum Betreuerhaus gegangen, die Arme um sich selbst geschlungen. Wenigstens die Finger noch einmal an ihre Wange legen, das hätte er doch schaffen müssen. Hatte er aber nicht. Oder dass sie einander umarmten. Schließlich pinkelte er in die Glut. Er hatte nicht einschlafen können. Neben ihm lag Ansgar auf dem Bauch und schnüffelte so vor sich hin, als habe er Schnupfen. Johann lag tief in seinem Schlafsack, nur der Arm schaute heraus, manchmal bewegte er ihn. Lindemann sah er von seinem Feldbett aus nicht, aber er hörte ihn leise schnarchen. Vielleicht kann sie auch nicht schlafen, hatte er gedacht und überlegt, noch einmal aufzustehen, um zu schauen, ob Licht bei ihr brannte. Dann hatte ihn Ansgar geweckt, und es war Morgen gewesen. Und hell. Auf der Lichtung ist nichts mehr zu sehen außer dem Mondlicht, das die Spitzen der Äste und ihre Blätter schimmern lässt, wie es auch die Sonne manchmal tut. Er dreht sich zu Claire hin, ihr Gesicht wird heller, als sie ihren Blick zu ihm wendet, ihre Haare leuchten, das Tuch hat sich ein wenig aufgefleddert, sie sieht entspannt aus und sehr schön, sie schaut nicht weg. Und deshalb traut er sich. Vorsichtig legt er seine Hand auf ihre Wange, seine Finger berühren ihr Ohr, ihr Haar, ihre Haut ist kalt. Danke, sagt er, er schaut sie dabei an. Er sieht ein Blitzen in ihren Augen, sie ist nicht erschrocken, sie betrachtet ihn aufmerksam, ein oder zwei oder vielleicht auch sechs oder sieben Sekunden lang, er spürt das Pochen in seiner Brust, aber er zählt nicht die Schläge; das Licht lässt jetzt auch seine Finger und seine Hand schimmern. Einen Augenblick ist es ganz still. Nicht einmal Nora rührt sich. Und dann bellt es im Wald. Meine Rehe, sagt Claire, sie lacht leise, während Nora den Kopf hebt und wieder senkt, und als liefe die Zeit sehr langsam, nimmt er wahr, wie Claire der Hündin mit der Linken über den Kopf streicht, mit ihrer Rechten sein Handgelenk umfasst und seine Hand zurück auf sein Bein legt. Sie sieht entspannt aus, und genauso sagt sie jetzt: Lass uns nach Hause gehen. Ganz in ihrer Nähe raschelt ein Tier durch den Wald, dann ist es wieder still. Nach Hause, sagt er ironisch. Claire gibt keine Antwort.

Bedacht darauf, die Entfernung nicht zu verkürzen, geht er zwei Schritte hinter ihr; er hört, wie sie auf dem Waldboden auftritt, nicht gleichzeitig mit ihm, hört seine Schritte lauter als ihre, den Gang der Hündin kaum, nur manchmal ein leises Huscheln, wenn sie Büsche streift. Er war sich ganz sicher gewesen, dass Claire es genauso schön fand, dass sie so nah beieinandersaßen, dass es so eng war, dass sie sich atmen hören konnten, wie zwei Menschen, die zusammen in einem Bett lagen. Sonst hätte er sich nicht noch einmal getraut, Claire so zu berühren. Jetzt schämt er sich. Warum kann er ihr Verhalten nicht deuten? Als sie über die Hügelkuppe gehen, von der aus man das Haus sieht, erblickt er die Rehe auf der Wiese. Claire hat sie auch gesehen. Sie bleiben beide stehen. Komm her, sagt Claire leise. Und obwohl er weiß, dass sie nicht die Hündin meint, setzt Nora sich neben ihren Füßen auf den Weg. Drei Rehe äsen in der hellen Wiese unterhalb von Claires Haus, im Mondlicht werfen sie große Schatten, die sich über die Grasfläche schieben und überlappen wie in der Mengenlehre. Anscheinend können die Rehe sie auch hier nicht riechen, obwohl sie nur etwa hundert Meter von ihnen entfernt sind. Und nicht hören? Er spürt Claires Blick auf seinem Gesicht, er will das ignorieren.

Sie bemerken uns nicht, sagt er leise.

Der Wind steht günstig, antwortet Claire.

Oder sie kennen dich so gut, dass sie denken, du tust nichts.

Ich tue auch nichts, sagt Claire und macht einen Schritt auf ihn zu, sie sieht in diesem Moment irgendwie froh aus, findet er. Die Rehe nehmen immer den gleichen Weg, von der Lichtung über die kleine Schonung und über die Pferdewiese hier herunter auf mein Grundstück, sagt sie leise. Dann steht sie neben ihm und legt den Arm über seine linke Schulter, dabei ist sie fast einen Kopf kleiner als er. Janis, sagt sie, es ist alles gut. Und obwohl er nicht weiß, was sie meint, muss er lächeln. Ihre Hand umfasst kurz und fest seinen Nacken, dann zieht sie den Arm zurück. Komm, sagt sie, und ungeachtet der Rehe, die sie beide nun doch bemerkt haben und die jetzt auf der rückwärtigen Seite des Hauses den Hang hinaufgaloppieren, geht Claire den Weg hinab zum Haus. Ich hole uns Pullover, sagt sie und verschwindet mit Nora im Haus. Für einen Moment überlegt er, ob er ihr jetzt nicht einfach hinterhergehen soll, um drinnen auf die Toilette zu gehen, dann entschließt er sich, die im Saunawagen zu nehmen.

Als er eintritt, ist es drinnen dunkler als draußen, mit der Hand fährt er die Wand neben dem Türrahmen ab, zuerst findet er den Lichtschalter nicht, aber es dauert nicht lange, bis seine Augen sich an die Dunkelheit gewöhnen. Er zieht das Telefon aus der Tasche, der Akku zeigt noch zwanzig Prozent. Es ist fast elf Uhr. Ansgar hat ihm schon drei Nachrichten geschickt, klar, weil eigentlich schreiben sie sich immer sofort zurück. *Schnulli, wo steckst du?* Vierunddreißig Minuten später: *Jani, wir könnten noch zocken.* Und dann, erst vor zehn Minuten: *ey, ich packs nicht, bist du jetzt bei ihr?* Er hört sich beim Pinkeln zu, es würde Fine gefallen, dass das Wasser so weit hinabfällt, er weiß, wie sie lachen müsste, er bleibt kurz noch sitzen, aber um es gemütlich zu haben, ist es zu kalt. Nichts will ihm einfallen, was er Ansgar antworten könnte. Er schnuppert an seiner Hand, sie riecht nicht nach Claire. Warum schreibt er nicht einfach: Ja, ich bin bei ihr. Oder: Du meldest dich auch nicht immer gleich, wenn du bei Elif bist. *Ich erzähls dir morgen*. Ich erzähls dir morgen, sagt er laut und schickt es ab. Versprochen, sagt er. Dann schreibt er es. *Versprochen!* – mit Ausrufezeichen. Sofort ist Ansgar online. Sofort sieht er, dass Ansgar schreibt. Er will jetzt nichts mehr dazu sagen, aber noch bevor er auf Flugmodus schalten kann, kommt eine weitere Nachricht. *Also doch*, schreibt Ansgar. Er schiebt den Regler auf Flugmodus und steckt das Telefon in die Tasche. Ansgar ist sein bester Freund. Eigentlich ist er sogar sein einziger Freund. Er muss ihm die Wahrheit sagen. Aber was ist die Wahrheit? Seine Mutter sagt: Solange man niemandem dabei Schaden zufügt, muss man das tun, was einem etwas bedeutet. Er hat Claire keinen Schaden zugefügt. Er fügt auch sonst niemandem einen Schaden zu, indem er hierhergekommen ist. Auch Ansgar nicht. Wie oft hat er darüber nachgedacht schon. Und jetzt? Hätte sie nicht gewollt, dass er bleibt, hätte sie ihn doch wegschicken können. Hat sie aber nicht. Er könnte ewig an diesen Sägespänen schnüffeln, drei Mal macht er das Kästchen auf und wieder zu und wieder auf und wieder zu. Er öffnet die Glastür zur Sauna und schnuppert in den kleinen Raum hinein. Es riecht mindestens so gut wie der Späne-Kasten, nach Bäumen oder so. Und ohne dass er es noch abwehren kann, sieht er Claire unbekleidet auf einem Handtuch auf der Bank sitzen und sich selbst ihr gegenüber.

Sie nimmt ihre drei dicksten Pullover aus der Truhe und riecht an jedem einzelnen, dann noch einmal, und schließlich nimmt sie den größten. Er ist von ihrem Vater. Sie bewahrt ihn seit zehn Jahren, bewahrt ihn auf, seit die Mutter seine Sachen weggegeben hat, sie hat ihn noch nie getragen. Wahrscheinlich riecht er deshalb auch am wenigsten nach ihr. Was gut wäre. Unschlüssig steht sie im Zimmer. Sie streicht über den Pullover, legt ihre Hand darauf, lässt sie liegen. Was ist das für eine Berührung, woher hat sie der Junge? Sie macht die kleine Lampe auf der Kommode wieder aus. Sie kennt sich in diesem Haus so gut aus, dass sie auch im Dunkeln die Treppe hinabgehen kann, sie macht es, wenn sie nachts zur Toilette muss, immer so. Sie geht zum kleinen Giebelfenster, unten vor dem Haus ist niemand. Sie durchquert den Raum, schaut über den Balkon hinters Haus hinab, auch im Saunawagen brennt kein Licht. Willst du hier liegen blieben, fragt sie Nora, die sich schon auf das Fell neben Claires Bett gelegt hat. Sie sieht das Weiß in den Augen der Hündin, Nora schaut zu ihr auf, aber rührt sich nicht weiter. Um diese Zeit gehen sie meist schlafen, aber sie selbst spürt keine Müdigkeit. Es kann auch sein, sie will nicht müde werden. Dann bleib, sagt sie zu der Hündin. Sie geht die Treppe hinab, macht das Licht auch unten wieder aus, geht auf die Terrasse, nimmt die beiden Stühle, die am Tisch stehen, und stellt sie mit dem Rücken und in gebührendem Abstand gegen die Holzwand, die noch immer Wärme abstrahlt. Die Tür vom Saunawagen schlägt zu, dann kommt Janis um die Ecke. Immer wieder erschrickt sie, wenn sie ihn so gehen sieht, wie sehr sein Gang dem von Frida ähnelt. Sie hat sich den dicksten Hoodie übergezogen, er kommt ihr vor wie eine Decke. Als Janis neben ihr steht, streckt sie ihm den großen Schafwollpullover entgegen. Er nimmt ihn ihr aus der Hand. Danke, sagte er. Sie setzt sich auf einen der Stühle. Der Junge breitet den

Pullover zwischen den Armen aus, er scheint ihn zu messen, zu mustern, bevor er die Arme hineinsteckt, er macht ein Geräusch, das sie nicht deuten kann, weil sein Kopf bereits im Pullover steckt. Jede seiner Bewegungen berührt sie; vielleicht beneidet sie ihn um das grazile Fließen seiner Glieder, vielleicht auch wegen des Pullovers, der ihm viel zu weit ist und sie an den Vater erinnert. Janis zieht sich den Rollkragen über das Gesicht, sie weicht seinem Blick aus, als nur seine Augen sie über den Rollkragenrand hinweg anschauen.

Ist nicht von dir, sagt Janis.

Doch, sagt sie. Schon. Aber er gehörte mal meinem Vater.

Er setzt sich neben sie. Er hat sich alles Mögliche vorgestellt in den letzten sieben Wochen. Dass sie sich bei ihm melden könnte. Aber sie hatte ja seine Nummer nicht. Vielleicht über die Schule. Er hat es wieder verworfen. Oder wie sie ihn umarmen würde, wenn er vor ihr steht, nicht so, wie sie ihn heute Abend in der Küche umarmt hat, vorsichtig und schuldig, nicht so, sondern in einer Weise, die ihm zeigen würde, sie freut sich aufrichtig, sie ist sogar glücklich, dass er den ersten Schritt macht. Er hat sich vorgestellt, dass er dann wenigstens ihre Wange küsst. Einmal hat er von ihr geträumt. Wie man wahrscheinlich von der Frau träumt, die man begehrt. Die Bilder blieben lange, gingen nicht weg, es war schön und schlimm zugleich, sie blieben den ganzen Tag. Und den ganzen Tag später. Träumst du von Elif, hat er Ansgar nach ein paar weiteren Tagen gefragt. Der hat nur gelächelt, und du, hat er so ironisch geantwortet, von Claire? Er war rot geworden. Alter, hat Ansgar daraufhin gesagt. Und nichts weiter. Sie haben nicht mehr darüber gesprochen. Einmal, als Johann in der Klasse sagte, dass er so werden wolle wie Claire, hat Elif geantwortet: Wer will das nicht, oder, Janis? Die Erbel hat gelacht. Alle wollen das, hat die Erbel gesagt, ich auch. Und die Spacken haben in der Pause wieder ihre Fickposen gemacht. Er will nicht werden wie Claire. Sie soll ihn gut finden. Er steht auf, dreht den Stuhl so herum, dass er die Lehne zwischen die Beine klemmen und die Arme auflegen kann. Sofort spürt er ihre Aufmerksamkeit.

Was ist, fragt sie leise.

Ist bequemer so.

Nicht dass der Junge Ähnlichkeit hat mit ihrem Vater, aber es ist merkwürdig, diesen Pullover an einem anderen Menschen zu sehen, und es lässt sie selbst dreißig Jahre jünger werden. Der Vater trug diesen Pullover nur als Segler, wenn sie auf dem Boot waren, wo er ihn an- und auszog nach Bedarf, indem er sich die Leine, mit der er das Segel fierte, zwischen die Knie klemmte, in der anderen das Ruder hielt, die Hände wechselte, den Blick zur Insel gerichtet, die sie kreuzend erreichen wollten, um ein Fischbrötchen zu essen; und wie er in einer einzigen beschleunigten Bewegung den Pullover über den Kopf ziehen konnte, mit Leine und Ruder so hantieren, dass es ihm ohne Probleme gelang, den Pullover abzustreifen, der schließlich neben ihr in die Bootswanne fiel. Oder andersherum, wie er geschickt hantierte, um ihn rasch über den Kopf zu ziehen, wie er immer eine Hand frei behielt dabei, um das Boot zu steuern, wie sie selbst meist in der Bootswanne saß, lange nur mit Bikini bekleidet und später nur noch in T-Shirt, Badeanzug und kurzen Shorts, immer darauf bedacht, die Beine geschlossen zu halten, weil sein Blick sie dort nicht treffen durfte, sonst würde er wieder sagen, sie müsse sich die herausschauenden Haare abrasieren. Obwohl unter den Shorts keines herausschauen konnte. Sie wollte sich weder die Haare abrasieren, noch dass er dort hinsah, wo die Haare wuchsen. Sie spürt Janis' Blick. Und jetzt, fragt er. Er schaut ernst, er lächelt so, dass es in ihrem Körper zu sirren beginnt, zunächst nur in der Brust, dann breitet es sich im ganzen Körper aus. Sie will den Blick halten, spürt, wie ein Lid zuckt, wie das Zucken anscheinend ein Lächeln auslöst, versucht, es zu unterdrücken, reibt sich mit den Händen über das Gesicht, um die Grimasse, die sie darin vermutet, zu unterdrücken. Es ist eine gute Frage. Sie weiß es ja auch nicht. Noch bevor sie antworten kann, sagt Janis: Meine Schwester, Fine, ist der beste Mensch, den ich kenne. Irgendwann ist ein Kinderarzt darauf gekommen, sie auf Asperger zu testen. Sie nickt. Sie weiß nicht, warum er jetzt darauf kommt.

Und da haben wir gelernt, dass wir anders mit ihr umgehen müssen, so ehrlich wie möglich, sagt er. Dass wir ihr sagen müssen, wenn wir uns ärgern und warum wir das tun, und dass wir deshalb so ein Gesicht machen oder laut werden, solche Sachen; wir haben ihr gezeigt, wie man sich freut, und begründet, warum wir uns freuen, und all so etwas. Und plötzlich wurde alles besser. Oder nicht plötzlich, aber nach einer Weile. Alles wurde schöner, sagt er, weil wir mehr sprachen, über uns. Im Gebüsch nahe der Terrasse raschelt es laut, es klingt, als ob dort jemand herumgeht und immer wieder leise niest. Der Igel, sagt Claire. Er hört sich selbst atmen, er wartet, ob sie antwortet, spürt, er wird müde, obwohl er das nicht möchte, er will wach bleiben. Für einen Moment legt er den Kopf auf die Arme, die er auf die Lehne des Klappstuhls gelegt hat, dann richtet er sich wieder auf. Das Igel-Geräusch wird lauter.

Sie ist froh, dass Nora im Haus ist. Igel sind die einzigen Tiere, die die Hündin sofort aufspürt, die sie dumm machen, so dumm, dass sie wie wahnsinnig bellt, sich manchmal sogar die Ballen der Pfoten an ihnen aufsticht, wenn sie versucht, das zusammengerollte Tier umzudrehen. Wie soll sie dem Jungen erklären, dass sie nicht glaubt, dass es gut wäre, wenn sie ihm sagt, was sie empfindet. Für sie beide nicht.

Janis, sagt sie, was hältst du davon, wenn wir schlafen gehen?

Du gibst mir keine Antwort, sagt er.

Ich habe keine Antwort.

Es gibt für alles eine.

Ich habe es dir schon erklärt, sagt sie, ich müsste mich wiederholen.

Was wiederholen?

Janis, ein Konflikt wird nicht weniger, wenn man ihn immer neu benennt. Man muss mit ihm umgehen.

Und das tust du gerade?

Das tue ich gerade, sagt sie.

Er hört, dass ihre Stimme wieder angespannt ist. Aha, indem du einfach nichts sagst, tust du das, sagt er, und er sieht, dass sie sofort den Kopf schüttelt.

Ein Nachtfalter quert die ganze Länge der Terrasse, seine hellen Flügel schimmern im Mondlicht und wirken fast körperlos. Der hellste Punkt ist die metallene Gießkanne ganz vorn auf dem Geländer, sie reflektiert das Licht des Mondes. Dorthin flattert das Tier und lässt sich nieder. Sie lässt ihren Blick verharren, obwohl sie den Falter schon nicht mehr sieht. Jetzt gibst du wieder keine Antwort, sagt Janis. Vielleicht ist es falsch, sich so sehr zu kontrollieren. Sich und den Jungen so sehr zu kontrollieren. Er ist sechzehn. Er ist schon sechzehn. Ich habe Angst, sagt sie. Sie schaut für einen Augenblick auf den Jungen, aber er reagiert nicht. Hat sie es zu leise gesagt? Und wenn. Dann ist es auch gut. Plötzlich kommt ihr dieser Satz sehr intim vor, als ob sie gerade ihr Innerstes nach außen gestülpt hat.

Ich habe Angst. Er kann den Satz vor sich sehen, als stünde er vor seinen Augen geschrieben, aber etwas mischt sich immer dazwischen. Zuerst denkt er, er halluziniert, weil er schon viel zu lange in die Wiese schaut und immer wieder dieses Blinken sieht, ein zartes Aufflackern von Licht, wie man das von weit entfernten Scheinwerfern in der Nacht kennt, kurz und glitzernd, dann ist es wieder verschwunden. Aber im Moment, als Claire das sagt, sind diese kleinen Lichtblitze auch da, sie bewegen sich in der Wiese, machen Lichtpunkte, wie Morsezeichen, eins, zwei, drei und weg und eins, zwei und weg, im Sekundentakt und immer nur einen Augenblick lang. Er will es nicht sagen, er wechselt die Blickrichtung hin zum Wald, und dann sieht er es wieder. Eins, zwei, drei und weg und, als ob jemand darauf antwortet, wieder: eins, zwei, drei und nichts mehr. Er schließt die Augen. *Ich habe Angst.* Er sieht wieder jedes einzelne Wort vor sich, dann jeden Buchstaben. Ein Satz. Den er nicht versteht. Er hat keine Angst. Er öffnet die Augen, und kaum schaut er in die Wiese, sieht er noch viel mehr Glimmen darin. Er weiß nicht, ob das echt ist oder ob seine Augen jetzt spinnen. Wenn er seinem Körper nicht mehr trauen kann, das macht ihm Angst. Noch einmal schließt er die Augen, er presst die Lider aufeinander, es wird orange dahinter und dann rot, er öffnet sie wieder, konzentriert sich. Das Glimmen ist weg. Und dann ist es wieder da, in seinem linken Augenwinkel glimmt es auf. Siehst du das auch, fragt er. Er wendet sich Claire zu, er spürt ein Vibrieren im Körper, sogar auf der Haut bitzelt es. Er weiß nicht, was das ist. Glühwürmchen, sagt Claire. Kennst du nicht? Nein, nie gehört, er schüttelt den Kopf, steht auf, nimmt seinen Stuhl, dreht ihn und stellt ihn Lehne neben Lehne an den von Claire.

Ich spüre die.

Sie lacht, das kann nicht sein.

Doch, im ganzen Körper.

Man kann Glühwürmchen nicht spüren, Janis, sagt Claire. Er hört, dass sie sich amüsiert, aber tatsächlich hat er das Gefühl, sein ganzer Körper vibriert. Er versucht, sich auf das andere Glimmen, das, das er sehen kann, zu konzentrieren. Es ist immer in Bewegung, ein wenig wie Schmetterlinge, wenn sie auf der Stelle fliegen und die Flügel sich ganz schnell bewegen. Er hat das am Nachmittag beobachtet am Bach. Eine Weile versucht er, konzentriert auf dieses Glitzern und Glimmen zu schauen, er hört sich atmen und Claire auch, als er eine einzige kleine Bewegung weiter nach rechts macht, kann er sie sogar spüren, er verharrt, seine Schulter an ihrer, sie lässt es zu, dass er ganz nah ist, und langsam hat er das Gefühl, das Vibrieren wird weniger. Aber etwas ist aufgeregt in seinem Körper, das geht nicht weg. Wie machen die das, fragt er.

Sie haben einen Leuchtkörper und bestimmte Enzyme, die reagieren mit Sauerstoff, sagt sie, sie spürt seine Wärme, seine Nähe, sie spürt sogar seine Atmung. Sie will ihm nicht erklären, dass Leuchtkäfer sich so zur Paarung zusammenfinden. Dann liegt seine rechte Hand auf ihrer Linken, die sie im Schoß hat, die Handfläche nach unten, und obwohl sie selbst zögert, zögert ihre Hand nicht und wendet sich um, öffnet sich. Janis umfasst ihre ganze Handfläche, ihre Finger, seine Hände sind trocken und warm, sie glaubt, ein Zittern darin wahrzunehmen, aber es ist auch egal. Vielleicht zittert sie selbst. Dass man seine Gefühle nicht ändern kann, das könnte sie jetzt sagen. Aber entscheiden, wie man damit umgeht. Sie lässt es sein, sie weiß nicht einmal genau, warum. Vielleicht weil sie müde ist, vielleicht weil es keinen Sinn hat, etwas zu erklären, vielleicht kann man so etwas auch nicht verstehen mit sechzehn, und Janis findet sie peinlich. Er soll sie gut finden, das fällt ihr erst jetzt auf, dabei hat sie sich darum doch schon im Camp bemüht. Sie spürt, wie ihre Atmung sich seiner anpasst. Wie ein gemeinsamer Atem entsteht. Er bewegt seine Hand nicht, er bewegt sich überhaupt nicht, und sie tut es ihm gleich, so, als könnte jede Bewegung diesen Moment zerstören, so, als wüsste er, was sie weiß, was sie wissen will, worüber sie entscheiden wird: dass es zu mehr nicht kommen wird. Es ist schon mehr als genug. Sie hält mit einem sechzehnjährigen Jungen Händchen. Du darfst das niemandem erzählen, möchte sie sagen, aber sie lässt es sein. Er wird es niemandem erzählen. Und wenn! Sie atmet in den Bauch, nur einen Augenblick, die beiden Hände in ihrem Schoß bewegen sich. Sie hört den Jungen tief durchatmen. Und wenn? Dann wäre es eine Katastrophe. Sie hätte mit einem Jungen, der im Camp ihr Schutzbefohlener war, Händchen gehalten. Der Pfadfinder-Betreuer, der sie in sein Bett eingeladen hat, als sie so alt war wie Janis, und dessen Wunsch sie nicht folgte, hatte ihr ein Buch geschenkt, das sie nicht angerührt hatte, das sie irgendwo in ihrem Schrank ganz hinten verborgen hatte, weil man Bücher nicht wegwarf. Sie behielt den Titel, einen wahrscheinlich russischen Mädchennamen, den sie noch immer kennt, den sie ihr Leben lang kennen wird. Es hat lange gebraucht, bis sie nachlas, worum es in diesem Buch ging, und verstand, sie kam darin vor; als junge mutige Frau, die sich traute, abzuhauen, mit einem, den keiner wirklich liebte – oder der sich von niemandem geliebt fühlte, das weiß sie nicht mehr. Bis heute schämt sie sich, sie war in diesen Menschen nie verliebt, sie mochte ihn, und irgendwie hatte sie Mitleid für ihn empfunden, weil er wirkte wie ein trauriger Mensch, er war ein unglücklicher Mensch. Und er war ihr zugewandt in einer Zeit, als auch sie unglücklich war mit sich selbst und sich nirgends wirklich gut fühlte. Ich kann doch hier schlafen, fragt Janis. Sie lässt seine Hand los, um sich durchs Haar zu fahren. Oder eher: Sie will sich durchs Haar fahren, um seine Hand loszulassen. Er scheint zu warten, auch seine Hand scheint zu warten, sie liegt auf ihrem Schenkel, aufgeschlagen und bereit, ihre wieder aufzunehmen. Ich mach dir das Sofa zurecht, sagt sie.

Das Sofa! Keine Ahnung, was er sich vorgestellt hat. Er zögert, was soll er antworten. Er nickt. Er weiß nicht, ob Claire es wahrnimmt. In der Wiese ist noch immer das Glühen der Tierchen zu sehen, vielleicht sind es auch mehr geworden. Kann sein, es sind nur seine Augen besser darin geworden, die Glühwürmchen zu orten. Wenn Fine das sehen würde! Warum machen die das, würde sie fragen. Er weiß es auch nicht. Warum machen die Glühwürmchen das, fragt er. Uhh, sagt Claire. Er dreht seine Hand um. Der Stoff ihrer Jeans ist warm, dort, wo seine Hand lag. Er legt seine Handfläche auf die Wärme.

Das ist ihre Sprache, sagt Claire.

Kommunikatives Leuchten, antwortet er. Claire lacht. Er mag, wenn sie über etwas, was er sagt, lachen muss. Erzähle ich meiner Schwester, sagt er.

Sofort spürt sie wieder das Bedürfnis, es zu sagen: Bitte erzähle nichts! Sie legt ihre Hand auf seine. Eigentlich um sie wegzutun, wegzuräumen von ihrem Schenkel, aber ihre Hand bleibt auf seiner liegen. Janis, sagt sie, ich möchte, dass du dich gern an mich erinnerst, später auch noch. Seine Hand erhöht den Druck auf ihren Schenkel.

Warum denn nicht, sagt Janis.

Sie sieht, er lächelt. Es ist nicht so einfach, sagt sie.

Keine Sorge, sagt der Junge.

Doch, sagt sie, manchmal ist das, was im Augenblick schön zu sein scheint, später peinlich oder sogar schlimm.

Unsinn, sagt er, Empörung schwingt in seiner Stimme, sie hört es deutlich, aber sie weiß, sie hat recht. Vorsichtig nimmt sie seine Hand, die auf ihrem Schenkel liegt, als ob sie dort hingehörte, in ihre, sie drückt sie und legt sie hinüber auf Janis' Bein. Dann steht sie auf.

Ich mach dir ein Bett zurecht, sagt sie.

Claire! Janis ruft es fast und springt auf. Darf ich dich einmal richtig umarmen, fragt er.

Sie legt den Kopf in den Nacken. Weil sie Ja sagen möchte, weil sie Nein sagen möchte, weil sie nicht weiß, was sie sagen soll, weil sie die Frage überfordert, weil die Nacht klar ist, ist der Himmel voller Sterne; sie hat es nur noch nicht richtig wahrgenommen. Die Milchstraße wölkt sich hell, darauf in Flugpose der Adler, außerdem der Schwan und rechts davon das helle Leuchten von Wega. Und noch bevor sie eine Antwort geben kann, spürt sie Janis' Körper an ihrem, und wie er die Arme hinter ihrem Rücken verschränkt. Sie lässt ihren Kopf sinken, sein Kinn legt sich darauf. Unschlüssig zuerst, aber dann umfasst sie seinen Rücken doch, spürt den langen schmalen Körper, die Rippen des Jungen an ihren Armen, wandert mit den Händen über drei Hügel seiner Wirbelsäule, erschrickt über ihre sich bewegenden Hände, hält inne und lässt los. Sie kann ihn riechen, sie spürt seine Rippen, seine Hüften, sie spürt ihn mehr, als es gut ist, und das Ziehen in ihrem Bauch, das Pochen, auch in ihrer Brust, in ihrem ganzen Körper. Seit einer Ewigkeit hat niemand sie so festgehalten, und genauso lange hat sie ihre Lust nicht mehr in Anwesenheit eines Menschen gespürt. Janis, sagt sie gegen seinen Hals, lass mich los und uns schlafen gehen, bitte! Sie spürt seine Lippen auf ihren Haaren, an ihrem Ohr, dann lässt er los. Es tut mir leid, sagt sie, wirklich. Sie sucht seinen Blick.

Er will sie nicht anschauen. Was tut dir leid, fragt er.

Komm, sagt Claire, als sie an der Terrassentür steht.

Was tut dir leid? Er wiederholt es.

Dass das nicht geht, aber es geht wirklich nicht, sagt Claire.

Niemand erfährt etwas, sagt er. Er zögert, dann sagt er: Ich verspreche es.

Komm rein, Claire sagt nur das.

Von der Terrassentür aus beobachtet er, wie sie das Licht der Lampe neben dem Sofa anmacht, wie der grüne Schirm das Zimmer einfärbt, wie die Blumen auf dem Überwurf zu leuchten beginnen, wie Claire die vielen Kissen von der Liege nimmt, sie auf dem Boden stapelt, wie sie dann auch die Blumendecke weghebt und faltet. Sie macht es ohne Eile, so, als hätte sie alle Zeit der Welt. Er möchte am liebsten einen Stuhl in die Wiese werfen oder jedenfalls etwas tun, was laut ist, was wehtut, er weiß es nicht. Er zieht das Telefon aus der Tasche. Es ist schon fast zwölf. Er lässt es lieber im Flugmodus, keine Ahnung, was Ansgar noch geschrieben hat. Drinnen durchquert Claire den Raum und geht die Treppe nach oben. Er hört, dass sie etwas sagt, wahrscheinlich spricht sie mit der Hündin. Er könnte auch nach Hause gehen, einfach loslaufen. Irgendwann wäre er da. Keine Ahnung, wie lange er bräuchte. Wahrscheinlich würde er nicht einmal den Weg finden, wenn der Akku leer ist. Er könnte trampen. Oben klappert es, eine Schranktür oder was. Er hat keine Ahnung, wie sie sich das vorstellt, wie soll er jetzt einfach schlafen? Claire kommt die Treppe herab, den Arm voller Sachen. Sie lässt ein Kissen und eine Bettdecke auf den Boden fallen und beginnt, ein weißes Laken über das Liegesofa zu stülpen, kurz schaut sie auf, lächelt, er weiß nicht, wie gut sie ihn vor der Terrassentür sehen kann bei diesem Licht. Er wendet sich um, geht zum Geländer, lehnt sich dagegen, und als seine Augen sich an die Dunkelheit gewöhnen, glimmt es wieder in der Wiese. Er holt das Telefon hervor, versucht ein Foto, aber nichts ist darauf zu sehen, außer der Nacht. In der Ferne hört er eine Straße, regelmäßig fahren Autos, das ist weit weg, aber so nah, dass er die Straße bestimmt gut zu Fuß erreichen könnte. Sie führt sicher irgendwohin, wo ein Bahnhof wäre. Die Wiese blinkert. Er hat nicht einmal gewusst, dass es solche Glühwürmchen gibt. Es ist, als ob einem Leuchten in der Wiese immer ein anderes Leuchten folgt, als ob es ein Kettenleuchten gibt. Als die Terrassentür aufgeht, dreht er sich nicht um, auch nicht, als Claire seinen Namen sagt, so wie nur Claire seinen Namen sagt: schön. Sie tritt neben ihn, komm mit rein, sagt sie und fasst ihn am Arm. Er lässt es zu. Komm, sagt sie noch einmal. Und er lässt auch zu, dass sie ihren Arm um seinen Rücken legt, ihn führt, als sei er ein wenig angeschlagen oder alt, dass sie ihn ins Haus hineinführt, hereinholt, und die Terrassentür hinter ihm schließt. Sobald sie in seiner Nähe ist, fühlt sich alles besser an. Oder vielleicht wie Hoffnung. Oder vielleicht nur einfach gut. Meinst du, du kannst da schlafen, fragt Claire. Noch immer hält sie den Arm um seinen Rücken, zwei Handbreit unter seiner rechten Achsel, die Fingerspitzen auf seinen Rippen, als wären sie Tasten eines Instruments. Wenn sie ihn nur nicht loslässt jetzt, denkt er und weiß nicht, was er sagen soll, er nickt. Er spürt ihre Finger, und weil er ihre Finger spürt, spürt er auch, wie sehr seine Rippen herausstehen, und auf einmal fühlt er sich schmal und dünn und irgendwie klein. Oder er weiß es nicht. Ich gebe dir noch eine Zahnbürste, sagt sie, ihre Hand streicht einmal hinab zu seiner Hüfte und wieder hinauf, aber es fühlt sich anders an als ihre Berührung draußen auf der Terrasse. So, als müsse sie ihn trösten, und dann lässt sie ihn los.

Claire, sagt er. Wir können doch jetzt nicht einfach ins Bett gehen.

Sie lacht. Doch, Janis, das können wir.

Er kann ihr Gesicht nicht deuten.

Dein Bett ist fertig, sagt Claire, dann dreht sie sich um.

Er sieht, wie sie ins Bad geht, wie sich die Tür schließt. Er setzt sich auf die Liege, sie gibt nach, aber nicht zu sehr. Dein Bett! Er beugt sich hinab, schnuppert an der Bettwäsche, sie riecht so, wie das Haus von Claire riecht, unbeschreiblich gut. Er lässt sich auf den Rücken fallen, schließt die Augen, spürt, wie müde er ist, öffnet die Augen wieder, hört im Bad laufendes Wasser, schließt sie wieder, er hat keine Ahnung, wie er sich fühlt, aufgeregt vielleicht, kribbelig, aufgeregt trifft es am besten. Und müde. Das Telefon liegt auf seiner Leiste, er holt es aus der Hosentasche, legt es neben sich aufs Bett, dann schiebt er es unters Kopfkissen, damit Claire nicht wieder denkt, er schreibt mit Ansgar oder wem. Er schreibt jetzt nicht mehr mit Ansgar, lieber erst morgen. Morgen ist wahrscheinlich schon heute. Morgen früh. Seine Augen fallen von selbst zu. Das grüne Licht der altmodischen Lampe dringt auch durch seine geschlossenen Lider, oder jedenfalls hat er das Gefühl, das grüne Licht ist die Wiese, es blinkt auf der Wiese, Schatten spazieren darüber, kleine und große Schatten, aber es wirkt nicht gefährlich, und immer wieder blitzt etwas, als mache jemand Fotos mit einer Kamera, und dann sieht er, wer es ist. Fine stapft in ihren grünen Hosen durchs grüne Gras, und je näher sie kommt, desto klarer wird, sie ist die Wiese, ihre Beine sind grünes Gras, Fine ist ein Oberkörper und ein Kopf, aber das ist nicht gefährlich, so ist Fine, sie ist gelb, und etwas steht auf ihrem Oberkörper geschrieben, schwarz auf gelb, etwas, was er nicht lesen kann, aber gleich geht das, wenn die Wiese näher kommt, geht das; er wartet, und die Wiese kommt näher und Fine mit ihrem Oberkörper, der ein großes Stück Papier ist, auch. Und er strengt sich sehr an zu lesen, aber das ist nicht seine Sprache, das ist die Sprache von Fine, und er versteht sie nicht, es ist keine Botschaft an ihn, sonst würde sie anders sprechen, sie ist nicht hier, weil er hier ist, sie ist ganz für sich allein in der Wiese, wegen der Wiese, weil die Wiese da ist, ist Fine da. Er spürt eine Berührung an seiner Schulter, Fine steht vor ihm, aber sie fasst ihn nicht an, sie schaut nur, und er versucht, nicht mehr zu lesen. Wenn er die Beine hochlegt, ist es bequemer.

Claire war jünger als Janis, da schwärmte sie für einen blonden Jungen, der zwei Klassen über ihr war; wahrscheinlich war er in der zwölften und sie in der zehnten. Er hatte Locken, wie alle Jungen und alle Männer, die ihr gefielen, Locken haben mussten, aber dieser hatte besonders große dichte Locken, die sein Nickelbrillengesicht umwucherten wie ein Kranz. Er war anders als die anderen, er rauchte nicht und trank nicht, und wahrscheinlich kiffte er auch nicht. Sie fand ihn schöner als alle, und weil sie in seiner Jahrgangsstufe Mädchen kannte, gelang es ihr, mit ihm in Kontakt zu kommen. Irgendwie konnte sie ihn für sich interessieren. Und es gibt noch dieses eine Bild: In einem Park in der Stadt saßen sie auf einer Bank, sie ihm zugewandt auf seinem Schoß, und als sie sich küssten, spürte sie, wie sein Schwanz in der Hose hart wurde, und es war das erste Mal in ihrem Leben, dass sie einem Jungen in die Hose fasste und einen Schwanz in der Hand hielt, prall und heiß, aber die Haut überraschend zart. Bis heute weiß sie nicht, ob er sich das gewünscht hat, bis heute weiß sie nicht, was danach geschah, wahrscheinlich nichts weiter oder nichts von Bedeutung, denn der Junge, der Nils hieß, war zwei Wochen später plötzlich mit Linda zusammen, die auch solche Locken hatte wie er, nur dass seine blond und ihre braun waren; sie ging in die Klassenstufe zwischen ihnen. Linda und Nils wurden das schönste Paar der Schule und blieben es auch noch nach dem Abitur, während sie, Claire, den Männern die Schwänze aus den Hosen holte, die zarte Haut zwischen ihren Fingern liebte, die Form eines Körperteils erfasste, das so fremd war wie kaum etwas auf der Welt. Aber sich nicht weiter traute. Oder nicht weiterwusste. Als ob es um diese Errungenschaft ging, sich ein männliches Körperteil zu eigen zu machen oder es zumindest in der Hand zu haben. Alles andere, was möglich war, mehr Nähe, mehr Liebe, machte ihr Angst. Jahre, in denen sie sich nur in Männer oder auch mal in Frauen verliebte, die sich vollkommen unabhängig gaben oder schon in einer anderen Beziehung lebten. Bis es für eine Zeit Männer gab, mit denen es möglich wurde, zu leben. Bis sie nur noch allein sein wollte. Und nun liegt dort auf dem Sofa vor ihr der Junge, und sie hat sein Begehren gespürt, als er sie umarmt hat, und sie hat ihr eigenes Begehren gespürt, als sie das seine spürte, sie hat es schon vorher gespürt, sie hat es bereits im Camp gespürt, wenn er ihre Nähe suchte, wenn er sie anblickte, wenn er neben ihr saß, wenn sie nebeneinander hergingen, immer war der Junge auch ein Körper, ein begehrenswerter Körper gewesen. Sie hat ihn gesehen, und das Begehren war da. Sie hat Janis die Schuhe ausgezogen, ohne dass er es bemerkt hat. Sie hat versucht, seinen Körper nicht zu berühren, er schläft, sie hat ihm die Schuhe von den Füßen gestreift, sie an die Tür zur Terrasse gestellt. Er hat sich nicht gerührt, so tief ist er in den Schlaf gefallen. Erst als sie die Daunendecke über ihn gebreitet hat, die seit Jahren in der Truhe unterm Dachfenster lagerte und immer weiter nach unten gerutscht war, weil niemand vorbeikam oder sie niemanden zu sich eingeladen hatte, als sie Janis diese Decke über den Körper legte, hat er sich hineingeschmiegt, als sei die Decke ein zweiter, ein anderer Körper. Sie hat eine Kerze angezündet und das grüne Licht neben dem Sofa ausgeschaltet. Seither sitzt sie am Tisch, weit genug von dem Jungen entfernt und nah genug, um ihn zu sehen. Sie hört ihn atmen. Nora hat sich nicht mehr gezeigt. Sie schläft. Sie ist es gewohnt, die Nacht durchzuschlafen. Die Anwesenheit des Jungen scheint sie nicht zu verwirren. Claire steht auf. In der Küche gibt es noch eine ungeöffnete Flasche Rotwein. Sie nimmt sie aus dem Regal, es ist der Wein, den sie am liebsten mag. Sie ist wieder vollkommen nüchtern, vielleicht wäre es dennoch besser, einen Tee zu trinken. Unschlüssig steht sie am Tisch, der noch nicht einmal abgeräumt ist. Sie legt die Weinflasche wieder ins Regal zurück. Leise stellt sie die Teller ineinander und räumt sie zusammen mit dem Besteck in die Spüle. Würde der Junge wach werden, sie müssten wieder reden. Sie will nicht mehr reden. Sie nimmt ein Glas aus dem Regal und dann doch die Rotweinflasche dazu, stellt beides auf den Tisch und zieht mit dem Kellnermesser den Korken so vorsichtig aus der Flasche, dass nicht einmal ein leises Ploppen zu hören ist. Erst als sie am Tisch sitzt, trinkt sie einen Schluck. Janis hat sich auf den Bauch gedreht, seine Haare verteilen sich wie Braunalgen über das Kissen um seinen Kopf und um sein Gesicht herum, von dem kaum etwas zu sehen ist, obwohl er dem Raum zugewandt liegt; aber sie sieht, dass er mit geschlossenem Mund schläft. Er wird nicht schnarchen. Den rechten Arm hat er so über den Kopf gelegt, dass die Finger vom Kissen verdeckt werden, vom linken Arm ist nichts zu sehen. Sie legt die Füße auf den zweiten Stuhl, die Kerze flackert. Sie schläft auf dem Rücken; sie hat sich das angewöhnt, als sie anfing, wieder allein zu schlafen, mehr als fünf Jahre ist das her, dass sie plötzlich das Gefühl bekam, sie muss wieder frei sein, allein sein, sie will nur mit sich selbst sein. Da war es möglich, der Dunkelheit, dem Schlaf die Frontseite zu zeigen, sich nicht unter dem eigenen Körper zu begraben. Sie hatte wieder Luft, sie konnte atmen. Nur in schlechten Nächten drehte sie sich auf die Seite, den Bauch, auf die andere Seite, schließlich wieder auf den Rücken und immer weiter so um sich selbst, weil der Schlaf in keiner der Positionen ruhig wurde. Der Junge schläft, wie Kinder schlafen oder so, wie sie sich vorstellt, dass sie als Kind geschlafen hat, tief und ohne Unterbrechung eine ganze Nacht lang, bis jemand sie weckte, bis etwas sie weckte, bis der Schlaf genug hatte oder der Körper genug vom Schlaf. Auf der Terrasse leuchtet der Mond die Dielen gleichmäßig aus, das Licht dringt an der Glastür bis in den Raum hinein, aber hier bei der Liege, ihrem Tagesbett, ist es dunkler; es ist draußen heller als drinnen, außer in diesem kleinen runden Feld, das der Schein der Kerze aufmacht. Das Rotweinglas steht darin, das Gesicht des Jungen unter den

Haaren liegt darin, ihre Füße in den dicken weißen Wollstrümpfen auf dem Stuhl. Mit welchem Vertrauen der Junge sich hierhergewagt hat, mit welchem Vertrauen er sich ihr offenbart hat, mit welchem Vertrauen, dass schon nichts geschehen wird mit ihm, er nun dort liegt und schläft. Manchmal, früher, lange her, weit weg, überkam sie mit einem der Männer mitten aus dem Schlaf heraus die Lust, sodass sie sich an ihn drängte und er sich von hinten um sie schmiegte und sie sich rieben, bis er in sie eindrang, und sie sich immer noch schläfrig miteinander bewegten, ohne etwas anderes zu wollen als das, so lange, bis sie dabei wieder einschliefen, um morgens aufzuwachen, und wieder war das Begehren sofort da. Sehnte sie sich danach? Sie hatte lange nicht mehr darüber nachgedacht. Erst seit sieben Wochen hat sich etwas verändert. Seither überlässt sie sich in ihrer Lust wieder Bildern, seither fasst sie sich wieder an, gibt sich hin, nur sich selbst. Sie nimmt sich die Bilder; die Körper ihrer Fantasie. Den Körper, diesen? Manchmal erschrickt sie, was gestattet sie sich, was stellt sie sich vor? Was ist in Gedanken erlaubt? Janis bewegt sich, er dreht den Kopf, sein linker Arm kommt unter dem Kissen hervor, schiebt sich über den Brustkorb nach oben in sein Gesicht und streift in einer Bewegung das Haar aus der Stirn. Ist er wach? Er vollzieht diese Bewegung, die er am Tag unzählige Male macht, auch mit geschlossenen Augen, macht sie im Schlaf, er ist nicht wach, sein Körper drückt sich in die Polster des Sofas hinein, während er sich fast schwerfällig umdreht. Noch einmal dreht er sich um, wieder hin zu ihr. Er ist nicht wach. Nur noch sein Oberkörper ist zugedeckt, seine nackten Füße schauen aus der Jeans heraus. Die

Bettdecke klemmt zwischen der Lehne und dem Körper des Jungen. Sie nimmt die Tagesdecke und legt sie ihm über die Füße. Das Weinglas ist nahezu leer. Sie ist nicht mehr müde. Alle Müdigkeit, die sie vorhin auf der Terrasse noch zu spüren glaubte, ist verschwunden. Irgendwohin verschwunden, vielleicht aus Erleichterung. Ob sie das Telefon anmachen soll? Bestimmt hat ihre Mutter noch einmal geschrieben. Sie kann auch am Morgen antworten. Es reicht, wenn sie am Morgen antwortet. In der Wand raschelt der Siebenschläfer. Immer geht sie davon aus, dass es das Männchen ist. Es könnte auch das Weibchen sein. Als ob nur das Männchen diesen Krach machen kann, ein Blödsinn. Jedes Jahr bekommen sie ihre Kinder in der Westwand des Hauses, jedes Jahr wünscht sie sich, dass das irgendwann ein Ende hat. Es hätte nur ein Ende, wenn der rote Kater die Tiere finge, aber vermutlich würden dann neue einziehen. Wieder dreht sich der Junge so, dass sie erschrickt; er zieht dabei die Decke über seinen ganzen Körper. Dann liegt er unbewegt da. Sie lauscht, aber hört ihn nicht einmal atmen. Wie ein Mensch einen Raum verändert, die Atmosphäre eines Raumes, die Temperatur, das Wesen, wie dieser schlafende Junge auf dem Sofa ihr Wohnzimmer in ein morbides Kabinett verwandelt. Oder ist es ihr Blick? Wenn Nora dort liegt, wo Janis jetzt schläft, füllt sie nur eine Ecke der Couch aus, schmiegt sich in die Kissen und wird dabei selbst zu einem dunklen, atmenden Stoff, lebendig, aber ohne dass sie, Claire, dadurch irritiert ist oder eine Dringlichkeit spürt, etwas zu verändern. Jetzt wirken die trockenen Blumen in der einen Vase auf dem Fensterbrett und die Federsammlung in der anderen, als habe jemand vergessen, das alles zu entsorgen. Dabei ist es doch immer ihr Blickfang; all diese Dinge, die sie draußen findet und sammelt, Wurzeln und Blumen und Federn und Steine, Altholz in seinen Variationen, alles, was sie aufbewahrt, bildet auch im sich zersetzenden Zustand nur die Schönheit dieser Welt ab, in der sie leben will. Sie steht auf, geht um das Sofa herum und nimmt die Sonnenblumen vom letzten Jahr aus der Vase. Die Blätter bröseln. Sie geht in die Küche, aber als sie vor dem Mülleimer steht, will sie sie nicht hineinwerfen. Der Junge ist morgen wieder weg. Sie legt die Blumen neben die Spüle. Und sie wird hier sein. Allein. So wie zuvor. Sie könnte sich darüber freuen, aber da ist keine Freude. Sie geht zurück ins Wohnzimmer, holt ihr Weinglas und schenkt sich in der Küche nach. Auch sie ist morgen den ganzen Tag nicht da. Sie fährt doch zu ihrer Mutter. Wie das gehen soll, morgen bei der Mutter zu sein und so zu tun, als wäre alles wie immer? Es ist nichts wie immer. Auch wenn er weg ist, wird nichts so sein wie davor. Er wird da gewesen sein. Ganz gleich, was danach passiert.

Als sie seine Stimme hört, denkt sie zuerst, er spricht mit ihr, aber sofort ist es wieder still. Leise geht sie hinüber, der Junge hat die Schlafposition gewechselt; jetzt liegt er auf dem Rücken, bis zum Hals zugedeckt, sein Adamsapfel zeigt sich als kleine Murmel, sein Kinn sticht hervor, er hat den Kopf in den Nacken gelegt. Die Tagesdecke umschlingt seine Füße. Am letzten Abend im Camp hatte sie mit dem Jungen am Feuer gesessen, sie hatte gehofft, es käme nicht dazu, dass sie allein mit ihm dort sitzen würde, und gleichzeitig hatte sie sich nichts mehr gewünscht, als dass es möglich werde. Sie wollte sich von ihm verabschieden, nicht im Beisein der anderen, sie hatte sich vorgestellt, was sie ihm sagen könnte, was sie ihm wünschen könnte, für die Zukunft. Sie hatte sich vorgestellt, sie nähme ihn zum Abschied in den Arm. Sie hat nichts davon getan, alles, was ihr einfiel, klang pathetisch, und alles, was sie fühlte, sprengte eine Umarmung, so wie der kleinste Stein eine Scheibe sprengen kann. Janis murmelt, unter der Decke bewegt er seine Beine unruhig, als wollte er laufen. Sie versteht nicht, was er sagt. Nora macht das häufig im Traum. Claire weiß nicht, ob sie das schon einmal bei einem Menschen bemerkt hat. Sie hatte ihn am Feuer sitzen lassen und war ins Bett gegangen. Sie konnte nicht schlafen, ihr Körper verlangte nach etwas, was sie ihm nicht geben konnte. Sie suchte nach Gedanken, die sie ablenkten, noch besser, die sie bändigten, festhielten. Weil alles Schöne nicht half, suchte sie nach etwas, was sie marterte, und landete in der Düsternis einer Wohnung mit Schuhschrank und Korkuntersetzern auf dem Tisch, landete in einem unterkühlten Schlafzimmer, das aussah wie aus einem Möbelkatalog. Dort penetrierte sie der große Schwanz eines Mannes, den sie einmal, damals, bewundert, aber nicht geliebt hatte; ihr Begehren war gestorben in der Nüchternheit der Wohnung oder unter den mechanischen Bewegungen des Mannes, der das nicht wahrgenommen hatte. Als sie die Augen wieder öffnete, lag sie in ihrem Bett im Camp, draußen war es hell, und zwei Minuten später klingelte der Wecker. Der Tag stand vor ihr, als müsse sie eine Reise machen. Dabei blieb sie doch dort, blieb sie übrig. Beim Frühstück war sie dem Jungen aus dem Weg gegangen, war froh, dass Achim früher ins Camp kam, war froh, dass er da war, als sie die Klasse verabschiedeten. Achim legte Janis den Arm um die Schulter, wenigstens das tun, dachte sie und spürte einen gewissen Neid, er legte auch Ansgar und Johann den Arm um die Schulter, das berührte sie nicht. Und seine Anhänger, Basti und Anton und Luca, klatschte er ab. Wie immer johlten die drei Jungs. Sie selbst hat Elif umarmt und allen anderen die Hand gegeben. Janis hielt ihre Hand fester als nötig, aber in seinem Blick spürte sie seine Abwehr. Er wollte etwas anderes. Sie hielt seine Hand nur wenig länger, als es dauerte, Ciao zu sagen. Dann drehte sie sich um. Als die Klasse losfuhr, bemerkte sie seinen Blick durchs Busfenster und schaute weg. Der Junge bewegt sich unruhig im Schlaf, immer wieder denkt sie, er ist wach. Für einen Moment öffnet er die Augen, schaut sie an, sie erschrickt so sehr, dass sie das Glas fast loslässt, Wein schwappt über. Dann dreht er sich vom Rücken auf die Seite, zieht die Decke über die Schulter und wird ganz ruhig. Sie reibt über den roten Fleck auf ihrer Jeans, er ist nicht groß, aber wenn sie nichts dagegen tut, wird er für immer bleiben, ein hellrotes Mal, das ihr früher gefallen hätte, eine Erinnerung, etwas bleibt von einem Tag, der sich heraushebt aus dem Leben, das sie immer glaubte, genau so führen zu wollen, wie sie es die letzten fünf Jahre tat. So oder so wird er bleiben. Sie steht auf, geht in die Küche, holt das kleine Salzfass, setzt sich wieder und reibt zuerst mit dem Zeigefinger und schließlich mit dem Daumen die Salzkörnchen in den Jeansstoff. Sie saugen sich voll, werden rosarot, bröseln auf den Stuhl, bröseln weiter auf die Dielen. Sie spürt die Bewegung ihrer Hand auf dem Schenkel, den Druck des Daumens, den des Handballens nah bei ihrer Leiste. Sie spürt, wie die Lust sofort da ist. In ihrem Weinglas sind noch zwei Schluck, sie trinkt es leer. Der Hinterkopf ist das Einzige, was von Janis noch zu sehen ist. Sie will den Jungen nicht wecken, vorsichtig streicht sie ihm einmal vom Scheitel aus über die Wölbung des Hinterkopfs, das glänzende dunkle weiche Haar; er bewegt sich nicht, liegt ganz still und atmet leise. Sie bläst die Kerze aus.

Im Dachgeschoss scheint der Mond durch das kleine Fenster, es ist hell genug, um alles zu sehen. Nora hebt den Kopf, als Claire an ihr vorbeischleicht, alles gut, sagt Claire leise. Noch immer hat sie nicht das Gefühl, ihr Körper ist müde genug, um zu schlafen. Sie zieht sich aus, legt sich auf den Rücken, hört, wie Nora durchatmet, tief und schwer, nur einmal, dann wird es neben ihr still. Ein Stockwerk trennt sie von Janis; wenn er wieder anfangen würde zu sprechen, könnte sie es wahrscheinlich hören. Es ist fast halb zwei. Sie wacht für gewöhnlich auf, sobald es dämmert, aber wird das morgen auch so sein? Sie will vor dem Jungen wach sein. Und dann? Sie stellt den Wecker auf sechs und legt ihn unter das Kopfkissen. Noch einmal horcht sie; von unten ist nichts zu hören.

3

An der Kante des Rehwegs, dort, wo der Hang steil abfällt, hat der Nachbar, dem das Stück Wald gehört, ein paar Stämme abgelegt. Altholz, bei Sturm von den Bäumen gefallen, teilweise sehr morsch, aber auch frisch geschnittene Haselstecken und den Stamm einer Esche. Von hier aus kann ich das Haus durch die Büsche sehen, aber das Haus sieht mich nicht. Ich weiß das deshalb, weil auch ich die Rehe vom Haus aus um diese Jahreszeit nicht mehr sehen kann, nicht einmal kleinste Bewegungen. Aber sie kommen vorbei, ich sehe Spuren, sie gehen die immer gleichen Wege. Wenn sie da sind, sehen sie mich. So wie ich jetzt das Haus sehe, das still dasteht. Nichts rührt sich. Es liegt noch nicht einmal Sonne auf dem Grundstück; sie ist nur als kleines Licht drüben am Hang, weit hinten zwischen den Bäumen zu sehen, ein Leuchten im Morgenhimmel, wie immer eine Verheißung, dass es schön werden wird, ein schöner Tag. Auch wenn ich mir das im Augenblick nicht vorstellen kann. Die Nacht war nicht kalt, aber so klar, dass sich überall Tau gebildet hat. Die Erde ist voller Feuchtigkeit, weil es in den letzten Wochen endlich wieder ausreichend geregnet hat. Tatsächlich habe ich nicht damit gerechnet; nicht mit der Feuchtigkeit im Boden. Ich setze mich auf den Stamm der Esche. Vor mir ein Blättervorhang aus Ahorn und Holunder, der gerade die ersten Beeren bildet. Ein bisschen weiter rechts gibt es eine Lücke, vielleicht ist es da besser. Ich rücke hinüber. Zwischen Ahornblättern schimmert mein Haus. Eine Meise trägt Futter in den blauen Kasten an der wilden Kirsche. Das Tönen der Vögel hat sich verändert, es ist heller, vielleicht weil die Jungvögel im Hintergrund zwitschern wie ein heimlicher Chor. Heute höre ich das zum ersten Mal in diesem Jahr. Die Kirsche trägt Früchte, sie beginnen gerade zu reifen, die Amseln haben es bereits bemerkt. Ich würde mich gern anlehnen, aber hier geht das nicht, überhaupt ist es sehr unbequem. Bei jeder Bewegung berühre ich mit dem linken Arm eine Brennnessel. Sie ist so haarig, dass ich sie durchs Hemd spüre. Ich kann alles sehen, aber plötzlich denke ich, man sieht mich auch. Wenn jemand hier vorbeikommt, werde ich gesehen. Wer soll hier vorbeikommen? Ich will nicht gesehen werden. Ich stehe wieder auf. Nora folgt mir sofort, sie wedelt mit dem Schwanz. Wir gehen nicht weit, sage ich.

Ich erinnere mich an den Baumstumpf, den ich nur im Winter hier im Hang sehen kann, ich bin nicht sicher, ob es möglich ist, von dort aus auch auf die Haustür zu schauen. Ich gehe auf dem Rehweg noch zwanzig Meter den Hang hinauf. Die Kuckucksnelken sind schon fast verblüht, aber die Himbeeren beginnen gerade aufzubrechen; so wie es aussieht, wird es viele Beeren geben in diesem Jahr. Ich bücke mich, dann knie ich mich hin, unter meinen Händen der Wald, er sticht, ich krieche neben der Hündin durchs Unterholz, bis es sich nach zwei Metern wieder lichtet. Ich werde Zecken einsammeln. Ich werde sie entfernen. Die Bisse werden jucken, aber es ist mir egal. Die Zweige einer jungen Fichte kratzen mir übers Gesicht. Ich hebe die Hand, krieche einhändig auf den Knien darunter hindurch. Dort, wo vor drei Jahren die vom Käfer befallenen Fichten gefällt wurden, kann ich wieder aufstehen. Aufrecht stehen. Um mich wachsen junger Holunder, Esche, Ahorn, Robinien und sogar ein dunkler Haselbusch zwischen allen möglichen Pflanzen, die den Boden bedecken. Direkt vor mir leuchtet der Baumstumpf hell. Aber er wirkt zerfasert, er ist frisch bearbeitet. Ein Specht scheint Gefallen daran zu finden. Der Stumpf ist nur halbseitig zerfranst von den Schnabelspuren des Vogels. Auf der anderen Seite ist er noch vollkommen von Moos überzogen. Erst dann sehe ich zum Abhang hin die Öffnung eines Baus, ein Loch, und dann erst die Abtrittfläche eines Dachses. Ich spüre Freude, er ist vom einen Hang zum anderen hinübergezogen, dabei dachte ich schon, er sei ganz abgewandert. Ich kann mich nicht auf das Haus des Dachses setzen, obwohl ich mein eigenes von hier aus gut sehen kann. Jedenfalls im Stehen. Nora ist aufgeregt, sie riecht den Dachs, sie schnuppert sich am Stumpf entlang, ihre Rute schwingt wie elektrisiert, sie jault auf, schnuppert weiter. Alles gut, sage ich, aber sie hört mich wahrscheinlich nicht einmal. Ich drehe mich von ihr weg, spüre, wie sie in meinem Rücken aufgeregt herumläuft, ich weiß, es passiert nichts, aber ich drehe mich trotzdem mehrmals zu ihr um. Immer wieder läuft sie ein Stück den Hang hinauf und kommt zurück. Irgendwann wird sie ruhiger werden. Wo soll ich mich hinsetzen? Ich fixiere das Haus. Mein Haus. Ich kann es von hier aus sogar besser beobachten als erwartet, nicht die Haustür, aber sobald du heraustrittst, werde ich dich sehen. Und obwohl uns nur fünfzig oder sechzig Meter Luftlinie trennen, weiß ich, dass die Eberesche, ein paar dicht beblätterte Haselbüsche, der hochschießende Trieb einer Walnuss, einer Robinie, einer Hainbuche und die Lärche, die am Rand meines Grundstücks zum Weg hinwächst, mich schützen. Du wirst mich nicht sehen. Nora läuft unruhig um mich herum. Es ist wirklich unmöglich, mich auf einen Baumstumpf zu setzen, unter dem ein Dachs und seine ganze Familie hausen. Komm, sage ich zu meiner Hündin. Drei Meter weiter oben im Hang kann ich zwar nur noch den vorderen Teil des Hauses überschauen, aber nach wie vor die Terrassentür und den Vorplatz.

Jetzt lehne ich am Stamm einer Esche. Das Haus liegt still, als ob es unbesetzt wäre, alles wie immer. Als könnte ich es einfach wieder betreten. Aber so kommt es mir nicht vor. Als ich das Haus verließ, lagst du ganz von der Bettdecke verborgen auf dem Bauch, deine Haare bedeckten dein Gesicht, du warst tief im Schlaf, du schienst zu träumen. Endlich legt sich Nora zu mir. Liegend kann sie das Haus nicht sehen, nicht einmal stehend, was gut ist. Auch ich sitze ganz aufrecht, um über das Dickicht hinweg dort hinüberschauen zu können. Die Krähen fliegen krächzend auf, ich blicke nach oben, sehe zuerst nur den sehr hellen Morgenhimmel, bis einer der Vögel aus dem Hang herausfliegt, zielstrebig und schnell, und dann erst den Rotmilan, den ich vorhin schon zu hören geglaubt habe. Ein Zilpzalp stört sich an meiner

Nähe, schimpft, und eine Mönchsgrasmücke unterstützt ihn. Ich ziehe die Beine an. Fast reflexhaft geht das.

Ich habe nicht geschlafen. In der Dunkelheit hinter meinen Lidern und in der Dunkelheit der Nacht unter dem Dach meines Hauses war ich mir sicher, dass mein Körper all das, was nur als Sehnsucht, als Idee oder Bild in mir aufschien, in Handlung übersetzt hat. Oder sich alles auf dich übertragen hat. Ganz unbewusst. Sodass du es spürtest. Sodass aus allem, was ich für dich fühlte, was ich wünschte, eine Berührung wurde, real. Meine Fantasie wurde unsere Wirklichkeit. In der Nacht beides untrennbar. Der gemeinsame Nachmittag, der ganze Abend, die Stunde auf dem Hochsitz gerieten zu einer einzigen Umarmung. Und es blieb nicht dabei, plötzlich hatte ich das Gefühl, ich habe dich verschlungen. Mir einverleibt. Oder habe ich dich verschlingen, mir einverleiben wollen? Ich habe den Jungen berührt, ich habe den Jungen umarmt, ich habe seine Erregung gespürt, für die ich doch verantwortlich war. Jede meiner Berührungen wurde ein Übergriff. So kam es mir vor in der Nacht. Das war meine Wahrheit, eigentlich war es ein Wahnsinn. Bilder, sogar Bewegungen strömten auf mich ein, verzerrten sich oder ließen sich nicht scharf stellen, bis ich schließlich nicht mehr sicher war, ob das, woran ich mich erinnerte, stimmte. Oder ob ich mich nur an das erinnere, woran ich mich erinnern möchte. Dass ich alles, was mir gefährlich werden kann, gar nicht mehr fähig bin, zu erinnern, dachte ich, dass es sich versteckt hinter meiner Scham, dass ich viel Schlimmeres angerichtet habe, als ich mir zugestehe. Jetzt, wo es Tag ist, weiß ich, nein, hoffe ich, nein, glaube ich zu wissen, zu spüren, du wirst die Wahrheit nicht verdrehen. Und ich habe kein Verbrechen begangen. Wenn ich davon absehe, dass ich dich berührt habe. Ich habe dich berührt, das weißt du, so wie ich es weiß. Ich habe dich so berührt, dass du gespürt hast, ich mag dich. Es gibt einen Unterschied zwischen Mögen und Begehren. Ich habe dein Begehren gespürt. Hast du auch mein Begehren gespürt?

Die ersten Sonnenstrahlen treffen einen Farn, sein Gefieder glänzt so hell, dass ich den Blick abwende. Gleich wird die Sonne den Hang erleuchten. Ich hoffe, du hast das Haus, bis ich losfahren muss, verlassen. Ich kann sonst nicht zurückkehren. Auch wenn mein Haus ein anderes sein wird als zuvor. Ich erschrecke bei diesem Gedanken. Ein Waldmistkäfer arbeitet sich über das trockene Laub und das Kleinholz, Altholz, als wandere er über eine Felsenküste. An meinem Bein macht er halt, er zögert, dann krabbelt er die Wade entlang und verschwindet unter meinen Turnschuhen. Ich warte, aber er taucht auf der anderen Seite nicht wieder auf.

Ich wusste immer, dass der Moment irgendwann kommen würde, wo mir jemand wieder nahe ist. Auch wenn ich mich noch so sehr schütze, habe ich manchmal gedacht, irgendwann wird es wieder jemanden geben, der mir gefällt. Ich glaube, ich habe mich nicht danach gesehnt. Alleinleben geht leicht, habe ich gemerkt, als ich einmal entschieden habe, dass ich es mögen will. Aber kann ich jetzt entscheiden, dass ich dich sofort wieder vergesse? Dass ich vergesse, dass da noch jemand war; dass du da warst? Dass ich deine Nähe bewahren möchte; die Nähe eines anderen Körpers. Deines Körpers. Dass es einen Körper geben kann, neben dem ich mich nicht verliere. Dass mein Begehren gerichtet ist.

Die Sonne ist da. Meine Hose ist feucht, und meine Beine sind etwas klamm, jetzt wird sie trocknen. Der Zilpzalp sitzt über mir in der Esche; wenn er zu zilpen beginnt, antwortet ihm eine Meise. Im Haus tut sich nichts. Aber was würde ich sehen, wie bemerke ich, dass du aufstehst? Ich sehe nicht einmal einen Schatten hinter der Terrassentür. Ich habe schon häufig auf mein Haus geschaut, es ist ein Holzhaus am Wald. Mein Haus. Vielleicht ist diese Gewissheit von Bedeutung. Dass es mir gehört. Niemand kann es mir wegnehmen. Sofort schießt der Gedanke mich wieder an: Was, wenn der Junge alles, was geschehen ist, anders darstellt? Mir wird heiß in Kopf und Brust. Obwohl ich glaube zu wissen, ich hoffe zu wissen: Das wird er nicht tun. Das wirst du nicht tun. Ich suche dein Bild. Dein Gesicht, deine Augen, deine Stimme. Du wirst mich nicht verraten. Das wirst du nicht tun. Ich habe dir Müsli und Joghurt auf den Küchentisch gestellt. Neben den Notizzettel mit der Nachricht. Ich habe keine Vorstellung, was du tun wirst, wenn du aufstehst. Wirst du nach mir rufen? Wahrscheinlich wirst du im Haus herumlaufen und schauen, ob du mich findest. Du wirst in die Küche gehen, und dann wirst du meine Nachricht finden. Du wirst versuchen, das Schöne darin zu lesen. Du wirst verstehen, dass ich weg bin und so schnell nicht wiederkomme. Dass ich erwarte, dass dann das Haus leer ist.

Jetzt fällt es mir wieder ein. Im Halbschlaf dachte ich plötzlich, du bist da, bist nach oben gekommen, gleich wirst du dich zu mir ins Bett legen. Ich habe mich aufgerichtet. Nichts. In der Wand raschelte der Siebenschläfer. Nora schlief. Von unten war nichts zu hören.

Danach war ich immer wieder damit beschäftigt zu lauschen. Ob du nicht doch nach oben kämest. Ob ich dich höre, ob du unten liegst und darüber nachdenkst, es zu tun. Ob ich mir das wünschte. Ich weiß nicht, was passiert wäre, wenn du zu mir nach oben gekommen wärst.

Brennt jetzt Licht in der Küche? Dann bist du aufgestanden! Die Fenster zur Rückseite des Hauses hin sind speziell. Zwischen dem Außen- und dem Innenfenster liegen dreißig Zentimeter Abstand. Es kann sein, ich täusche mich, aber ich glaube, das Licht ist angegangen. Das Licht ist angegangen, aber ich kann dich nicht sehen. So wenig sieht man von außen. Es überrascht mich selbst. Du hast nicht versucht, zu mir ins Bett zu kommen. Du hast geschlafen, als sei nichts geschehen, wahrscheinlich bist du nicht ein Mal aufgewacht. Du hast geschlafen, wie nur jemand schlafen kann, der sich sicher ist, dass alles, was er tut, richtig ist. Gut war. Schliefst einfach. Aber irgendwann würdest du erwachen. Und dann? Jetzt bist du wach. Du hast das Licht in der Küche angemacht. Hast du meine Zeilen gefunden? Ich stelle mir vor, wie du dich in mein Bett legst. Zuerst auf den Rücken, du liegst still und schaust an die Decke, du hörst dir beim Atmen zu, so wie ich mir immer beim Atmen zuhöre, damit ich einschlafe, du hörst dir beim Atmen zu und spürst, dass dein Atem dein Begehren atmet. Du merkst, dass nichts so sehr nach einem anderen Menschen riecht wie sein Bett. Mein Bett habe ich vor zwei Tagen frisch bezogen. Du schnupperst an meinem Kopfkissen, du drehst dich auf den Bauch, drückst das Gesicht ins Kissen und denkst an mich. Ich weiß das. Ich spüre, dass mir der

Gedanke nicht einmal unangenehm ist, obwohl er mir doch unangenehm sein müsste. Du liegst auf dem Bauch in meinem Bett, und vielleicht stellst du dir vor, dass du auf mir liegst, dass du meinen Körper spürst, meine Hüften, meinen weichen Bauch, mein Becken, meine Brüste. Dass du dich an mich schmiegst, dass du mich küsst, dass sich unsere Zungen finden und dann unsere Körper, dass wir in eine Bewegung geraten, in eine gemeinsame Bewegung. Wir.

Ich konzentriere mich auf die Anordnung der Blätter am Blattstängel. Tatsächlich sind die kleinen Blättchen rechts und links der Blattachse nicht symmetrisch angeordnet. Ich beginne zu zählen, und es befinden sich auf der einen Stielseite neun von diesen feinen ovalen Blättchen und auf der anderen Stielseite nur acht. Ich weiß, dass man das wechselständig nennt, wenn aus jedem Knoten an der Achse nur ein Blatt wächst, einmal auf der einen, dann auf der anderen Seite. Ich sollte die Blätter eigentlich nicht anfassen, nur wenige Bäume im Wald sind so giftig wie Robinien. Der Baum ist schon fast verblüht, die Fruchthülsen bilden sich gerade, sie werden sich versprengen, wenn sie trocken genug sind. Ich reibe meine Finger an der Hose ab. Du wirst in meinem Bett gelegen haben, wenn ich zurückkomme. Der Gedanke, dass du in meinem Bett gelegen haben wirst.

Das Licht ist wirklich an in der Küche. Ich täusche mich nicht. Die Sonne scheint noch nicht auf das Fenster. Auch wenn ich nur ein schwaches Leuchten sehen kann, ich bin mir sicher. Das Licht brennt. Du bist in der Küche. Ich richte mich auf. Nora ist sofort hellwach. Bleib liegen, sage ich, wir gehen nicht weg. Aber Nora bleibt nicht liegen, sie spürt meine Unruhe, tänzelt neben mir herum, stellt die Vorderläufe einmal mehr gegen meinen Oberkörper, versucht, mir wieder übers Gesicht zu lecken. Ich wehre sie ab. Sie versucht es noch einmal, dann lässt sie es sein. Eine Weile schnuppert sie unruhig zwischen den Sträuchern, raschelt herum, die kleinen Schösslinge bewegen sich, sie bewegen die Gebüsche um sich herum. Wenn man sich konzentriert, kann man das von der Terrasse aus sehen, auch wenn man sonst nichts sieht, erkennt man, dass sich irgendein Tier im Strauchdickicht aufhält. Aber du bist nicht auf der Terrasse, du wirst nicht in den Hang hineinschauen, nach den Tieren Ausschau halten, nach mir. Ich bin weg. Warum solltest du daran zweifeln?

Es ist nicht lange her, da kam ich am Morgen die Treppe herunter, und wie immer bin ich zum Fenster gegangen, um vor das Haus hinauszuschauen, hinab zu den Hochbeeten, zur Kirsche, zu den Beerenbüschen, der Birne, da stand an diesem Morgen direkt vor dem Fenster am kleinen weißen Tisch neben der Bank, wo der Klee blühte, die Brennnesseln gerade hochwuchsen und eine Schafgarbe sprießte, weil es schwierig war, mit dem Rasenmäher unter den Tisch zu kommen, wuchs dort alles hoch, und also stand da der kleine Bock und schaute. Kaum zwei Meter von mir entfernt, nur getrennt durch das Fenster. Die kurzen Stangen seines Geweihs schon halb befreit vom Fell: Ich verharrte, er schaute. So blieben wir, bis er sich anscheinend sicher war, dass nichts geschehen würde, wenn er nur weiter äste. Und obwohl ich ihn seit dem letzten Frühjahr beobachtete, als die Ricke mit ihm, dem noch sehr jungen Kitzbock, zum ersten Mal auf der Wiese auftauchte, obwohl ich ihn schon so oft gesehen hatte, konnte ich nicht wegschauen. Und blieb, während er einfach weiter äste, blieb und betrachtete die Bewegungen seines Kopfes unter dem Tisch, schaute auf seine Kruppe, die sich dunkler von seiner roten Decke abhob als der Rest des Körpers, bewunderte seine noch zarte Figur, seinen schmalen Kopf, den langen Hals, der bei jeder Bewegung die Muskeln zeigte; bis das Tier genug gefressen hatte und, ohne sich noch einmal zu mir umzudrehen, davonging, den Hang hinauf.

Ich habe die Wasserflasche nicht mitgenommen. Jetzt merke ich, wie durstig ich bin. Ein großer Igel durchquert den Schatten der Eiche und verschwindet im Hang. Nora hat ihn nicht einmal bemerkt. Der Dachfirst bekommt die erste Sonne ab. Am Himmel steht keine einzige Wolke. Man sieht einen Teil der Möhren fast nicht mehr, so sehr sind die Zucchini aufgeschossen, ich muss die Blätter ausdünnen. Sie tun, als wollten sie damit das ganze Grundstück bedecken. Der rote Kater sitzt plötzlich drüben auf der Terrasse. Ich habe ihn nicht kommen sehen. Habe ich etwas verpasst? Nein, ich hätte dich bestimmt gesehen, wärst du über den Vorplatz gegangen. Ich bin sicher, ich würde dich unter tausend Menschen sofort erkennen, deine Bewegungen erreichen mich wie Schallwellen. In der Ferne höre ich die Kirchturmglocke läuten, ich zähle, ich schaue aufs Haus und zähle die Schläge, keine Bewegung dort drüben. Es ist acht Uhr.

Wen belügst du noch außer deinen Eltern? Bei welchem Freund, wenn nicht bei Ansgar, willst du übernachtet haben? Was weiß Ansgar? Was hast du ihm von mir erzählt, was hast du ihm von dir und mir erzählt? Nora dreht sich zu mir um und schaut. Alles gut, sage ich. Sie schaut mich weiter an. Anscheinend glaubt sie mir nicht. Sie wartet. Dann kommt sie her. Ich streiche ihr über den Kopf. Sie setzt sich, zögert, lehnt sich gegen mich und lässt sich fallen. Wir bleiben, sage ich leise. Ich streiche ihr über den Kopf, über das warme glatte Fell, streiche ihr über die Schnauze, den Schädel, den Rücken; sie schmiegt sich in meine Hand. Ich lasse die Hand auf ihrem Kopf liegen, bis sie ihn auf die Vorderläufe senkt. Für einen Moment denke ich, Rauch kommt aus dem Kamin. Ich fixiere den Kamin, aber da ist nichts. Ich fixiere das Haus. Ich fixiere einfach das Haus. Mein Blick ist starr, ich halte ihn fest, bis ein Blatt vom Baum fällt, mein Blick ihm folgt. Eine Amsel folgt dem Blatt, ich folge der Amsel, ich sehe, dass sie in der Einfahrt zum Haus landet, pickt, sich erhebt, sie hat einen Wurm gefunden oder was weiß ich. Ich hebe den Blick langsam über die Hausfassade hinaus bis aufs Dach. Rauch ist da keiner. Ich stehe auf, um besser hinüberschauen zu können. Nein, wirklich kein Rauch. Da bildest du dir etwas ein, sage ich. Und ich sage es noch einmal: Da bildest du dir etwas ein. In der Küche aber brennt wirklich Licht. Ich recke mich, um noch besser sehen zu können, dabei sehe ich alles, was es zu sehen gibt. Es brennt Licht in meiner Küche. Dann plötzlich in Sorge, du könntest mich doch entdecken, du könntest meine Bewegungen spüren, wie ich dein Licht sehe, in dieser Sorge setze ich mich wieder. Ich lasse den Hinterkopf gegen den Stamm kippen, es tut gut. Die Perspektive ändert sich. Ich sehe die Wipfel der Eschen, die Kiefern drüben am Hang, den Morgenhimmel. Er ist weit und groß. Als sei alles möglich. Dabei ist genau das Gegenteil der Fall. Nora stellt die Vorderläufe gegen meine Schulter. Sie versucht, mir übers Gesicht zu lecken. Ich wehre sie ab und klopfe auf den Boden neben mir.

Das Bild von dir auf meinem Sofa, die dunklen Haare, wie sie sich unter der Bettdecke hervorwellten. Du wirst aufgewacht sein und sofort gewusst haben, was du nicht bekommen hast. Du möchtest mehr. Es wäre ganz normal, wenn du mehr wollen würdest. Deine Lust ist nicht gestillt worden, dein Begehren. Es ist nur weitergewachsen. Du könntest auf die Idee kommen, zu bleiben. Auf mich zu warten. Ich hätte dich fotografieren können. Ich hätte dieses Bild für immer behalten können. Ich will dieses Bild nicht behalten. Ich frage mich plötzlich, wie ich es wieder aus mir herausbekomme. Wie ich dich wieder aus meinem Kopf kriege, aus meinem Körper, aus meinem Haus: Du wirst da gewesen sein! Auch wenn du gehen wirst, wirst du da gewesen sein. Du wirst Spuren hinterlassen haben, auch wenn sie noch so unsichtbar sind.

Warum habe ich die Augen geschlossen? Sind sie mir zugefallen? Ich kann doch die Augen jetzt nicht verschließen. Ich starre hinüber zu meinem Haus, auf die vorderen Fenster, in denen sich Wald und Himmel spiegeln und nichts sich bewegt. Licht brennt in der Küche. Nur das ist sicher. Hummeln summen in meiner Nähe, ich höre es, ihre Töne sind milder und tiefer als jene von Bienen. Der Wald beißt sich in meine Kleider, ich spüre ihn durch die Hose, die Ärmel meines Hemdes. Hinter mir knackt es. Was soll das sein? Der Wald ist nicht gefährlicher als ich. Ich möchte mich nicht umdrehen.

Nur ein zu langer Moment, in dem ich abgelenkt bin, und ich würde nicht sehen, wie du das Haus verlässt. Ich hatte die Augen geschlossen, Angst befällt mich: Bist du weggegangen in den wenigen Sekunden oder in den wenigen Minuten – wie viel Zeit verging, während ich mich hinter meinen geschlossenen Lidern aufhielt –, hast du dich inzwischen davongemacht? Woher kommt diese Formulierung? Dabei habe ich dich gebeten, zu gehen. So schnell verlässt der Junge das Haus doch nicht. Ich flüstere es mir zu, besänftigend fast wie einem Kind, als müsse ich mich selbst beruhigen. In der Küche brennt doch Licht, sage ich leise. Woher kommt dieses plötzliche Gefühl, verlassen zu werden?

Mein rechter Fuß ist eingeschlafen, ich ziehe das Bein an, stemme die Fußsohle in den Erdboden, es ist unangenehm, ich warte, ich schaue auf das Haus, das unangenehme Gefühl im Fuß lässt nach, ich spüre, wie er wieder durchblutet wird, ich halte das Bein in die Luft, schüttle es ein wenig, ich versuche, das Haus nicht aus dem Blick zu lassen. Ich muss sehen, wenn du weggehst. Du wirst nicht wiederkommen, wenn du weggehst. Wirst du wiederkommen, wenn du weggehst? Warum frage ich mich das? Ich habe die Libelle lange nicht gesehen. Im letzten Sommer war sie viel auf dem Grundstück unterwegs, sie schwebte über dem kleinen Bach wie eine Minidrohne, manchmal auch über der Terrasse, über mir, über den Schmetterlingssträuchern. Es ist eine Prachtflügel-Libelle. Ein Männchen, dessen Kopf und Schwanz blaugrün schimmern wie eine tiefe Lagune, und genauso tun es die geäderten Flügel. Die Libelle schwebt ganz nah vor mir über den jungen Büschen, bewegt sich mit ihren großen Flügeln elegant durch das Blattgrün, als sei das nichts. Ein so sonderbares wie schönes, filigranes Wesen, wie aus einer anderen Welt. Mein Blick folgt dem Insekt, bis es sich so weit entfernt, dass ich das Haus nicht mehr sehen kann im Hintergrund, aber eigentlich fühle ich mich gestört, warte sogar darauf, dass die Libelle verschwindet. Ich wünsche mir, dass ich sie wiedersehe, wenn du weg bist. Dass ich ihr ganz in Ruhe folgen kann, sie betrachten, ohne das Gefühl zu haben, ich muss mich konzentrieren, auf eine andere Sache, auf meine Gedanken, darauf, dass nichts meiner Kontrolle entgeht. Solange du da bist, ist das unmöglich. Solange du da bist und doch nicht neben mir. Ich will eigentlich auch nicht, dass der Zaunkönig über mir so laut redet. Obwohl ich ihn für gewöhnlich gern höre mit seiner Meckerstimme. Niemand antwortet ihm, und er schimpft immer weiter. Ich wünsche mir nichts mehr als Tiere, die neben mir laut reden. Aber nicht jetzt. Es lenkt mich ab. Wenn ich allein bin, bin ich mit allem um mich herum verbunden. Bin ein Teil des Ganzen. Ich bin nicht bedeutender als jedes Tier hier draußen.

Du warst es, der ungefragt hier ankam. Ich aber war es, die dich hereingelassen hat. Seither dreht sich alles nur noch um dich und um mich. Als spiele, was uns umgibt, nur eine nachgeordnete Rolle. Ich muss sehen, wie du das Haus verlässt. Wie du weggehst.

Nora steht auf, sie schüttelt sich, leckt sich das Fell am Bauch und schaut mich an. Ich streichle sie, ohne das Haus mehr als ein paar Sekunden aus den Augen zu lassen. Sie leckt meine Hand, dann geht sie die paar Schritte hinüber zum Dachsbau, und bevor ich etwas sagen kann, hockt sie sich hin und pisst dem Tier vor den Eingang. Nein! Ich sage es laut, aber da ist es schon geschehen. Hoffentlich hast du mich nicht gehört. Ich denke das sofort, aber es ist ja kein Fenster geöffnet am Haus. Nora kommt zu mir zurück und legt sich nach einer Drehung um sich selbst an meine Seite. Ich streiche ihr über den Kopf. Eine einmalige Hundemarkierung vor seinem Haus wird den Dachs nicht zum Umziehen zwingen. In meiner Hosentasche vibriert das Telefon. Ich habe es doch ausgeschaltet. Wenn du meine Nummer gefunden hast? Ich lehne mich zurück und hole es hervor. Ich habe es nicht ausgeschaltet. Mutter: *Ich mache Gemüsesuppe mit Huhn*. Ich schalte das Telefon in den Flugmodus und stecke es wieder ein. Es ist nach halb neun.

Als du im Camp auftauchtest. Wie du mit deinen feinen Bewegungen, deiner schmalen Statur, deinem Frida-Gang jedes Klischee von einem Jungen gebrochen hast und wie die meisten der anderen Jungs neben dir vollkommen überzeichnet wirkten. Monster von Jungs. Außer deinem Freund Ansgar. Oder wie Johann, noch fragiler, wo du doch selbst so zerbrechlich schienst, als ich dich sah in den ersten Minuten, wie du aber gar nicht bist.

Der Häher warnt, und der Bock bellt. Wahrscheinlich geht oben auf dem Forstweg jemand spazieren. Da öffnet sich die Terrassentür, ich höre dieses sehr spezielle Geräusch, das die Metallzarge macht, wenn man die Tür öffnet. Ein unverkennbares Klacken. – Da bist du. – Du schaust um dich, dann streichst du dir die Haare aus der Stirn, wie du dir immer die Haare aus der Stirn streichst, und sofort folge ich gebannt deiner Hand. Vielleicht machst du es immer dann, wenn deine

Situation sich verändert, ich weiß es nicht. Du stehst in Jeans da und ohne T-Shirt. Halb nackt, denke ich. Dann sehe ich es, du hängst dein T-Shirt über das Geländer. Warum tust du das? Das ist mein Haus. Ich spüre den starken Drang, aufzustehen, auf dem direktesten Weg durchs Dickicht hinabzusteigen oder, wenn es sein muss, hinabzukriechen auf den Waldweg, die Wiese zu überqueren, auf die Terrasse zu gehen, auf meine Terrasse zu gehen. Und dann? Etwas in mir ist stärker als der Drang aufzustehen. Du bleibst! Ich sage es zu mir selbst, ich sage es nicht laut, ich will nicht, dass Nora aufspringt, dass sie wie gerade eben – wenn sie die Tür zur Terrasse hört – nur deshalb ruhig bleibt, weil sie entweder abgelenkt ist oder ich ihr die Hand besänftigend auf den Kopf lege. Sie ist in Habachtstellung, etwas stimmt nicht mit mir, das spürt sie. Wieder klackt die Tür. Nora versucht aufzustehen, spürt meinen Widerstand. Nein, sage ich leise. Sie bleibt, sie lauscht, ich halte sie am Halsband fest, ich bin froh, dass sie nicht diese Neigung zum Bellen hat, aber für einen Moment habe ich Sorge, sie könnte es doch tun. Du würdest es hören. Du bist ohne Zögern auf die Terrasse hinausgetreten, du nimmst dein T-Shirt, schüttelst es, prüfst den Stoff mit der Rechten. Die Tür klackt. Noras Muskeln spannen sich meiner Hand entgegen. Pssst, sage ich. Alles gut, sage ich. Keine Ahnung, was jetzt kommt. Jetzt geh einfach! Bitte geh, damit etwas passiert.

Wind kommt auf, die jungen Blätter der Haselnussbüsche leuchten glasig, die Blätter der Eberesche schillern im scheinbar bewegten Licht, erst jetzt sehe ich das. Ich harre einen Moment aus, in dem nichts passiert, auch in meinem Kopf passiert nichts. Dann höre ich die

Birken am Hang über mir rauschen, als führten sie das fort, was in mir gerade vor sich geht, ein Zittern, ein Rascheln und Ziehen, und es kommt mir vor, als ob nichts so kleinteilig, so flüsternd rauscht wie die Blätter der Birken in der windigen Luft; ein Geräusch, für das es keinen Namen gibt. Vielleicht würdest du ein Wort wissen, vielleicht eines, das deine Schwester sagt. Das denke ich plötzlich. Das Licht in der Küche ist aus. Die Krähen sind so weit entfernt, dass ich sie kaum höre. Um mich herum turnen Meisen und Amseln in den Bäumen, als sei ich nicht da. Die Mönchsgrasmücke und der Zaunkönig sind noch immer in der Nähe, manchmal blähen sie sich gleichzeitig auf, als ginge es ihnen um einen Wettstreit.

Ich will nicht, dass du dich verachtest. Ich möchte, dass du das Gefühl hast, alles, wonach du dich sehntest, war in Ordnung. Ich möchte, dass du weißt, ich habe dich richtig verstanden, und genau deshalb ist nicht mehr passiert, als passiert ist. Ich spüre meinen Hinterkopf am Stamm der Buche, bin froh, dass ich mich anlehnen kann, dass ich gestützt werde. Ich streife mit dem Kopf über die glatte Borke, meine Haare verfangen sich, ich mache sie los, das Haus im Blick, immer das Haus im Blick. Was hält dich davon ab, mein Haus zu verlassen? Ich bin nicht da. Die Vorstellung, meine Hand so auf deine Wange zu legen, wie du damals im Wald deine Hand auf meine Wange gelegt hast oder gestern am Abend auf dem Hochstand, so zärtlich, so zugewandt, so ohne Angst, bewegt mich für einen Augenblick so sehr, dass meine Lippen zu zittern beginnen. Das würde ich gern tun, wenngleich ich weiß, was diese Berührung von dir bei mir ausgelöst hat. Ich beiße mir auf die Lippe, nicht stark, aber ich halte sie mit den Zähnen fest, bis sie wieder ruhig ist. Jede noch so winzige Berührung ist eine Berührung zu viel. Ich kann auf keinen Fall zum Haus hinuntergehen, solange du da bist. Bitte verzeih mir das!

Ich lasse meinen Kopf, der meinen Hals besetzt wie ein schwerer Ballon, der mir gar nicht gehört, wieder gegen den Stamm sinken; meine Pupillen müssen sich senken, damit ich das Haus im Blick behalten kann, trotzdem ist es so besser. Vor mir bewegen sich die Büsche im Wind, das Haus schwankt, verschwimmt. Ich kann es nicht mehr festhalten. Würde ich aufstehen, könnte ich es wieder als Ganzes sehen, aber ich möchte nicht aufstehen, keine unnötige Bewegung. Der Specht klopft. So klingt das also von hier aus, wenn der Specht sich in den alten Balken meines Hauses Nahrung sucht. Ich weiß nicht genau, wo er ist, ich kann ihn nicht sehen, es ist vermutlich der Buntspecht. Jeden Morgen arbeitet er sich am Haus ab. Manchmal sehe ich ihn an der Rückseite, wenn ich, wie häufig am Morgen, hinübergehe zu meinem Wagen. Aber meist bleibt der Specht ein Geräusch. So wie auch das Klacken der Terrassentür nur ein Geräusch ist. So wie jedes Geräusch erst einmal nur ein Geräusch ist. Plötzlich verstehe ich meine Ängste aus dem ersten Jahr im Wald: Der Wald hat seine eigene Stimme, und ich wusste sie nicht einzuordnen. Wie klingt es, wenn harte grüne Eicheln im Sommer auf den Boden schlagen, weil der Baum sich retten muss vor der Gier seiner Früchte, wie klingt es, wenn Siebenschläfer locken, wie klingt es, wenn der kleine Bock hinterm Haus durchs Gebüsch streicht, wie, wenn der Igel auf Nahrungssuche ist in der Dunkelheit, wie, wenn die

Rehe bellen, wie, wenn die Füchse sich lieben und die Marder? Wie klingt Unruhe im Wald und wie Liebe, und was ist vollkommen gewöhnlich? Nichts davon kannte ich, ich wusste nichts.

Wenn du das Haus verlässt, werde ich dich nicht hören. Du wirst weggehen, du wirst weg sein, du wirst nach Hause kommen, du wirst Ansgar treffen, Elif. Du wirst machen, was du willst. Wirst erzählen, was du willst. Ich muss mit Achim sprechen. Ihm beichten. Wie lange ich dieses Wort nicht mehr gedacht habe. Ihm beichten. Ich schwitze. Obwohl die Sonne mich nicht trifft, schwitze ich. Ich neige zur Übertreibung. Ich weiß das. Übertreibe ich gerade?

Und dann sehe ich dich plötzlich. Du stehst vor dem Haus, schaust nach vorn zum Weg, dann auf den Weg nach oben. Du blickst dich um und wendest dich wieder dem Haus zu. Ich halte die Hand auf Noras Kopf, aber die Hündin rührt sich nicht. Du stehst da, du betrachtest das Haus. Warum stehst du da? Weil du es dir merken willst? Du gehst nochmals darauf zu, verschwindest aus meinem Sichtfeld. Nur einen Augenblick oder zwei. Dann sehe ich dich wieder. Du machst Fotos. Warum machst du jetzt Fotos von meinem Haus? Ich möchte aufspringen, lass das, rufen. Da drehst du dich um, und dein Blick trifft den Hang, trifft das Dickicht, den Wald. Trifft mich; obwohl das nicht sein kann. Kurz hältst du inne, schaust zu mir hinüber, dein Blick trifft mich durch alles Gestrüpp und Buschwerk hindurch, ich spüre es auch noch, als du dich umdrehst und über den Vorplatz gehst. Ich sehe deinen Rücken, dann sehe ich dich für einen Augenblick nicht mehr und wieder, als du den Weg hinabgehst; du gehst ganz ruhig. Du: Ein langhaariger Junge mit dunklen Locken geht in einem blauen T-Shirt, grauen Jeans, weißen Turnschuhen einen Weg hinab und verschwindet.

Ich warte, mein Körper glimmt, flattert, bebt, das Zucken unterm Auge ist wieder da. Nora ist aufgestanden, ich halte sie am Halsband fest. Ich weiß nicht, worauf ich warte. Ich denke, du wirst wiederkommen. Ich denke es vielleicht, weil ich es nicht ertrage, dass du gehst. Du wirst umdrehen. Du wirst zurückkehren. Vielleicht denke ich es auch aus Angst. Warum solltest du gleich wieder umkehren? Die Sonne scheint mir jetzt ins Gesicht, Schweiß läuft über meine Stirn, den Hals hinab. Ich schwitze am ganzen Körper, er sirrt, und es scheint mir, er will sich auflösen; in meinem Kopf klopft der Specht. Ich habe Durst. Mein Blick harrt auf dem Weg aus, als könnte er nicht glauben, dass sich dort nichts mehr bewegt, als könnte er nicht glauben, dass sich nicht gleich wieder etwas bewegen wird, dass du nicht doch zurückkehrst. Dann steige ich hinab, nehme in der Böschung den von den Rehen vorgezeichneten Weg, Nora bleibt hinter mir. Ich gehe nicht über die Wiese. Ich gehe den Weg hinab, den du gestern auch hinabgegangen bist, und den anderen wieder hinauf, ich nehme deinen Weg hinauf zu meinem Haus. Alles sieht aus wie gestern. Auf dem Fensterglas krabbeln zwei grüne Schildwanzen aufeinander zu, ich warte; gleich werden sie sich paaren, denke ich, doch als sich ihre Fühler berühren, gehen beide langsam zur Seite und entfernen sich in unterschiedliche Richtungen. Jetzt verharrt die eine rechts oben in der Ecke auf dem Fensterglas, dabei bewegen sich ihre Fühler, als müsse sie sich fortwährend orientieren. Es kann auch sein, das hat einen vollkommen anderen Grund. Ich kenne mich nicht aus mit Wanzen. Die andere geht am unteren Ende der Scheibe den Rahmen entlang. Ich schaue in mein Haus, ich schaue durchs Fenster in mein Wohnzimmer, dorthin, wo das Sofa steht, die Liege, auf der du geschlafen hast. Ich weiß nicht, warum ich zuerst durch das Fenster hineinschaue. Als ob mich etwas überraschen könnte, oder als ob es sein könnte, du liegst noch immer schlafend da. Ich sehe nichts Ungewöhnliches, außer dass du das Bett so zurechtgemacht hast, als ob du es wieder benutzen wolltest am Abend. Das Kopfkissen liegt aufgeschüttelt, die Bettdecke zurückgeschlagen da. Ich schließe für einen Moment die Augen. Ich kann dich sofort sehen, als wärst du noch hier. Aber du bist es nicht mehr. Ich trete vom Fenster weg. Nora läuft ganz in der Nähe am Waldrand herum, komm, sage ich. Bevor ich die Tür zum Haus ganz öffnen kann, schlüpft sie hinein. Ich halte noch einmal kurz inne. Nora ist stehen geblieben, sie schnuppert, ihr Schwanz beginnt, sich hastig zu bewegen, sie freut sich, einen Augenblick bleibt sie stehen, dann rennt sie in die Küche.

Er ist weg, sage ich.

Ich sehe, wie sie zurückkommt, wie sie zum Sofa geht, die Vorderläufe aufstellt, schnuppert. Wie aufgeregt sie ist. Ich spüre gar nichts. Außer dass ich riesigen Durst habe. Ich gehe in die Küche. Du hast vielleicht Müsli gegessen, du hast die Schüssel ausgespült und umgedreht auf die Spüle gelegt. Ich nehme eine Tasse vom Haken. Daneben ist ein weiterer leer, ich weiß nicht, wo ich die Tasse hingetragen habe. Für gewöhnlich hängt an jedem Haken eine. Ich trinke eiskaltes Wasser. Ich spüre meinen Kehlkopf bei jedem Schluck, kühl läuft das Wasser meine enge Kehle hinab; ich fülle die Tasse noch einmal. Jetzt weiß ich es, der kleine japanische Becher ist nicht da. Wahrscheinlich hast du aus ihm getrunken und ihn irgendwo abgestellt.

Ich sehe deine Schrift zum ersten Mal. Sie ist ohne Neigung, vollkommen aufrecht, aber etwas eckig. *Schade*. Du hast ein Stück vom Notizzettel abgerissen, den ich dir hinterlassen habe. Du und ich teilen uns jetzt ein Stück gelbes Papier. Ich nehme den Fetzen in die Hand, und unwillkürlich halte ich ihn unter die Nase und schnuppere daran. Er riecht nach nichts. Er ist weg, sage ich noch einmal und so laut, dass, wäre ich selbst oben im Haus, ich es hören würde. Ich sage es, weil es wahr ist. Ich sage es, damit ich es mir glaube. Nora kommt in die Küche, sie springt an mir hoch, ich streiche ihr mit der Linken über den Kopf, in der Rechten halte ich noch immer das Stücklein Papier. Komm, sage ich zu ihr. Ich ziehe die Schuhe aus, dann meine Hose, sie ist noch immer feucht vom Wald. Ich lasse sie auf die Dielen fallen. Dann lege ich mich in dein Laken hinein, ich bette meinen Kopf ins Kissen, ich nehme die Decke und wickle mich hinein. Ich schließe die Augen. Ich warte, was passiert. Ich rieche dich. Vielleicht bilde ich es mir auch nur ein. Nein. Du bist noch da.

Danke

Mein größtes Dankeschön gilt meiner Agentin Elisabeth Ruge für ihr beharrliches Zutrauen in meine Arbeit. Ich danke Felicitas von Lovenberg und Andreas Paschedag für ihre herzliche Einladung, zu ihnen in den Verlag zu kommen; Andreas außerdem für den feinen und genauen Blick auf den Text und seine Struktur. Ich danke meinem Mann, Armin Kratzert, und meinen Freundinnen und Freunden, ihr wisst schon, für den Alltag, fürs Mitdenken, Mitlesen, Mitfühlen. Jürgen und Laura Richert gilt mein besonderer Dank für eine Unterstützung zur richtigen Zeit.